這本小書於一八〇三年完成，原打算立即出版，書稿賣給了書商，甚至也做了廣告，至於為何就沒了下文，作者至今仍不知原委。竟有書商購買了書稿，卻認為不值得出版，似乎是件離奇的事。而今終於問世，作者或民眾該注意的只有一點，即經過了十三年之久，書中的某些部分已屬過時。請民眾別忘了，本書從完成至今間隔了十三年，若從創作之初算起，時間又更久了；這期間，無論是地方、社會習俗、書籍和輿論，都歷經了相當大的變化。

——珍・奧斯汀為本書所寫的廣告

作者為本書所寫的廣告

《諾桑格寺》是奧斯汀最早動筆的小說。原始書名為《蘇珊》(*Susan*),從一七九〇年代開始寫起,直到一七九七年完成初稿,當時曾投稿給書商Thomas Cadell,但很快被退稿。奧斯汀並不氣餒,修訂之後,於一八〇三年順利以十英鎊賣給Crosby & Co.,卻遲至一八〇九年還不見出版,她在當年四月以化名Mrs. Ashton Dennis去信書商(信上的縮寫署名為M.A.D.,顯示她生氣了!)表示若收信之後對方沒有任何動作,她將另找其他書商出版。然而Crosby & Co.立刻回信,表示他們沒打算出版,若奧斯汀另找其他書商,他們會採取法律行動阻止販售,不過願意以原價將書稿賣回給作者。奧斯汀無奈只得暫時先放下《蘇珊》,一八一一年出版的《理性與感性》因而成為她的第一部問世作品。一八一六年,奧斯汀已出版了四本小說之後,兄長亨利從Crosby & Co.買回《蘇珊》的版權,奧斯汀在同年寫下這篇短文,隔年過世。這本命途多舛的首部作品被更名為《諾桑格寺》,終於在一八一七年與《勸服》(*Persuasion*)合為四卷本正式出版。

專文推薦

妳，準備好了嗎？——讀《諾桑格寺》

徐珮芬

像凱瑟琳這樣的一個女子，與妳、我或誰誰誰並沒有太大的差異——對遠行充滿了渴望與恐懼，並且賴著這些蠢蠢欲動的想像維生，彷彿在無數個暗夜裡背著全世界抽長身子，不過就是為了「蹬」到這一刻——孤身拎著一個行李箱坐進馬車，與家人告別後，一路茫然望著窗外流逝的風景，一邊倒數哪個陌生人該像頭莽撞的公鹿般從路肩衝出來攔車，氣急敗壞又深情款款地單腳跪地：「原諒我的唐突……但……請與我共度一生。」

當然故事不能夠進行得太順利，但也忌諱曲折到磨光了讀者的耐心；珍・奧斯汀在掌握節奏上是個天才，總能在讀者開始厭倦之前秀出新的牌，例如透過主角群之口討論「一本小說該有的樣子」，進而拉開小說本身與小說這門學問。然而，更多時候，人物們在討論的其實是「愛情的模樣」——有時透過餐食或治裝，有時只停留在仕女們的帽子上。

凱瑟琳時不時讓我想起法國導演侯麥的電影《綠光》。我有一個敢愛敢當的朋友，咬牙切齒發誓這是他終其一生看到「最拖棚最無意義最假掰文青」的電影（即便他連國民平均壽命的一半都還沒活到），可膽怯如鼠又熱中白日夢如我，卻看女主角在那裡欲拒還迎看得淚眼汪汪。

我們都一樣，永遠還沒準備好。

當然凱瑟琳遠遠早於Delphine（《綠光》的女主角）出現，但我怎麼讀著讀著，覺得這些（女）人全部都一個樣——對於遠在天邊的流星傻笑，沒注意前腳踏進了路上的水窪。

在張愛玲《第一爐香》中，女主角葛薇龍為了心上人把自己蛻皮又蛻皮，在故事的結局中無聲地哭泣；身旁的男子知道薇龍的眼淚為他而流，他不吭聲。

在愛情這場遊戲裡，話多的人最容易暴露於危險之中。

我們是如此努力，將愛情變成人類永不能通透的高超技藝：要在眾人的目光下活得獨特但不能奇怪，最好具備足夠的深度，但不能深到讓人叵測；當然要具備智慧與才華，不過前提是看起來憨傻；最好聰明得可以但不能比愛人聰明；在必要的時候看起來漫不經心，在別人想像的午夜時分顧影自憐，第二日晨起時帶著淡淡的憔悴說：「奇怪，我沒有胃口」（淡淡的黑眼圈是容許的，法令紋則否）。

我們拚命活成「女人」——當這世界上另外一半的人口拚命活成「男人」，好與對方相遇然後迸出新的生命——至少在這本書裡的年代是如此，至少，愛情在人類極短極短的千百年來樣貌大致是如此；時至今日，我們仍然可以在手機的交友軟體上，從無數自介中找到被教導要矜持的凱瑟琳、口非心是的伊莎貝拉、性好吹噓與浮誇的索普，和滿懷腎上腺素的亨利。只是在珍奧斯汀的那個年代，寫一封信要花好多天才能抵達，也因此這本作品裡的主角們比現代人花了更多章節形容自己的徬徨。

這或許是個其實可以三句話結束的故事，或許可以拉成三千卷的史詩。但誰的愛情不是如此，誰的痛苦與希望不是如此。

像亨利那樣的一名男子，與我記憶中的他、他或誰誰誰，並沒有甚麼太大的差別：有時候不惜衝撞體制衷心去愛誰，不過是出自於紳士的禮節——當讀到這一段時，我瞬間惡寒，越發懷疑起自己過往的人生中，那些自以為有朝一日能成為偉大小說的爛愛情故事。

誰自認可以與亨利劃清界線？誰能夠完全無視一個仰慕自己的人呢？

男女主角最終能否將心交付到對方的掌中，（竟然）取決於那些圍繞著手籠或披肩的社交辭令，能否在合宜的情況下脫口而出。彷彿我們終其一生所受的教育、在不為人知的時刻拚命學的外國語或毫無興趣也硬著頭皮要啃完的世界經典，不過就是為了這一刻：像故事開頭初長成的少女，抑制著因緊張而上揚的嘴角蹬上馬車，頭也不回地奔往離家很遠的地方尋找下一個家。在一路上，慢慢學會在眾人哄堂大笑的時候微微抿嘴，在心上人痛苦不堪的時候漠不關己。

或是事先準備好一束鮮紅的玫瑰，看到從某個莊園奔出來的馬車就趕緊衝向前，也別怕摔倒了讓懷裡的花刺到自己，當然更別去細想來客是否如你所願。

試想：如果所有的一見鍾情都是可以先場布的；那麼所有的徬徨與失策，也應當都是當事人可以比讀者更早預料到的——包括所有決定讓自己為了愛情翻箱倒櫃悲痛欲絕的人，接下來都注定要擁抱更大的悲傷：別離或是白頭偕老。

妳，準備好了嗎？

目錄

系列導讀一

社會與人性的觀察家：談珍・奧斯汀的長篇小說

高瑟濡（臺灣大學外國語文學系副教授）

《傲慢與偏見》：所謂「全世界最幸運的家庭」

當我跟伊莉莎白・班奈特（Elizabeth Bennett）差不多年紀時，《傲慢與偏見》（*Pride and Prejudice*, 1813）的愛情故事吸引了我所有的注意力與想像力。她並非大姐珍（Jane）那種楚楚動人的第一眼美女，卻是五位姊妹中最有想法、最聰穎、自尊心也最強的一位。而正如同二十世紀末的全英國女性，都曾為ＢＢＣ電視影集版（一九九五年）裡，柯林・佛斯（Colin Firth）所飾演的達西先生（Mr. Darcy）那帶點傻氣與微慍的愛慕眼神著迷一般，遠在東方的現代少女也同樣曾嚮往身邊有個屬於自己的達西先生。即便自己無論是在社交、職場或愛情上，笨拙與平凡的等級，明明比較接近每天不忘記錄卡路里與體重的那位圓潤迷糊傻大姐布莉琪・瓊斯[1]，卻也仍然幻想相愛的兩人能在互相碰撞、彼此傷害，甚至在對方面前出糗而自慚形穢時，能從對方眼中體悟到自己的傲慢與偏見，並一同羞愧反省。

在珍・奧斯汀（Jane Austen）所創造出來的世界中，達西先生跟伊莉莎白可謂是理想典型的「白富美」配「高富帥」。雖然一般讀者都會同意，嚴格來說奧斯汀的角色中並沒有徹頭徹尾的大壞蛋，但若一定要推派渣男代表，那應該就是那些擅長利用自己的費洛蒙，誘惑純潔少女逾矩、私訂終身或甚至大膽私奔，最後卻能輕易屈服於財勢而背叛承諾、始亂終棄的危險男人。少數惡女們也不遑多讓，玩弄各種小手段賣力釣金龜婿，一旦遇到更可口的獵物，瞬間就能轉彎。但是奧斯汀筆下的「白富美」，儘管各自也有小缺點及小盲點，在求偶的競爭市場中被標示高低不等的價值，卻毫無例外都對感情直率而沒有心機。她們所能提供的珍寶，往往不是能贈予夫家的社會地位與嫁妝，或甚至也不是足以誇耀的過人聰慧、才藝與美貌，而是一顆清楚而富有常識（common sense）的腦袋。她們的美，則展現在其如何努力平衡自身情慾和社會要求，如何在群體中定義與扮演自身角色，如何在謹慎斟酌（discretion）的自我節制下追求自我。

至於所謂的「高富帥」，達西先生因為社會地位高而備受尊敬，即令是平常詼諧幽默、談笑風生的班奈特先生（Mr. Bennett），在他的智慧沉著與成熟自信面前，也不禁要收斂幾分。與同樣富有的賓利先生（Mr. Bingley）不同的是，達西先生與《理性與感性》（*Sense and Sensibility*, 1811）中的布蘭登上校（Colonel Brandon）及《艾瑪》（*Emma*, 1815）中的奈特利先生（Mr. Knightley）一樣，皆為大地主，他所擁有的大莊園彭伯里（Pemberley），是他之所以有資格被讚譽為「超絕高富帥」的源頭，也是讓伊莉莎白愛上他的觸媒。相較於以錢咬錢的資本家，這三位大地主的共同魅力，以及種種英雄救美帥氣作為背後的支持力量，並非房地資

---

1 Bridget Jones，英國女作家 Helen Fielding 筆下《BJ單身日記》（*Bridget Jones's Diary*, 1996）的女主角。該部小說的靈感即來自於《傲慢與偏見》，電影改編版（二〇〇一年）也邀請到當時人氣爆表的柯林・佛斯出演現代版的達西先生——馬克・達西（Mark Darcy）。

產（estate）所創造的財富及賦予的社會地位，而是他們勇於承擔大家長責任後散發的領袖風範與魄力，是親力親為管理莊園大小事務後培養出來的判斷力、決斷力與行動力，是用心關照上下所有家族成員時所展現的仁慈與善良，也是能善用智慧和權勢導正偏差、讓波瀾四起的社會回歸平衡的手腕。

最重要的是，相較於那些經濟還無法獨立，所以需要阿諛奉承、委屈順服的窩囊繼承人們（heirs），例如《理性與感性》中的愛德華．費勒斯（Edward Ferrars）與約翰．韋勒比（John Willoughby），以及《艾瑪》中的法蘭克．邱吉爾（Frank Churchill），抑或是從事牧師或海軍職業的非繼承人們，達西先生的彭伯里、布蘭登上校的戴拉弗（Delaford），以及奈特利先生的丹威爾（Donwell Abbey）等莊園的富裕繁榮，象徵著這三位「高富帥」在當時英國社會複雜網絡中所享有的珍貴自由。或許在奧斯汀小說的社會背景中，也只有這樣的達西先生，才能將班奈特一家從原本可預期的悲慘命運中解救出來，甚至使之一躍成為小說敘事者戲稱之「全世界最幸運的家庭」。

《理性與感性》：非關理性或感性抉擇的宿命

在《理性與感性》中，與珍和伊莉莎白一樣姊妹情深的艾蓮娜．達希伍德（Elinor Dashwood）和瑪莉安．達希伍德（Marianne Dashwood），最終可說也是仰仗大地主布蘭登上校而得以雙雙掙脫悲劇宿命。兩對姊妹同樣生活在長子繼承制（primogeniture）的陰影下，但正如執導這部小說一九九五年電影改編版本的李安導演所深刻體會到的，失去了父親與兄長保護的達希伍德姊妹們，其所面臨的禮教束縛、經濟困窘以及社會地位帶來的限制，比起還有父親守護、仍可維持仕紳家庭生活水準的班奈特姊妹們要殘酷許多。無論是乾柴烈火型的瑪莉安，或是悶騷型的艾蓮娜，她們從小在優渥順遂的環境下培育出上等品味、教養與美德，卻在失怙後，由於繼承了大筆遺產的同父異母兄長，自私冷血地吝於提供經濟資助，因而得承受在婚姻市場中大幅貶值的命運，令人不禁為之惋惜而欷噓。

雖然乍看之下，達西先生很明顯因為自身的各種優勢而言行舉止傲慢，伊莉莎白則太過相信自己的第一眼直覺而總是太快對人下評斷，然而這兩人不止在衝突中揭露彼此的缺點，也在自省中看到自己有著跟對方一樣的缺點，因而才更能彼此寬容、理解。同樣的，雖然艾蓮娜顯然代表理性而瑪莉安代表感性，然而其實兩人都兼具理性與感性，差別在於艾蓮娜以理性節制與壓抑她豐沛的情感，務求不因一己之私情而為他人、尤其是家人帶來痛苦折磨，瑪莉安則忠實於自己的情感，不受外界目光左右，轟轟烈烈去愛，最後也用全身心靈去承受被背叛的屈辱與傷痛。

在這部直接以「理性與感性」命名的小說中，奧斯汀傳達了她對於這兩項特質的複雜矛盾態度。她小心翼翼讓極可能會被批評為任性自私的瑪莉安擁有許多美好特質，而雖然不少讀者對於瑪莉安最後的結局不太滿意，甚至質疑只有單方愛慕的婚姻，對於感情豐富的瑪莉安不知到底要算獎賞還是處罰。但就當時的社會而言，布蘭登上校所能提供給達希伍德一家的物質生活與社會地位，遠遠超出她們原本所能夢想的。此外，布蘭登上校的年紀（三十五歲）雖然是瑪莉安（十六歲）的兩倍，但身為「高富帥」的他，絕不單僅能引導瑪莉安學習控制收斂感性，而是反而能寵愛甚至溺愛她，給予她更多個人空間與自由。至於瑪莉安，這樣的結局也允許她繼續沉陷於心碎與幻滅中，直到她能打從心底真正超脫，一方面佐證那段感情的真摯與深刻，一方面也能為她從瑪莉安派讀者那裡贏得更多憐惜。

兩相比較之下，艾蓮娜在感情路上所受的磨難其實並不亞於瑪莉安，但她的愛情與婚姻伴侶卻平淡普通許多。雖說她與愛德華彼此吸引，但愛德華因為與璐西（Lucy Steele）私訂終身而被母親斷絕關係，在經濟上還是得仰賴布蘭登上校給予的教區牧師職位。若單以結果論來看，可見奧斯汀對於以理性壓抑感性、重視群體勝過個人主體的行為，也並非毫無保留地支持。關於這點，可從另外兩位與艾蓮娜有類似個性與命運的女主角中得到更多佐證：《傲慢與偏見》中的珍．班奈特就是因為過於矜持內斂，達西先生才會懷疑她對賓利先生的感情，甚至試圖拆散兩人，避免已用情至深的好友賓利先生受到傷害；《勸服》（*Persuasion*, 1817）中的安・艾略特（Anne Elliot）則接受了教母羅素夫人（Lady Russell）的勸服，在種種現實考量下拒絕了溫斯沃斯上校（Captain Wentworth）的求婚，但懊悔卻隨著時間與青春的流逝越來越深。

從現代觀點來看，或許問題的癥結從來都不是在理性與感性之間作抉擇。誤會解開後，賓利先生仍然熱情地回到珍・班奈特身邊，而溫斯沃斯上校在見識過活潑外向的路易莎・穆斯格羅夫（Louisa Musgrove）那絲毫不考慮後果的莽撞行為後，也願意放下七年多以前被拒絕的屈辱，重新愛上冷靜沉著、善良可靠的安。跟韋勒比一樣都是私訂終身的愛德華，可以信守一個已被證實是錯誤的承諾，直到女方主動背叛、轉移目標到費勒斯家的新繼承人——愛德華的弟弟身上。《艾瑪》中的法蘭克・邱吉爾在珍・菲爾費克斯（Jane Fairfax）的堅持下，努力配合守住兩人私訂終身的祕密，甚至與艾瑪公開調情做為煙霧彈，直到可能反對珍・菲爾費克斯的舅媽過世後，才得以在舅舅的許可與祝福下結婚。無論是上述哪個例子，無論是選擇公開放閃或默默甜蜜，備受折磨的永遠都是投入真愛與謹守道德份際的那方。因此，問題的癥結說到底，還是抵擋不住財富壓力與誘惑的那方，而讓渣男惡女成為渣男惡女的根源，則是那允許財富操控人類情感、引誘人背叛的社會經濟制度。

《艾瑪》與《勸服》：婚姻關係與領導階級的重新想像

在六部小說中，另一個同樣讓不少讀者感到不滿意的結局，當數《艾瑪》裡，艾瑪・伍德豪斯（Emma Woodhouse）與奈特利先生幾乎毫無任何情慾元素鋪陳的結合了。由於這部小說的敘事觀點幾乎完全站在艾瑪的視角，而既然艾瑪堅信自己不需要、也不想要進入給女性太多束縛的婚姻中，又把大半時間與精力投注在教育自己自願照顧的海莉葉（Harriet Smith）並幫她找到好歸宿，以及幻想法蘭克・邱吉爾對自己理所當然的著迷中，再加上艾瑪受限與偏頗的視角，正是故事情節中造成各種誤解的源頭，因此無論是奈特利先生坦承自己對艾瑪多年的愛慕，或是艾瑪在海莉葉的告白威脅下體認到奈特利先生對自己的重要性，對於讀者來說，都是結局前突如其來的大爆點。

此外，艾瑪具備不少類似現代拉子的特質，而這也讓因此欣賞她的讀者們（特別是現代女性讀者們），難以接受她最後仍不能免俗地進入婚姻中。艾瑪是一隻驕傲的孔雀，她充分瞭解、也能充分利用自己所擁有的各種優勢，包括聰明才智、權威自信、心智力量以及財富地位等。在所有奧斯汀的女主角中，她是唯一有資格排拒婚姻，且能在各方面都與男主角相抗衡的角色，即便她有不少小缺點，尤其是以自我為中心的優越感，對於周遭的人事物又似乎一直做出錯誤判斷，但她在與奈特利先生的爭論中，卻總是能提出讓讀者也不得不贊同的觀點。她的目光完全聚焦在海莉葉與珍這兩個女性角色上，她似乎對男性缺乏情慾想像，因此感受不到艾爾頓先生（Mr. Elton）對她的追求，而法蘭克的猛獻殷勤也對她起不了致命誘惑，不可能造成實質傷害。她懂得欣賞海莉葉的女性美，並站在如同雕刻家畢馬龍[2]的男性主宰地位上，夢想將海莉葉型塑成她心中的理想女性，並為之找到足以匹配的對象。她對於珍的敵意，除了是因為嫉妒她足以與自己匹敵的教養與聰慧之外，或許更多是來自於無法進入對方的心靈世界、對她的人生無法有任何參與及影響。

像這樣一位女子的婚姻，在歷史與社會的脈絡下自有特別意義。奧斯汀創作的年代，也是浪漫詩人們創作的年代，他們同樣都經歷了工業革命、貴族沒落、社會階級鬆動、法國大革命、拿破崙戰爭等經濟、社會與政治各方面的遽變。這些現實社會中的難題與挑戰，雖然常被奧斯汀的讀者忽略，但也從未在作品中缺席。《艾瑪》與《勸服》即可被視為是奧斯汀在動亂時代中，對於婚姻關係與領導階級的重新想像。前者描繪具有自我反省意識與能力的統馭者，在不斷辯證與互相警惕中自我精進，而後者則主張以美德與能力作為衡量菁英領導階級的新標竿，取代完全由血統決定、已日趨墮落的世襲制。

2 Pygmalion，古羅馬詩人奧維德（Ovid）作品《變形記》（*Metamorphoses*）中的賽普勒斯雕刻家。他用雕刻在象牙上體現出自己心中的理想女人形象，卻不由自主愛上這個自己一手創造出來的成品，甚至渴望能在現實生活中找到一模一樣的女人。

若從這樣的角度來審視艾瑪這個角色，那麼她的缺點正是掌握權勢者在毫無節制下的自我膨脹，也正是她在成長為理想統治者的過程中，必須要有所自覺且加以克服的。因為她在財勢、地位與智慧各方面都凌駕於海莉葉之上，所以她自詡為監護人，就像艾爾頓太太自詡為珍的監護人一樣。她不經意地濫用海莉葉對自己的仰慕與情感，毫不質疑自己握有操控海莉葉人生的權利與義務，對海莉葉的身世之謎肆意灌注自己的豐富想像，進而武斷判定與她素未謀面的馬汀先生（Robert Martin）配不上自己想像中的海莉葉。她不僅熟悉社會階級的分層架構，也能獨立於外在社經條件去判斷個人的德行、品味與能力，她打從心底對艾爾頓太太的膚淺與勢利眼感到不恥，自己卻在情緒受法蘭克的鼓動高漲時，公開嘲笑貝茲小姐（Miss Bates）的愚鈍，侮辱了一個與達希伍德姊妹有類似悲劇遭遇的善良熟齡單身女子。艾瑪的缺點不僅源自於軟弱的父親與家庭教師的寵溺，也是當時社會制度對統治階級的縱容，更是當時女性生活經驗受限制的產物。

對於這樣的艾瑪來說，在她缺乏領導者典範的世界裡，她與奈特利先生之間的友伴式婚姻（companionate marriage）是彌足珍貴的。他們在許多方面很相似，但在許多觀點上是互補的，而艾瑪年紀輕輕就已經有足夠的能力與膽識，能抵抗奈特利先生對自己的操控，保有獨立思考判斷的可能。這樣的兩人能從多元角度檢視彼此的盲點，在履行大家長義務時，能時刻提醒彼此收斂權力。更重要的是，奈特利先生的大莊園與事業，不僅能讓艾瑪的聰慧與精力能有實質上的用武之地，更能帶艾瑪脫離海布里（Highbury）這個封閉世界的桎梏，開拓她的眼界，成為真正理想的統治者。

《勸服》中的安・艾略特與艾瑪一樣出身好家庭，兩人的命運卻有如天壤之別。母親同樣早逝的安，雖然有值得信賴與尊敬的教母在身邊，也曾有過青春美貌與摯愛戀人，但教母羅素夫人正是七年多前勸說她拒絕年輕海軍軍官溫斯沃斯上校求婚的關鍵人物。而這位如今身價暴漲歸來的前男友不但仍對此耿耿於懷，甚至多次在安的面前與穆斯格羅夫姊妹們調情，讓她心中充滿懊悔與愧疚。她也有姊妹，卻過著最孤獨的生活。已出嫁的小妹瑪莉・穆斯格羅夫（Mary Musgrave），跟伊莉莎白的母親班奈特太太一樣，老愛裝病博取他人關注。而仍小姑獨處、待價而沽的大姊伊莉莎白・艾略特（Elizabeth Elliot），則是被父親寵壞、奢華膚淺的嬌縱大小姐，年近三十仍夢想能憑藉美貌擄獲金龜婿。

青春活潑的艾瑪集大家的寵愛及尊敬於一身，她確信自己能掌握自己、甚至他人的人生，她的故事只有喜劇中常見、無傷大雅的誤解元素，有如班奈特先生風格般戲謔嘲諷的敘事聲音（narrative voice），藏不住奧斯汀本人對艾瑪的特別偏愛。《勸服》全篇則如秋天般瀰漫著淡淡憂傷，在令人窒息的環境下早已褪色、甚至眼看即將要枯萎的安，終於在能接受她、並懂得欣賞她的人群中，一次又一次證明自己能在急難中處變不驚，能默默為病痛、哀傷與驚慌失措者提供實質協助與感情撫慰，在過程中慢慢恢復原有的美貌、光澤與活力，也慢慢贏回溫斯沃斯上校的愛慕。

安的父親艾略特爵士（Sir Walter Elliot）雖然貴為從男爵（baronet），是六部小說中少數有貴族頭銜的父親，卻是最糟糕的父親，也是桎梏安的源頭。《傲慢與偏見》中，腦袋清楚的仕紳班奈特先生，雖然一直懈怠自己教育妻女的責任，樂於以超然的旁觀者視角，笑看所有人、尤其是他妻子的荒謬言行，直到事態嚴重到幾乎要無法收拾。但在莉迪亞（Lydia）私奔事件中得到教訓的他，最後還算終能體會到自己身為父親的責任。《艾瑪》中體弱多病的伍德豪斯先生只懂得關心自己與他人的健康，把教育女兒的責任，全都推到在家中原本理應沒有權威地位的家庭女教師身上，也難怪會養成艾瑪天不怕地不怕的個性。然而，最起碼這兩位父親與女主角之間的關係是親密的，他們很清楚也很懂得欣賞女兒的優點，並至少能讓女兒的個性自由發展。艾略特爵士卻是個揮霍無度、只注重外表虛榮的父親。即便已快散盡家財，被迫得移居物價水準較低的巴斯（Bath）、並將凱林奇府（Kellynch Hall）出租，他也還念念不忘妝點門面與排場，以維持與自己身分相匹配的外在形象。在母親艾略特女士（Lady Elliot）於十三年前過世後，安一直得生活在這樣價值觀錯亂的家庭裡，多年來被忽略甚至貶抑得一文不值，比外人還不如。

溫斯沃斯上校的姊夫克勞夫特上將（Admiral Croft）取代艾略特爵士入住凱林奇府，象徵在拿破崙戰爭中，以實力證明自己、並獲得相對應獎賞的海軍英雄們，將英勇的海軍魂帶回國內，成為新時代的領袖典範。他們在船上遵守嚴明的團隊紀律，擁有統御下屬的能力，敢冒險能吃苦，並能與袍澤共患難。這些都正是戰後動亂中的英國、尤其是道德逐漸崩壞的上流社會所迫切需要的特質。當平常喜歡擦脂抹粉、細心保養肌膚、在家中擺滿鏡子以便隨時能顧影自盼的艾略特爵士，自以為是地批評長年歷經風吹雨打的海軍臉上常見的粗糙肌膚時，他自我暴露的淺薄更加強而有力地凸顯出兩者之間的鮮明差距。

這樣一群足以為人表率的新時代菁英，最能與之匹配的佳偶自然也非一般上流社會所吹捧的、像穆斯格羅夫姊妹般有才藝有教養的時尚高雅女子。如果說伊莉莎白在彭伯里看到達西先生的魅力，那麼安便是從溫斯沃斯上校的姊姊克勞夫特夫人身上，看到自己可以嚮往的未來。也就是說，克勞夫特夫人與克勞夫特上將兩人形影不離、鶼鰈情深的婚姻，為安開啟了重新定義求偶條件與婚姻生活的想像空間。在十五年的婚姻中曾多次伴隨夫婿橫渡海洋的克勞夫特夫人，有著健康的心智與體魄，能長期忍受海上的各種氣候變化，從未抱怨船上的簡單設備，與夫婿同甘共苦而甘之如飴，全心全意支持夫婿的職業。而在多次近乎「美德測試」的事件中，安證明了自己也能像克勞夫特夫人一樣，成為海軍軍官的最佳伴侶。她與溫斯沃斯上校的未來，雖然仍可能有戰爭的威脅，卻必然會充滿新奇與冒險，等著相愛的兩人一起去體驗。

《曼斯菲爾德莊園》：自由轉換視角的全知敘事者

《曼斯菲爾德莊園》（*Mansfield Park*, 1814）中的芬妮．普萊斯（Fanny Price），有著比安更強烈的疏離感，她雖然從小在二姨丈湯瑪斯．伯特倫爵士（Sir Thomas Bertram）家的富裕環境中長大，卻始終只是離鄉背井、寄人籬下的外人。從十歲開始，她除了因為缺乏歸屬感而充滿不安與焦慮，更得承受勢利眼的大姨媽諾里斯太太（Mrs. Norris）的差別待遇。這樣一位邊緣角色的視角，甚至也不是這部小說的唯一敘事核心。在六部小說中，這是唯一採用全知敘事者、並讓其大量自由穿梭於其他角色內心的作品。這樣的敘事手法，一方面更加凸顯芬妮的弱勢地位，一方面讓其他角色也有獲得讀者理解甚至同情的可能，挑戰讀者習慣將男女主角簡化為道德模範的傾向。其中芬妮與瑪莉．克勞佛（Mary Crawford）這對朋友與情敵，便與艾瑪及艾爾頓太太之間形成有趣的對比。

當艾爾頓先生追求艾瑪未果後，為了療情傷而前往社交勝地巴斯的他，很快就結識並迎娶艾爾頓太太回家。雖然艾瑪對艾爾頓先生自始自終毫無半點興趣，但看到艾爾頓先生將這樣一位在各方面都讓她難以忍受的女人當作自己的替代品，內心也難免因為嚴重質疑艾爾頓先生求偶的品味而感到受辱。然而，雖然艾爾頓先生的確只看中艾爾頓太太略遜於艾瑪、但也算得上是優渥的身家背景，在艾爾頓太太這個角色身上也確實有不少艾瑪的影子。在艾瑪的眼中，艾爾頓太太舉止傲慢、高高在上、喜歡炫富、頤指氣使、以上流人士自居，卻頂多只是東施效顰的新興資產階級，缺乏悠遠的家族歷史以及真正的高雅教養。她之所以對與自己有類似缺點的艾爾頓太太懷有敵意，或許是因為自己為海莉葉設想的計畫因她而落空，或許是因為艾爾頓先生竟然為了這樣的女人就可以這麼迅速從自己造成的傷害復原，或許是因為她真心嫌惡這些缺點卻未察覺自己也有類似表現，但也或許是因為所謂「微小差異式的自戀」（narcissism of minor difference），也就是說，無論有無自覺，她或許都認為自己才真正有資格，艾爾頓太太只是山寨版的拙劣冒牌貨，而且深信兩者的表現有程度與本質上的差異。

由於艾瑪的視角是小說唯一的主要敘事核心，所以讀者看到的艾爾頓太太，幾乎就是艾瑪眼中的艾爾頓太太，而這個可笑角色的主要作用之一，乃在於做為反射與嘲諷艾瑪的鏡子。在《曼斯菲爾德莊園》的前兩卷中，芬妮跟瑪莉兩人的視角在敘事上卻有同等份量，如果說芬妮是最弱、存在感最低的女主角，那麼瑪莉便是搶盡女主風采的最強女二。這兩人都因從小寄人籬下而有受創的不愉快過去，也都與自己的哥哥有深厚感情。低下的家庭地位形成芬妮膽怯、羞澀、內斂的個性，對於被其他家人忽略的芬妮來說，艾德蒙在其人格養成與道德教育上扮演極為重要的角色，也難怪他最後會發現芬妮比瑪莉更適合自己。至於克勞佛兄妹倆，他們在雙親過世後，雖然有叔父克勞佛上將（Admiral Crawford）與叔母克勞佛太太的照顧與寵愛，但這兩位長者的驚世婚姻，以及克勞佛上將在喪妻後放縱的男女關係，對於兩兄妹的婚姻觀與道德觀難免有深遠的負面影響。

由於自由轉換的敘事觀點，讀者可窺知瑪莉與艾德蒙的確兩情相悅，然而兩人的關係卻似乎複製了克勞佛上將的婚姻。瑪莉不喜歡宗教，自然排斥艾德蒙接受任命為牧師，更加嫌棄這個職業的收入水平。艾德蒙的妹妹瑪莉亞（Maria），在結婚後仍與亨利・克勞佛（Henry Crawford）藕斷絲連、糾纏不清，遭致被夫家離緣的命運，瑪莉卻仍執意袒護哥哥，縱容其玩弄女人、只享受征服過程的癖好，拒絕跟艾德蒙一起嚴厲譴責兩人的不倫戀，甚至怪罪芬妮拒絕亨利的求婚。這對情侶在這場家庭醜聞風波中的立場與態度迥異，使艾德蒙終於認清兩人之間的鴻溝而下定決心分手。比起《理性與感性》中、為了財富而遺棄瑪莉安的韋勒比，艾德蒙的確似乎有充足理由結束這段戀情，但非因自己行為不檢而被拋棄的瑪莉，所受的傷害絕對不下於瑪莉安。敘事聲音對於瑪莉內心世界的描寫，使得瑪莉的存在不僅只是做為凸顯芬妮美德的陪襯，而是藉由兩個角色的對比，鼓勵讀者進一步深入省思家庭教育與生活環境對人格形成的影響，以及人與人之間的情感如何介入個人的道德選擇。

伯特倫（Bertram）與克勞佛兩家年輕人籌劃演出伊莉莎白・英奇巴爾德（Elizabeth Inchbald）劇作《海誓山盟》（*Lover's Vow*, 1798）的情節，即是很好的一個觀察切入點。在過程中，所有參與者似乎都各懷鬼胎，連起先反對這個提議、看似道德感較高的艾德蒙與芬妮，也並非完全無懈可擊。艾德蒙原本因劇作內容涉及禁忌議題而反對此計畫，但終究無法忍受瑪莉與其他男人在演出時可能有親密接觸，最後還是選擇妥協加入。除了道德方面的疑慮，芬妮的反對也難免摻雜私人情緒，包括她自己的膽怯個性以及對瑪莉的羨慕與嫉妒。兩人最後都參與其中，與所有人一起目睹亨利與瑪莉亞以演出為藉口公然調情，也與所有人一起縱容兩人的行為，即便是當芬妮拒絕亨利的求婚時，也因為顧慮到瑪莉亞的形象，而選擇不向伯特倫爵士揭露兩人的不當舉止。這樣因為私情而無法擇善固執到底的兩人，似乎也沒有立場譴責瑪莉在亨利與瑪莉亞事件後所採取的態度，亦或是責怪她在情感上無法感激於己有恩、卻行為放縱的克勞佛上將。

在此脈絡下，也應能從不同角度來思考潛藏在遙遠的安地卡島（Antigua）、踩著奴隸的血汗、支撐伯特倫一家富裕生活的殖民地農莊（plantation of slavery），以及這部作品中引發爭議的緘默態度。個人明顯反對奴隸制度的奧斯汀，在這部作品中給了讀者一個道德兩難的課題：得益於奴隸制度的帝國統治者，對待自家人不見得是冷酷無情的暴君，而得其羽翼庇護者如芬妮，在周圍所有人都保持緘默的氛圍下，又要如何才能有足夠的道德勇氣去質疑、更遑論去譴責一個做壞事的好人。

《諾桑格寺》：向哥德小說女王致敬

奧斯汀生長與創作的年代，不只是工業、政治、經濟與社會大革命的年代，也是堪稱為文學大革命的年代，她並未像威廉・華茲渥斯（William Wordsworth）一樣正式發表所謂「文學實驗」的宣言（Preface to *Lyrical Ballads*, 1800, 1802），但她叫好又叫座的小說創造了前所未有的獨特風格，提升了小說此一文類的文學地位。正如同她對當代社會重大議題的回應，她也同樣在多部作品中回應當代流行的文類與文學風格，探討文學對個人與社會的影響，《曼斯菲爾德莊園》裡的業餘戲劇演出，只是其中一個例子。

最早完成、但在奧斯汀身後才與《勸服》一起出版的《諾桑格寺》（*Northanger Abbey*, 1817），即是透過諧擬（parody）手法向自己喜愛的哥德小說女王安・拉德克利夫（Ann Radcliffe）致上敬意。於是乎女主角凱瑟琳・莫蘭（Catherine Morland）的角色設定，無論是家世背景、外貌個性、才能興趣等，都被刻意拿來與典型的哥德小說女主角相比，卻壓根沾不上半點邊，甚至與之完全相反。這樣一位在各方面都平凡無奇，被男主角亨利・提爾尼（Henry Tilney）譽為「天然呆」（natural），甚至帶著些許小男孩淘氣與活力的健康寶寶，在哥德小說裡絕對是有如鳳毛麟爪的異類，卻正是哥德小說眾多女讀者的寫照。她們都是有教養、有閒情逸致的識字姑娘，在受限的生活圈中，過著平靜無波的日子，於是藉由閱讀哥德小說，她們跟著女主角一起在具有異國風情的遙遠國度（例如義大利或法國）、或遙遠的浪漫年代（例如十五、十六世紀）中長途跋涉，靠著豐富想像力去體驗現實生活中不可能遭遇到的新奇與恐怖經歷。

像《諾桑格寺》這樣的大莊園，曾經是隸屬於羅馬教廷的天主教修道院，在亨利八世與教廷決裂，使英國國教脫離教廷管轄，並解散全英格蘭的天主教修道院後（十六世紀中葉），這些房地產就成了富貴家族世代傳承的私有宅第。如此具有悠久歷史的特殊建築，本就是哥德小說創作靈感的來源，更是眾多哥德小說的空間背景，也難怪已受哥德小說制約的凱瑟琳（Catherine），一進入到《諾桑格寺》，就不由自主地被那些哥德小說家從現實生活中挪用到虛構世界裡的元素所吸引，一步一步踏入她自己所建構的哥德化現實中。

然而，奧斯汀並非意圖如華茲渥斯般譴責哥德小說對廣大讀者帶來的負面影響。事實上，在小說的文學地位仍然低下的年代，奧斯汀在這部作品中大力捍衛這個年輕文類，她甚至認為甘願自貶身價的小說家，以及不敢大方承認自己喜愛閱讀小說的讀者，都是虛偽矯情的。她讓亨利．提爾尼譴責凱瑟琳無法區分現實與虛構，卻也讓他讚揚能帶來愉悅感的好小說，他甚至主張有問題的不是小說，而是讀者自身的判斷能力，正如《曼斯菲爾德莊園》裡面的戲劇演出，也只是被濫用為公開調情的藉口。

《勸服》中的安．艾略特與班威克上校（Captain Benwick），以及《理性與感性》中的瑪莉安．達希伍德則同為自然詩與浪漫敘事詩的愛好者，前者如湯姆生（James Thomson）與古柏（William Cowper），後者如史考特爵士（Sir Walter Scott）與拜倫（Lord Byron）。這三人的個性顯然與亨利・提爾尼、凱瑟琳・莫蘭、克勞佛兄妹與伯特倫兄妹有天壤之別。他們都多愁善感，具有容易感到孤獨的特質，特別渴望能找到與自己產生靈魂共鳴的伴侶。在遇到同好與知己時，他們能感受到特殊的親密感，迫不及待會有想要掏心掏肺一吐滿腔熱情的衝動，也期待對方能有與自己相同頻率及熱度的回應。無論韋勒比是否真心喜愛詩，在他的刻意殷勤鼓勵下，瑪莉安自然一股腦兒投入兩人一起讀詩的浪漫。還無法從未婚妻過世的哀痛中走出的班威克上校，光是與安暢談詩，就有抒發悲傷的療癒功效。

無論是戲劇、哥德小說、自然詩與浪漫敘事詩，都是奧斯汀所鍾愛的文學，然而她也同時提醒讀者假戲真作的致命誘惑，辨別現實與虛構的重要性，以及縱放情感、沉溺於感傷中自悲自憐的危險。安雖然也喜愛詩，卻鼓勵班威克上校不要偏食，也應嘗試涉獵傳達積極光明能量的散文作品。做為小說家的奧斯汀，與詩人之間或許存在著本質上的差異，她是社會與人性的觀察家，她沒有激進的言論思想，卻也非故步自封的保守主義者，她不做高高在上的道德說教，而是以超然的角度、包容體諒的心、機智風趣的幽默感，去笑看芸芸眾生的弱點與荒謬，也讓讀者在笑中看盡人間百態。

系列導讀二

我們的珍·奧斯汀

馮品佳（交通大學外文系講座教授，中研院歐美所合聘研究員）

珍・奧斯汀曾經說過，自己的作品只是「在一小塊（兩吋寬的）象牙上精雕細琢，結果差強人意」的小品。對於珍迷（Janeites）而言，奧斯汀的小說當然絕對不只如此。即使她已經過世兩百年，奧斯汀的小說仍然廣受世界各地讀者喜愛，歷久不衰。然而，這位出生於十八世紀末的作家對於二十一世紀的讀者到底有什麼相關性？特別是華文世界的讀者，接觸到的是翻譯後的文字，與奧斯汀所書寫的十八、十九世紀英國社會更是距離遙遠，為何我們仍然深深受到這位隱士型作家筆下所建構的世界所吸引呢？奧斯汀的小說到底為何能夠具有這種穿越語言時空隔閡的魅力呢？

英國國家廣播電台曾經分析美國的珍迷現象，除了讀者對於十九世紀初英國文化的嚮往之外，就是小說中男女主角的羅曼史最具吸引力。不論是《傲慢與偏見》及《諾桑格寺》中舞會結下的情緣，《艾瑪》與《曼斯菲爾德莊園》中青梅竹馬兄妹式的感情昇華，《理性與感性》中的薄情郎與癡心男女，或是《勸服》中的第二次戀情，打動了不同世代的讀者，也是後世言情小說所不斷模仿的對象，並且透過層出不窮的改編電影，持續召喚新生代的珍迷進入奧斯汀的愛情魔法世界。在欲望流竄的當代社會，奧斯汀筆下各種發乎情而又止乎禮的感情篇章或許更能引人入勝。

愛情當然是奧斯汀小說的主軸，而婚姻則是她每一位女主角的最終歸依。這樣鮮明的「婚姻情節」（marriage plot）使得讀者對於奧斯汀本人的感情世界感到好奇。終身雲英未嫁的奧斯汀是如何編織出如此多此多姿的愛情故事？她理想中的婚姻究竟是何樣貌？眾所周知奧斯汀以書寫英國社會的風態（manners）見長，她筆下各種愛情故事的樣貌，應該也源自於她對於當時英國中產階級求偶故事敏銳的觀察，特別針對女性如何能在以父權為主、財富至上的社會氛圍中覓得良人抒發己見。

至於她自己的婚姻經驗，身為閨秀作家，後世對於奧斯汀的生平知之有限，再加上她過世之後，奧斯汀的姊姊焚毀了她大量的書信，使得女作家的真實人生始終是諱莫如深。除了她曾經訂婚、卻又在第二天解除婚約之外，就只有書信中提到的幾位可能戀人供後人臆測。由奧斯汀戲劇化的悔婚故事可以推測她對於婚姻的重視，就像《傲慢與偏見》中女主角伊莉莎白・班奈特即使面臨母親與經濟的壓迫，也不願意接受表哥或是達西的求婚。現實世界的奧斯汀也面臨到父親逝世之後的經濟窘境，與母親姊姊相依為命，但是對於自己選擇不婚仍然無怨無悔。從班奈特先生的口中我們也可以了解婚姻幸福的定義不是金錢，而是男女才智相當，所以能夠互相尊重。

而奧斯汀筆下的女主角到底誰才是珍／真的化身，讀者的首選可能是活潑直率的伊莉莎白，因為她聰慧明理，雖然生長於鄉村卻雍容大度，面對貴族姨媽的咄咄逼人仍然可以不卑不亢。另一位可能的人選則是《勸服》中二十六歲卻因失去初戀而容顏憔悴的安・艾略特。安最貼近奧斯汀的年齡與心態，代表的是成熟的女性智慧，這也是她能夠逆轉勝、從年輕貌美的情敵手中奪回戀人的致勝關鍵。《理性與感性》年方雙十、忍辱負重的的大姊艾蓮娜可能是十九世紀理想的女性代表，但是敢愛敢恨的小妹瑪莉安或許更能獲得現代女性的青睞。

美國作家法樂（Karen Joy Fowler）在小說《珍・奧斯汀讀書會》（*The Jane Austen Book Club*）中，敘述六位性格迥異的男女，如何在閱讀奧斯汀的六本小說之後走向不一樣的人生道路，以讀書會的方式介紹了奧斯汀的作品在當代社會的意義。不論是年近七旬的老太太、或是三十上下的年輕女性、甚至是四十餘歲的男性工程師，每個角色都透過閱讀奧斯汀的小說找到生命追尋的目標。法樂的詮釋絕對不是對於奧斯汀過度的讚美，而是領悟到這些經典文學對於人類所具有的重要啟發。奧斯汀筆下栩栩如生的人物以及對於人心及社會風態深刻的描述，超越了時空地理的限制，為不同世代的讀者創造出與個人生命息息相關的意義，這也是她的小說可以持續廣受世界各地讀者喜愛最主要的原因吧！

1817

諾桑格寺

NORTHANGER ABBEY

Jane Austen

珍・奧斯汀

李佳純 ——— 譯

1

凡是在凱瑟琳．莫蘭幼年時期見過她的人，都想不到她天生會是小說女主角。她的處境，父母的名聲，她的外表和性情，在在對她不利。她的父親是個牧師，雖說取了個名字叫理查，而且長得一點也不英俊，不過既沒有被冷落，也不窮，還相當受人敬重[1]。他除了兩份優渥的終身俸祿，還有一筆可觀的獨立收入，而且他一點也不喜歡限制女兒的行動[2]。她的母親是個常識豐富的女人，脾氣很好，更了不起的是她體格強健。凱瑟琳出世前，她已經生了三個兒子；任何人都會以為到了生凱瑟琳時，她大概會因難產而死，誰知她活得好好的——而且之後又生了六個孩子——看著他們在身邊長大成人，她本人還是健康得不得了。一戶人家要是有十個子女，而且個個頭腦四肢健全，總是被稱為優秀家庭；但莫蘭家除了這點之外，沒別的好稱道的，因為總的來說，他們實在長得很普通，好多年來，凱瑟琳就跟其他孩子一樣難看。瘦而

1 理查（Richard）在當時為英國常見的菜市場名，且Richard的暱稱Dick衍生有不雅的含義，因此奧斯汀拿這名字開玩笑，說雖然名叫理查，不過「還相當受人敬重」。

2 女主角出身貧窮、家道中落或是父母高壓管教，都是十八世紀末盛行的感傷小說裡常見的描述。

不優雅的身材，膚色蠟黃，沒有血色，頭髮又黑又直，五官明顯——她的長相就這樣；她的興趣似乎也不適合當女主角。男孩子愛玩的遊戲她都喜歡，她愛板球的程度不只遠勝娃娃，也超過照顧睡鼠、餵金絲雀、幫玫瑰花叢澆水……就是女主角在童年時期應該喜愛的活動。她的確對花園一點興趣也沒有；如果她哪天摘了花，主要也是因為淘氣——至少人家是這樣推測的，因為她老是摘了不許摘的花。以上就是她的習性——她的能力也相當異常。任何一件事，沒人教的話她就不會或不懂；有時就算教了也不懂，因為她老是不專心，偶爾還很遲鈍。她母親花了三個月時間，才讓她背起來〈乞丐的祈求〉[3]這首詩；她的大妹莎莉都背得比她好。凱瑟琳也不是一直都這麼遲鈍——絕對不是的；〈兔子的朋友們〉[4]這則寓言，她學得就跟英國任何一個小女孩一樣快。她母親希望她學音樂，凱瑟琳也肯定自己會喜歡，因為她很愛在家裡那台沒人用的舊鍵琴上彈彈按按的，於是，她從八歲開始上課。學了一年就受不了——女兒如果能力不足或不喜歡，莫蘭夫人並不會強迫她們要練到什麼造詣，便允許她停課。辭退音樂老師的那天，是凱瑟琳一生中最快樂的日子之一。她並不會特別喜歡畫畫，但要是她能從母親那裡要來一張信紙的空白處，或是找到隨便一張紙，她就盡情地畫，畫個房屋樹木，母雞公雞，所有的東西看起來都一個樣。她父親教她寫字和算術，母親教她法語：她沒有一樣學得好，而且一有機會就逃避上課。真是奇怪又難懂的個性啊！雖然十歲就有這麼多放縱的表現，她的心地不壞，脾氣也不算差；很少固執己見，難得與人爭吵，對弟弟妹妹非常寬容，很少有霸道的行為；此外，她還是個愛喧鬧、粗野的孩子，不喜歡關在家裡，不愛整潔，天底下她最愛做的事，就是到屋後的小草坡從上往下滾。

這就是十歲的凱瑟琳·莫蘭。到了十五歲，她的外表漸漸好看起來；她開始會捲頭髮，渴望參加舞會；她的膚色改善了，臉變得豐滿而紅潤，五官線條也柔和起來，她的眼神比從前更有活力，身材更為出眾。她從喜歡玩泥巴變成喜歡漂亮衣服，時髦起來之後，人也越發乾淨了；現在，她偶爾能聽到父母親提到她外表的進步。「凱瑟琳這女孩子越長越好看——如今她幾乎算漂亮了。」這種話偶爾會飄進她的耳朵；聽了多讓人開心！看起來「幾乎漂亮」，為一個長到十五歲還相貌平平的女孩帶來的雀躍感，是從小就屬美人胚子的女孩不會懂的。

莫蘭夫人是一位十分賢慧的婦女，她希望孩子個個能有最好的發展；但她的時間大半為待產、坐月子和教育幼小兒女占去，較大的幾個女兒只能自求多福。凱瑟琳天生就沒有女主角的氣質，到了十四歲還偏愛板球、棒球、騎馬，也就不足為奇，她不愛看書——至少不愛那些知識性的書籍——不過，只要書中不包含任何有用的知識，只有故事而不叫人思考，那麼她對書一點反感都沒有。然而，從十五歲到十七歲，她開始了成為女主角的準備；女主角必須讀的一些著作——好讓她們記住幾句名言，以便在未來充滿變故的人生中，拿出來引用或是安慰自己——凱瑟琳全都讀了。

---

3 英國詩人湯瑪斯·莫斯（Thomas Moss, 1740-1808）的作品。

4 英國詩人約翰·蓋伊（John Gay, 1685-1732）所著的寓言故事。

她從波普的文字，學到要避開那些——

到處佯裝悲痛的人，[5]

從格雷學到：

幾多花開無人看

幽香消散沙漠中。[6]

從湯姆森學到：

啟發青年人的思想

是多麼愉快的任務。[7]

她從莎士比亞那裡得到許多知識，包括：

輕如空氣的小事

對於一個善嫉的人，也會變成像天書一般
強力的證據。[8]

還有：

被我們踐踏的可憐甲蟲
牠的肉體承受的劇痛
和巨人臨死時感受到的無異。[9]

---

5 亞歷山大·波普（Alexander Pope, 1688-1744），英國詩人，詩句出自〈悼一位不幸的女士〉（*Elegy to the Memory of an Unfortunate Lady*）。

6 托馬斯·格雷（Thomas Gray, 1716-1771），英國詩人，詩句出自〈寫於鄉村墓園的輓歌〉（*Elegy Written in a Country Churchyard*）。

7 詹姆斯·湯姆森（James Thomson, 1834-1882），蘇格蘭詩人，詩句出自〈春天〉（*Spring*）。原文錯拼為Thompson，也許是奧斯汀開女主角的玩笑，指她讀書不仔細。

8 出自《奧塞羅》（*Othello*）第三幕第三場。

9 出自《一報還一報》（*Measure for Measure*）第三幕第一場。

以及，戀愛中的少女看起來總是：

墓碑上刻著的「忍耐」的化身

默坐著向著悲哀微笑。[10]

在這方面，她的進步已經足夠——而且在其他地方還有卓越的進展；雖然寫不出十四行詩，但她勉勵自己去讀；雖然不可能彈一首自己譜寫的鋼琴序曲，讓全場的人如痴如醉，但她能夠不帶疲乏地聽別人演奏。她最不足的地方在於畫筆——她不懂繪畫——連試著給愛人畫一張側面像都做不到，因此不會被人發現她的祕戀。這一點，就是她無法與真正的女主角相提並論之處。目前的她還不明白自己的不足，因為她沒有一個愛人可以畫。她已經滿十七歲，既沒遇過足以讓她動情的可愛青年，也不曾讓別人為她神魂顛倒，甚至連讓人傾慕都沒有，有也只是十分溫和、十分短暫的感覺而已。這的確非常奇怪！但如果仔細去探究，再奇怪的事也找得出原因。這附近沒有貴族居住——沒有！連個從男爵[11]都沒有。與他們相識的家庭裡，沒有一戶人家撫養長大的兒子是偶然在家門口撿到的棄嬰[12]——這裡沒有一個年輕人的出身不為人所知。她的父親沒有任何監護對象，堂區[13]的鄉紳也沒有子女。

然而，當一位淑女注定成為女主角，就算附近四十個家庭都從中作梗，也阻止不了她。必然會發生某件事，好把男主角送到她面前。

莫蘭一家住在威爾特郡的富勒敦村[14]，村裡一帶的大地主是艾倫先生。他因為有痛風病，醫生囑咐他去巴斯調養[15]。他的夫人是個好脾氣的女人，很喜歡莫蘭小姐，她可能意識到，要是一位淑女在自己的村子裡無法碰上奇遇，就得到外地去尋找，遂邀請莫蘭小姐同行。莫蘭先生和夫人欣然同意，凱瑟琳則是滿心歡喜。

---

10 出自《第十二夜》（*Twelfth Night*）第二幕第四場。

11 從男爵（baronet）：英國獨有的爵位，地位在男爵之下，騎士之上。

12 棄嬰亦是感傷小說裡經常出現的情節。

13 堂區（parish）不只是地方教堂涵蓋的區域，也指地方政府的行政分區。

14 富勒敦村確有其地，不過是在漢普郡（Hampshire），而非威爾特郡（Wiltshire）。

15 巴斯（Bath）從羅馬時期就建立了溫泉浴場，是著名溫泉療養勝地。當時由於醫療不發達，醫生往往建議病人去一個對健康有益的地方調養身體，而旅費及住宿皆所費不貲，能負擔的都是有錢人，使得巴斯逐漸成為僅次於倫敦的社交中心。

2

先前已提過凱瑟琳．莫蘭的外貌及資質，現在她即將啟程去巴斯，體驗艱苦而危機重重的六個星期，為了讓讀者對她有更明確的了解，以免接下來的幾頁未能讓讀者明白她的個性，在此或許該說明：她的感情充沛，生性快活而直爽，一點也不自負或做作——她的行為舉止不再有少女的侷促害臊；她很討人喜歡，氣色好的時候還是個漂亮女孩——至於她的心智，也差不多和一般十七歲的女孩一樣，無知且不解世事。

越接近出發的時刻，做母親的莫蘭夫人，自然也越發焦慮。這可怕的一別，她必定有千百種可怕的預感，唯恐親愛的凱瑟琳遭到不測，她心裡肯定憂傷不已，在臨別的前兩天以淚洗面；兩人在她房裡道別時，以她的智慧，必定能給女兒許多極為重要也極為實用的忠告。在這個時刻叮囑女兒，提防那些好以暴力脅迫少女至偏遠農舍的貴族和從男爵，一定可以讓她放下心中重擔。誰不會這麼想呢？但是莫蘭夫人對貴族和從男爵知道得太少，沒有想過他們常見的惡行惡狀，因此完全沒思考過女兒會陷入他們的詭計。她的告誡只限於以下幾點。「凱瑟琳，我要拜託你，晚上從社交廳出去的時候，隨時記得喉嚨要包緊保暖；我也希望你用錢要記帳——這個小本子給你，作為記帳用。」

至於莎莉，或莎拉（有哪位名門小姐，到十六歲還沒有盡可能給自己改名的？），通常在這種場景中應該是姊姊的密友和知己。然而驚人的是，她既沒有堅持凱瑟琳要隨每輛郵車給她寄上一封信，也沒要求凱瑟琳保證會把在巴斯認識的新朋友、任何有趣的對話一一詳述給她聽。誠然，有關這次重要旅行的一切，莫蘭一家都溫和、鎮定以對，這點似乎與尋常生活的平凡感受相當一致，比較不像女主角初次離家時該有的纖細、敏感和綿柔的情緒。她的父親沒有給她一張讓帳戶管理人無限額支付的銀行匯票，甚至沒有在她手裡塞一張一百鎊的鈔票，他只給了她十基尼[16]，答應她不夠的話再給。

在諸多慘澹的徵兆下，雙方道別，旅程開始。一路上一帆風順，平安無事，沒有碰上搶匪或暴風雨，也沒有因為翻車而讓男主角登場[17]。只有一次，是艾倫夫人擔心她把木套鞋忘在客棧，幸好後來證明是虛驚一場。

一行人抵達巴斯。凱瑟琳按捺不住喜悅——馬車駛進優美而醒目的城郊，接著穿越大街小巷來到飯店，凱瑟琳睜大眼睛，東看西瞧。她是為了開心而來，而她已經很開心。

不久，他們就在普爾特尼街的一棟舒適住所安頓下來。

現在該來描述一下艾倫夫人，以便讓讀者判斷，她之後會以何種行為促成書中的痛苦，以

---

16 基尼是發行於一六六三年至一八一四年的金幣，大約與英鎊等值。

17 女主角在路上碰到劫匪或翻車等意外，男主角現身搭救，為哥德小說經常出現的橋段。

及，她大概是怎麼讓可憐的凱瑟琳，在本書最後一卷陷入悲慘不堪的境地——究竟是因為她的輕率、粗鄙或善嫉，還是她攔截凱瑟琳的信件、詆毀她的聲譽，或將她逐出大門。

像艾倫夫人這樣的女性很多，與她們交際之後，只會讓人吃驚，天底下怎麼有男人喜歡她們到願意娶進門的程度。她沒有美貌，沒有才能，沒有成就，也沒有氣質，只能說，她有貴族婦女的架子，文靜過人，還有一副慵懶的好脾氣，以及乏善可陳的思想，大概就是艾倫先生這樣一個明理又聰明的男人，會擇她為妻的原因。在某方面，她倒是非常適合把一位年輕小姐引薦到社交場合，因為她自己就跟一個年輕小姐一樣，哪兒也想去，什麼都愛看。她的熱情是衣服。對於講究，她有著十分無害的興致；我們的女主角得先等上三、四天，直到她的監護人弄清楚什麼衣服最時髦，也拿到最新款式了，才得以進入社交圈。凱瑟琳也為自己添購了行頭。以上都安排好之後，重要的一夜來臨了，就是把她送進上社交廳[18]。最優秀的人才被找來為她剪髮梳頭，也小心翼翼為她穿上禮服，艾倫夫人和她的侍女都斷定她看起來十分體面。在這樣的鼓勵下，凱瑟琳希望自己在人群裡至少不會被指指點點，至於仰慕，若是有當然很歡迎，但她不敢奢望。

艾倫夫人花了大半天的時間在著裝，她們一直到時候不早了才進入舞廳[19]。這一季人滿為患[20]，室內擁擠不堪，兩位女士盡可能擠了進去。至於艾倫先生，他直接就往紙牌室走，留她們倆獨自享受這一群暴民。艾倫夫人小心翼翼而快速地穿過門口的一大群人，只顧保護身上的新禮服，倒沒那麼注意受她監護的女孩舒適與否。凱瑟琳緊挨在她身邊，挽著她的手臂，力道有點太大，就怕被推擠的人群給沖散；令凱瑟琳驚訝的是，往廳裡面走竟然不是擺脫人群的好方法，越往前人似乎更多，她本來想像一旦進了門就很容易找到座位，能輕鬆方便地看別人跳舞。不過狀況與想像差距很大，雖然她們費盡千辛萬苦，甚至走到了室內盡頭，情況還是沒變；完全看不到跳舞的人，只看得到一些女士頭飾上高聳的羽毛。她們繼續移動——尋找更好的視野；經過不停地找尋，最後來到了最高一排椅凳後面的通道。這裡的人沒有下面多，得以將底下的人群一覽無遺，莫蘭小姐也順便看了一下剛才穿越人群時經歷過的所有危機。這個景象十分壯觀，今晚，她第一次感覺自己來到一個舞會：她渴望跳舞，但是舞廳裡她一個人也不認識。對於這樣的狀況，艾倫夫人已盡她所能，就是三不五時不痛不癢地說一句：「你要是能跳舞就好了，親愛的——真希望你有個舞伴。」有段時間，她的年輕同伴對於她的期望很是感激；但這句話一再重複，一點作用也沒有，凱瑟琳最後聽膩了，不再謝她。

不過她們沒有太多時間享受千辛萬苦找來的好位子——很快地大家就起身去喝茶[21]，她們

18 巴斯有兩個社交廳，分別為比較新的上社交廳（The Upper Assembly Rooms），以及較早興建的下社交廳（The Lower Assembly Rooms）。

19 舞廳是上社交廳裡最大的設施，其餘設施包括八角廳、紙牌室、茶室。

20 冬天是巴斯的旺季，依據本書情節推估，這個時候約為一月底或二月初。

21 社交廳的舞會從六點進行到十一點，中場為喝茶及飲食的休息時間。凱瑟琳和艾倫夫人到得晚，很快就碰到休息時間。

必須和大家一起擠出去。凱瑟琳開始有點失望——她厭倦了一直被人擠來擠去，大部分的臉孔沒有一點有趣之處，而且她一個都不認識，無法和同為俘虜的任何一個人交談一、兩句，來排解被囚禁的煩躁感；總算來了茶室後，她覺得更難堪，無法加入任何一桌，沒有熟人，也沒有紳士在旁協助她們。艾倫先生不見人影；她們在人群中瞧了又瞧，找不出更合適的地方，只得在已經安頓了一大群人的桌邊坐下。她們和那些人一點關係也沒有，除了彼此，也沒有別人可以說話。

她們一坐下，艾倫夫人立刻慶幸自己的禮服沒有任何損壞。她說：「要是扯破了可真糟糕啊，不是嗎？——這塊紗這麼細——剛才在廳裡，我還沒看到讓我這麼喜歡的呢，我可以向你保證。」

凱瑟琳小聲說道：「這裡一個認識的人都沒有，真是讓人不自在！」

「是的，親愛的，」艾倫夫人泰然自若地回答，「的確很不自在。」

「怎麼辦？——這桌的先生女士好像在納悶我們怎麼會坐到這裡——我們好像闖入別人的聚會了。」

「哎，的確沒錯——這樣子是惹人嫌。要是我們在這兒認識很多人就好了。」

「只要有一個都好——就有人可以投靠了。」

「說得真對，親愛的；要是我們有認識什麼人，就可以馬上去找他們。史金納夫婦去年有來——要是他們現在在這裡就好了。」

「我們是不是乾脆離開算了？這裡沒有給我們用的茶具啊。」

「的確沒有呢，真氣人！不過，我想我們還是坐著別動，不然這麼多人，又要被推來擠去的！我的頭髮還好嗎，親愛的？剛才有人推了我一把，我擔心給碰歪了。」

「沒有，真的沒有，看起來很整齊——可是親愛的艾倫夫人，你確定這麼多人裡頭，你一個都不認識嗎？你總會認識某人吧？」

「我說真的，我都不認識呢——我也希望有。真心盼望我在這裡有很多熟人，這樣就可以幫你找個舞伴了——你要能跳舞我就開心了。你看那個怪模怪樣的女人！她身上的禮服真是古怪啊！也太過時了！你看她的後背。」

過了一段時間，鄰座有個人請她們喝茶；兩人感激地接受了，藉機和請茶的那位先生寒暄幾句，也是整晚唯一一次有人跟她們說話，直到舞會結束，艾倫先生來找她們會合。

他一開口就說：「嗯，莫蘭小姐，希望今天的舞會還算愉快。」

她回答：「的確很愉快。」只是止不住地打了一個大呵欠。

他的妻子說：「我真希望她剛才能跳舞，要是我們有幫她找到舞伴就好了——我一再說呀，要是史金納夫婦今年冬天來，而不是去年冬天來的，那該多好；或是佩瑞夫婦不是說過要來嗎，要是他們來了，她剛才就可以跟喬治．佩瑞跳舞。真遺憾她沒有舞伴！」

「希望改天晚上會運氣好一點。」艾倫先生安慰說。

舞會結束，人群開始散場，空間變得寬敞起來，還留著的人得以輕鬆地走動；今晚以來還沒大顯身手的女主角，現在總算是大家注意她、仰慕她的時候了。每隔五分鐘，多走掉一些人，她的魅力就有更大的發揮空間。許多之前不在她附近的年輕人，現在看見她了。雖然沒有人望著她直到心眩神迷，屋裡也沒有人交頭接耳急著打聽她是誰，也沒有人稱呼她為女神。然而，此刻的凱瑟琳十分好看，要是這些人看過三年前的她，現在就會覺得她標致過人了。

總而言之，的確有人看她，而且還帶著幾分仰慕；因為她親耳聽見兩位男士稱她為漂亮女孩。這種話產生了應有的效果：她立刻覺得今晚比她先前感覺的愉快多了——她那樸實的虛榮心已經滿足——一位正格的女主角收到十五首頌揚她魅力的十四行詩，也不比凱瑟琳聽見那兩個年輕人一句簡單的讚美來得感激，她帶著一片好心情坐上轎子，對於自己得到的這一點公眾注目，覺得十分滿意。

3

現在，每天都有每天的例行公事——要逛商店[22]，城裡還沒去過的地方要去參觀，還要去大水泵房[23]轉轉；她們在大水泵房到處逛了一小時，望遍了每一張面孔，沒有跟任何人說話。艾倫夫人最大的期望，依舊是在巴斯有許多熟人，每一天在在證明她一個人都不認識，她也就每天把這句話重複一次。

她們去下社交廳露臉。在這裡，命運對我們的女主角好一點。司儀官[24]給她介紹了一位很有紳士風度的年輕人當舞伴；他的名字是提爾尼。看似二十四或二十五歲，頗為高大，長相很吸引人，一對非常聰穎而炯炯有神的眼睛，就算不是十足英俊，也有九成了。他的談吐高雅，凱瑟琳覺得自己的運氣也太好。他們跳舞時沒有餘暇交談，但坐下來喝茶之後，她發現他跟自

22 巴斯商家眾多，在當時是僅次於倫敦的時尚購物聖地。

23 巴斯有三個抽取溫泉水供訪客飲用的地方，大水泵房（Grand Pump Room）是其中之一，其特點是空間寬敞，白天還有管弦樂隊伴奏，是巴斯重要的社交中心。

24 司儀官（master of the ceremonies）：負責在舞會中確保來賓遵守禮儀及服裝規定、為青年男女介紹舞伴等等。介紹舞伴是一項重要服務，因為依照當時社會風俗，未經過介紹的未婚男女不宜有互動。

己先前判斷的一樣討人喜歡。他口齒伶俐，說起話來神采奕奕——而且帶有一種拐彎抹角的幽默，她雖然聽不太懂，但覺得很有意思。他們自然而然地聊起身旁的事物，過了一會兒，他忽然對著她說：「小姐，我實在是個粗心的舞伴；到現在還沒問過你在巴斯待了多久，以前是否來過巴斯，是否已經去了上社交廳、劇院、音樂廳，你是否喜歡這個地方？這完全是我的疏忽——你現在有空來回答我這些問題嗎？如果有的話，我馬上就開始請教。」

「你不必如此麻煩的，先生。」

「不麻煩的，小姐，我保證。」接著他做出一副笑臉，刻意放輕聲調問道：「小姐，你在巴斯待很久了嗎？」

「大約一個星期，先生。」凱瑟琳憋著笑回答。

「真的嗎！」他假裝大吃一驚。

「你為何要吃驚呢，先生？」

他恢復自然的語氣說：「是啊，為何要吃驚呢！回答必得充滿某種情緒，驚訝是最容易辦到的，而且也不會比其他情緒不合理——我們繼續吧。你以前來過這裡嗎，小姐？」

「從來沒有，先生。」

「這樣啊！那你已經光臨過上社交廳嗎？」

「是的，先生。我上個星期一去過。」

「去過劇院了嗎？」

「是的，先生，我星期二看過戲。」

「音樂廳去了？」

「是的，先生，星期三去了。」

「你對巴斯還滿意嗎？」

「是的——我很喜歡這裡。」

「現在我必須傻笑一下，然後我們就可以恢復理智。」

凱瑟琳別過頭，不知道自己該不該笑。他一臉嚴肅地說：「我知道你對我有什麼感想——明天你會在日記裡說我是個不堪的傢伙。」

「我的日記！」

「是的，我完全知道你會說什麼：星期五，去下社交廳；穿那件藍色鑲邊的小碎花白紗禮服——全黑的鞋子——看起來很吸引人——誰知竟被一個奇怪的笨蛋纏上，要我跟他跳舞，還講一些胡言亂語來煩我。」

「我才不會這麼寫。」

「要不要我告訴你該怎麼寫呢？」

「請吧。」

「經過金恩先生[25]介紹，和一個很討人喜歡的年輕人跳舞；跟他聊了許多——似乎是個超凡的英才——希望可以多認識他。小姐，以上是我希望你寫的。」

「但說不定我根本不寫日記的啊。」

「說不定你現在沒有坐在這個舞廳裡，我也沒有坐在你旁邊。這兩點同樣令人懷疑。不寫日記！少了日記，你不在場的親戚要怎麼了解你在巴斯的生活？每日聽到的寒暄和讚美，要是晚上沒有記在日記裡，日後如何一五一十對他人說起？你各式各樣的禮服，某個特殊時刻的氣色，頭髮的卷度有那麼多描述方式，要是沒有常常求助於日記，怎麼記得住呢？親愛的小姐，我不像你以為的，對年輕小姐的性情那麼無知；就是這個寫日記的好習慣，才促成了女性最為人稱道的流暢文筆。大家都同意，能寫出優美的書信是女性的專長。天性或許是一個因素，但我敢確定，主要還是寫日記的習慣造就的。」

凱瑟琳語帶懷疑地說：「我有時候會想，女性寫信真的比男性好得多嗎？我是說——我不覺得優勢總是在女性這邊。」

「就目前見過的來說，我認為女性寫信的風格除了三個特點之外，可說是無懈可擊。」

「哪三個特點？」

「通常缺乏主題，完全不管標點，經常忽略文法。」

「哎呀！我剛才其實不必擔心著否定你的恭維。你對我們的評價不高呀。」

「我不會一概而論地說女性寫信比男性好，就像我也不能說女性唱二重唱優於男性，或是畫風景畫比男性佳。以鑑賞力為基礎的各項能力而言，兩性的卓越程度是不相上下。」

他們的談話被艾倫夫人打斷，她說：「親愛的凱瑟琳，快幫我把袖子上的別針給摘下來，恐怕它要戳出一個洞了；要是有的話，我會覺得很難過，因為這是我最愛的一套禮服，雖然一碼布也才九先令[26]。」

「我猜的也就是這個價錢，夫人。」提爾尼先生看著這塊棉紗布說。

「你也懂棉紗嗎，先生？」

「特別懂；我的領巾都是自己買的，大家都說我眼光好；我妹妹也常託我幫她選禮服。那天我才幫她買了一件，看過的女士都說我撿到便宜貨。一碼才花了我五先令，而且還是純正的印度棉紗。」

艾倫夫人為他的天分而驚訝。她說：「男人對這種事通常漫不經心，我永遠沒辦法讓艾倫先生分辨我的禮服。你一定帶給令妹極大的安慰，先生。」

「但願如此，夫人。」

「先生，請問你覺得莫蘭小姐的禮服怎麼樣？」

「非常漂亮，夫人，」他邊說邊仔細地檢視，「但我認為不耐洗；之後恐怕會破。」

「你怎麼會——這麼——」凱瑟琳邊說邊笑，差點說出「奇怪」兩個字。

---

25 這裡提到的金恩先生（James King）確有其人，他在一七八五年擔任下社交廳司儀官，一八〇五年擔任上社交廳司儀官。

26 一英鎊等於二十先令，九先令相當於今值一千元新台幣。

艾倫夫人回答：「我相當贊同你的意見，先生，莫蘭小姐買的時候，我就是這麼跟她說的。」

「但你也曉得，夫人，棉紗總是能轉作他用；莫蘭小姐從這塊紗剪剩的還足以做一條手帕、一頂軟帽或是一件披風。棉紗是不會被浪費的。這話我聽舍妹說過四十次了，每次她一浪費，買了超過自己所需的布料，或是不小心剪壞，就會這麼說。」

「巴斯是個迷人的地方，先生，這裡有好多這麼好的商店。我們不幸住在鄉下；索爾茲伯里也是有一些好的商店，但是去一趟好遠——八英里是很長一段路。艾倫先生說實測是九英里，但我確定不可能超過八英里；辛苦極啦——我回到家都快累死了。但你看這兒，出門五分鐘就能買到東西。」

提爾尼先生維持良好的風度，津津有味地聽她說話，她抓著他一直討論棉紗的話題，直到下一支舞開始。凱瑟琳聽著他們的對話，默默擔心起他是不是過度耽溺於他人的怪癖——走回舞廳時，他問道：「你這麼認真在想什麼？希望你不是在想你的舞伴，從你剛才的搖頭來看，你在想的事讓你覺得不滿意。」

凱瑟琳臉紅了，說道：「我沒想什麼。」

「這樣回答的確高明又深奧；但我寧可你直接跟我說，你不願意告訴我。」

「好吧，那我不願意。」

「謝謝你；因為我們很快就要熟稔起來，往後我們只要一見面，我就有權利拿這件事來逗你，天下再沒有比這更能增進親密感的了。」

他們再次共舞；舞會結束，雙方分開，至少在女方這邊，還強烈希望能繼續交流。至於她喝著溫紅酒摻水，準備就寢時，是否還思念著他，以至於還夢到他，就不得而知了。但我希望她只是在淺眠時夢到，最多是在晨間打盹時夢到；如同一位名作家[27]主張的，在男方尚未宣告他的愛慕之前，年輕小姐要是先愛上對方，那絕對是不應該的，年輕小姐必定要先知道男方已經夢過她，才能夢到這位男士，這樣才合體統。提爾尼先生作為一個夢中情人或是情人究竟有多麼合體統，或許艾倫先生還沒考慮過，但作為他年輕的監護對象的普通朋友，是不會引起反對的，這點他在打聽之後已有滿意的答案。當晚稍早，他特地去問清楚她的舞伴是什麼人，確知了提爾尼先生是個牧師，出身格洛斯特郡的顯赫家庭。

27 指小說家塞繆爾．理查森（Samuel Richardson），他對奧斯汀的小說創作有重要影響。

4

第二天，凱瑟琳比平常更興沖沖地去到大水泵房，心想準會在早晨結束之前見到提爾尼先生，準備見面時給他一個笑容——但是笑容沒派上用場，提爾尼先生沒有出現。到了熱門時段，巴斯所有男女老少都陸陸續續出現了，就除了他；每一刻都有大批人群進出，或是上下樓梯；淨是一些沒有人在乎、沒有人想見的人；就是不見他的人影。兩人在屋裡逛得累了，在大鐘[28]的附近坐下；艾倫夫人說：「巴斯真是個好地方，要是我們在這裡有個熟人就好了。」

這句感嘆經常被艾倫夫人徒勞地掛在嘴上，以至於她沒有理由再去期盼會有什麼好事發生；但書上說，「皇天不負苦心人」，以及「有志者事竟成」[29]；她每天孜孜不倦期盼的同一件事，終究有了回報，因為她才坐下來不到十分鐘，鄰座一位年齡與她相仿的女士，認真地看了她好幾分鐘之後，非常彬彬有禮地對她說：「夫人，我想我應該不會認錯人；上次有幸與你見面已經是很久以前的事，你不就是艾倫夫人嗎？」這個問題瞬間得到答案，然後那位陌生人表示自己姓索普，艾倫夫人立刻認出她是從前的同窗好友，自從雙方各自出嫁之後，她們只見過一次面，而且還是多年前的事。重逢的喜悅非常強烈，也算合理，因為十五年來，她們沒想過要知道對方的消息。她們先互相讚美一下容貌，接著感嘆從上次見面到現在，時光飛逝，彼此都沒料到會在巴斯相遇，見到老朋友有多開心，再來就是問起彼此的家人、姊妹、表兄妹的消息；兩人一齊講話，都是願意說而不願意聽，結果對方說的話都只聽到一點點。然而，與艾倫夫人相比，索普夫人在談話上有一項超級優勢，就是她的子女；她敘述兒子的才幹、女兒的美貌，講到各有各的職位和展望：約翰在牛津，愛德華就讀莫切特泰勒斯中學，威廉在海軍[30]，個個在各自的單位都是最受喜愛的那個人——艾倫夫人沒有類似的消息可說，沒有同樣的成就逼著朋友半信半疑地聽下去，她不得不坐著，表面上聽朋友的母愛流露，私底下聊以自慰的是，她敏銳的眼睛很快就發現，索普夫人身上那件斗篷的蕾絲，精美程度不及自己身上的一半。

「我的寶貝女兒來了，」索普夫人喊道，指著三個勾著手臂走過來的俏麗女孩。「親愛的艾倫夫人，我正渴望介紹她們呢；她們一定很高興認識你：最高䠷的是伊莎貝拉，我的大女兒，可不是個標誌的年輕女孩嗎？另外兩個也有許多愛慕者，但我相信伊莎貝拉是最漂亮的。」

---

28 這座九呎高的大鐘是大水泵房的特色之一，現今仍保存良好。

29 這個對句出自《英語發音指南》（*A Guide to the English Tongue*），原文為「Despair of nothing that you would attain/Unwearied diligence your point will gain」。

30 依照當時習俗，提到子女的時候，要按照年紀排序，由這段話可知約翰是大兒子，第二個是愛德華，最小的是威廉。在當時，有志從事海軍的男孩通常在十一、十二歲之間登船服役。

三個索普小姐都介紹完，之前暫時被遺忘了的莫蘭小姐也被做了介紹。她的姓氏好像讓大家嚇了一跳，最大的索普小姐極為客氣地跟她說了幾句話之後，高聲對其他人說：「莫蘭小姐跟她哥哥長得真像啊！」

「真的是跟她哥哥一模一樣！」做母親的嚷著——然後母女們把這句話重複了兩、三遍：「無論莫蘭小姐走到哪兒，我都認得出是他妹妹！」凱瑟琳一度非常驚訝，但索普夫人和女兒才剛說起她們認識詹姆斯．莫蘭先生的來龍去脈，凱瑟琳便猛然想起，她哥哥近來跟同校一個姓索普的走得很近；他的聖誕假期最後一週，還是在倫敦附近跟他們家一起過的。

整件事解釋清楚後，幾位索普小姐爭相說了不少希望多認識她等客套話，說雙方的兄長既然已經是朋友，那麼她們大家也是朋友了；凱瑟琳聽得十分開心，回話時把她會用的所有漂亮辭令都用上了。友好的第一個證明，就是她立刻獲邀挽著索普大小姐的手臂，一起到廳裡轉一圈。凱瑟琳很高興在巴斯多認識了朋友，幾乎把提爾尼先生忘了。情場失意的時候，友誼絕對是最好的慰藉。

她們接下來聊的話題是衣著啊、舞會啊、調情啊、奇怪的人等等——在年輕女孩之間一旦暢所欲言地聊起來，通常會快速拉近彼此的距離。但索普小姐比莫蘭小姐年長四歲，比她至少多了四年的檢視，討論起這些項目，就有絕對的優勢；她可以拿巴斯的舞會和坦布里奇[31]的舞會做比較，可以拿巴斯的流行和倫敦的流行做比較，她可以糾正新朋友對服飾搭配的看法，可以在男女雙方只互相一笑就察覺到調情，可以在一大群人裡頭看出誰最呆頭呆腦。這些能力對凱瑟琳而言完全陌生，索普小姐理所當然地得到她的仰慕；本來或許還會讓凱瑟琳敬而遠之，但索普小姐表現得輕鬆又大方，又再三表示認識凱瑟琳有多開心，緩和了她的敬畏，心中只剩一片溫情。她們在大水泵房一起兜了幾圈後還捨不得分開，走的時候，索普小姐還非得把凱瑟琳送到艾倫先生住所的大門口；得知當晚會在劇院見面、第二天早上會在同一間禮拜堂做晨禱，這才安心下來，熱情地把對方的手握了又握才分手。凱瑟琳旋即衝上樓，從客廳目送索普小姐沿街遠去，仰慕她的優雅步伐、時髦的體態和服裝，滿心感恩能夠交到這樣的朋友。

索普夫人是個寡婦，而且不太闊綽；她是個善良、好脾氣的女人，也是個溺愛孩子的母親。她的大女兒生得很美，兩個小的打扮得和姊姊一樣俏麗，模仿她的氣質、穿著，成果也相當不錯。

簡扼地描述這個家庭的用意，為的是不必讓索普夫人再花好長的時間，鉅細靡遺描述自己過去的經歷和苦難，否則恐將占去三、四章的篇幅；不外乎得提到一些王公貴族和律師的無用行徑，那些二十年前的對話，怕又得重新翻出來細細複述一次。

31 坦布里奇（Tunbridge，或譯作唐橋井）也是當時受歡迎的溫泉勝地。

5

那天晚上，凱瑟琳坐在劇院，不時得回應索普小姐的點頭微笑，占去她不少時間，不過她沒忘記在視線所及的每一個包廂裡，搜尋提爾尼先生的身影；但始終也找不到。提爾尼先生對看戲或是大水泵房都興趣缺缺。她希望第二天的運氣會好一點；當她在早晨如願看到外面是晴朗的好天氣，她心裡一點懷疑也沒有；因為在巴斯，星期天如果天氣好，家家戶戶都會出門，這種時候，彷彿全世界的人都在街上散步，見了熟人便互道今天天氣多好。

一做完禮拜，索普家和艾倫家趕忙走到一塊；大家先去大水泵房待了一下，發現裡頭的人令人無法忍受，連一張溫文儒雅的臉孔都看不到（在這個季節裡，大家發現每逢星期天都是這個光景），一夥人便匆匆趕到新月樓[32]去呼吸一下高雅的空氣。凱瑟琳和伊莎貝拉在這邊手挽著手，天南地北地聊著，再次嘗到了友誼的甜美；她們說了好多話，非常樂在其中，但是凱瑟琳想再見到舞伴的願望，終究是落空了。無論去哪兒都碰不到他；無論是早晨散步或夜間的舞會，每一次找他都徒勞無功；上社交廳或下社交廳沒有他，正式舞會或便裝舞會看不到他；早上散步、騎馬、駕馬車的人們裡沒有他，大水泵房的簽名簿上沒有他的名字，再怎麼好奇也沒有用。他一定是離開巴斯了。然而，他沒說過只待這麼一下下啊！這種神祕感，最適合小說男主角，讓凱瑟琳對他的人和他的舉動有了全新的幻想，更迫切地想進一步了解他。她從索普家也得不到什麼消息，因為她們遇見艾倫夫人時，到巴斯才不過兩天。不過，凱瑟琳經常和她的漂亮朋友講到這個話題，對方也全力鼓勵她繼續把他放在心上；因此，提爾尼先生給她的印象絲毫沒有減退。伊莎貝拉確信他一定是個魅力十足的年輕人，也很肯定他對親愛的凱瑟琳亦有好感，所以，他一定很快會回到巴斯。伊莎貝拉還特別喜歡他的牧師身分，「因為，她得承認，她自己很喜歡這份職業。」[33]說這句話的時候，她好像輕嘆了一口氣。也許凱瑟琳沒追問這一聲輕嘆的原因是她的不對——但凱瑟琳對愛情的伎倆、對友誼的職責都沒什麼經驗，不知道何時應該有技巧地開對方玩笑，何時又該逼著對方把祕密說出來。

艾倫夫人現在相當快活——對巴斯相當滿意。她找到了一些熟人，幸運的是，還是這麼傑出的老友一家人；更徹底的好運就是，這些朋友的穿戴絕對不會比自己身上的昂貴。她每天掛在嘴上的再也不是「要是我們在巴斯有個熟人就好了！」現在換成「我真高興遇到了索普夫人！」——她熱心地促進兩家人的來往，那股衝勁不亞於她年輕的監護對象和索普小姐；一天

---

32 皇家新月樓（Royal Cresent）位於一小山丘上，簡稱新月樓，是巴斯最著名的地標。

33 這句話用的是「自由間接引語」（free indirect speech）的敘事手法，即以第三人稱代替第一人稱，模擬該對象說話的語氣，引述被描述的對象的內心思想。這裡的用法有個不尋常之處，即奧斯汀把句子放在引號內並保留第三人稱，讓人有一種被描述者正在敘述的錯覺。這個特殊用法在本書多次出現。後文為了方便中文讀者理解，將改為第一人稱。

的時間裡非得大半消磨在索普夫人身邊，否則她不會滿意，她們在一起做的事，照兩人的說法是談話，但其實幾乎沒有意見的交流，話題也不盡相同，因為索普夫人講的都是她的小孩，艾倫夫人講的都是她的晚禮服。

凱瑟琳和伊莎貝拉從初識就熱絡，兩人友誼的進展更是一日千里，親密程度的推進之快，沒多久就達到了巔峰，無論她們自己或旁人都是這麼看。她們現在直呼對方的教名，走路時總要手挽著手，跳舞時互相幫對方把禮服拖襬固定好，跳舞時一定不能被分在不同舞列；要是早上下起雨，不能享受別的樂子，哪怕是衣服打濕、沾了泥巴，她們也鐵了心要見面，關在房間裡一起讀小說。對，就是小說——我才不會像好多小說家一樣，沿襲那一套偏狹又不智的慣例，明明本身就是小說家，卻要看輕、貶低小說[34]——他們加入宿敵的陣線，給小說冠上最苛刻的稱號，幾乎不准自己筆下的女主角讀小說，要是她不小心拿起一本小說，必得被書中乏味的內容惹得生厭。唉！要是一本小說裡的女主角，得不到另一位小說女主角的眷顧，那麼還有誰來保護她、看顧她呢？我絕不會贊同這樣的事。就讓閒來無事的書評家去謾罵那些洋溢著想像力的作品好了，讓他們用充斥在報上的陳腔濫調去批評每一本新出的小說好了。小說家不能背棄彼此；我們全體都受到傷害了。我們的作品類型，比起世上其他的文學類型，雖然給人最廣泛也最真誠的樂趣，但從沒有一種類型受到這麼大的詆毀；無論是出於傲慢、無知或一窩蜂的行為，我們的敵人幾乎和我們的讀者一樣多。第九百個撰寫《英國歷史》[35]節本的作者，或是把米爾頓、波普、普萊爾[36]的幾十行詩、《旁觀者》[37]期刊的一篇文章、外加斯特恩[38]

作品的某一章湊起來出版的某人，這些作者或編者的能力，都能得到上千個文人的頌讚，唯獨小說家的能力要受到眾人誹謗，勞力付出要被貶低，小說作品的天才、智慧和品味要被看輕。「我不是小說讀者。我很少去翻小說——可別以為我經常讀小說哦——小說能做到這樣已經不錯了。」——這類虛偽的言辭經常聽見——「你在讀什麼，某某小姐？」「哦！只是一本小說而已！」這位年輕小姐回答，裝出不在乎、或是一時羞恥的樣子，把小說放下——「只不過是《塞西莉亞》、《卡蜜拉》、或《貝琳達》[39]。」簡單說，也就是展現了絕頂智慧的作品，作者對人性的透徹了解，對其多彩多姿樣貌最恰當的描述，對智慧與幽默最生動的傾吐，全都以

---

34 閱讀小說的門檻低，只要識字，沒有受過精英教育的人也能讀小說，因此小說的地位遠不及其他文學類型。不過在一七七一年至一八一五年間，英國處於長年戰爭，小說逐漸成為全民運動。

35 奧利佛·戈德史密斯（Oliver Goldsmith）所著的四卷本《英國歷史》（*History of England*）是一套暢銷書，後來通行了許多版本的節本；「第九百個」為奧斯汀的誇飾。

36 約翰·米爾頓（John Milton），十七世紀著名詩人；亞歷山大·波普（Alexander Pope），十八世紀著名詩人；馬修·普萊爾（Matthew Prior），十八世紀初詩人。

37 《旁觀者》（*The Spectator*）：由約瑟夫·艾迪生（Joseph Addison）及理查德·斯蒂爾（Richard Steele）出版的期刊。

38 勞倫斯·斯特恩（Laurence Sterne）為小說家。

39 《塞西莉亞》、《卡蜜拉》皆為法蘭西絲·伯尼（Frances Burney，又稱范妮·伯尼〔Fanny Burney〕）的作品；《貝琳達》為瑪麗亞·埃奇沃斯（Maria Edgeworth）的作品。

最精雕細琢的語言傳達給世人。同一位年輕小姐在閱讀的若是某一期《旁觀者》，而不是一本小說，她會多麼自豪地把期刊拿出來，並且說出它的名字啊！不過，閱讀那厚厚一本刊物的任何一篇時，一個有品味的年輕人很難不嫌惡其內容或形式；這些期刊的內容，往往在描述不可能發生的情境，不自然的人物，沒有一個活人會對裡頭的話題感興趣；而且所用的語言，經常如此粗劣，讓人對於能夠容忍這種語言的年代印象不佳。

6

接下來的對話，發生在兩個朋友相識大約八、九天之後的一個早上，地點在大水泵房，由對話內容可看出兩人之間的親密，彼此想法之細膩、審慎且別出心裁，以及她們的文學品味，在在顯示了兩人之間的親密感是多麼合理。

她們約了要碰面；因為伊莎貝拉比朋友早到了將近五分鐘，一見面，她的第一句話自然是——「我的小可愛，你怎麼會這麼晚才到？我已經等你好久了！」

「真的嗎！——我很抱歉；我還以為自己很準時呢。現在才一點鐘。希望你沒等太久。」

「哦！我等了真的很久，我肯定到了有半小時吧。來，我們去大廳的另一邊坐著，輕鬆一下。我有一百件事要告訴你。第一，早上準備出門的時候，我好怕會下雨；看起來就像會下雨的樣子，要是真的下了，我一定會痛苦死了！你知道嗎，我剛才在米爾森街的櫥窗看到一頂漂亮到你無法想像的帽子——跟你那頂很像，不過緞帶是罌粟紅，不是綠色；我好想要啊。不過，親愛的凱瑟琳，你整個早上都在忙什麼？有沒有繼續讀《尤多爾弗》[40]啊？」

「有，我一醒來就開始讀；現在讀到黑紗[41]那段了。」

「是嗎！太好了！哦！我絕對不會告訴你黑紗後面有什麼！難道你不急著知道嗎？」

「噢！沒錯，我很想知道！會是什麼？——但你別告訴我——無論如何千萬別告訴我。我知道一定是一具骷髏。我敢確定是羅倫蒂娜[42]的骷髏！噢！我好喜歡這本書！我好想一輩子讀下去。說真的，要不是為了跟你見面，我怎樣都不肯把書放下。」

「親愛的！我真是感謝你。等你讀完《尤多爾弗》，我們再一起讀《義大利人》[43]；我還挑了十本到十二本同類型的書，幫你列了一份清單。」

「真的嗎！我好高興！——有哪些書？」

「我直接唸書名給你聽；在這兒，我就寫在筆記本裡。《沃芬巴赫的城堡》，《克雷蒙》，《神祕的警告》，《黑森林裡的術士》，《夜半鐘聲》，《萊茵河的孤兒》，《恐怖的祕密》[44]。這些足夠我們撐一陣子了。」

「是的，太好了。但這些都是恐怖小說嗎？你確定都很恐怖？」

「對，我非常確定；因為我有個朋友叫安德魯斯小姐，她是個甜美的女孩子，全天下最甜美的一個小可愛，她每一本都讀過了。你要是認識安德魯斯小姐就好了，你一定會喜歡她的。她正在給自己織一件好漂亮的斗篷。我認為她真是美若天仙，那些不懂的仰慕她的男人，真是讓我憤怒得不得了！——那些人全部被我痛罵一頓。」

「罵他們！你因為他們沒有仰慕她就罵人？」

「對，我就是這樣的人。我為了我的好朋友，什麼事都做得出來。我喜愛一個人沒有只喜愛一半的；這不是我的天性。我的熱情總是非常強烈。今年冬天，我就在某一次舞會上跟杭特上校說，要是他打算戲弄我一整晚，我就不跟他跳舞，除非他先承認安德魯斯小姐真的美若天仙。男人以為我們女人無法建立真正的友誼，你知道，我偏要證明給他們看才沒有那回事。要是被我聽到任何人說你的不是，我會立刻發火——但是才不可能有這種事呢，因為你就是特別受男人喜愛的那種類型。」

「哦！天啊，」凱瑟琳喊了出來，一臉害臊。「你怎麼會這麼說？」

「我很了解你，你的個性活潑，安德魯斯小姐缺的就是這個，我得老實說，她這個人有時候真的很死氣沉沉。哦！我要跟你說啊，昨天我們一分手，我就看到一個年輕人全神貫注在看你——我敢肯定他一定是愛上你了。」凱瑟琳臉紅，再次否認。伊莎貝拉哈哈一笑。「是真的，我以我的名譽發誓，但我明白是怎麼回事喲；任何人的愛慕你都看不上，除了某位先生之

40《尤多爾弗之謎》（*The Mysteries of Udolpho*）為哥德恐怖小說經典，作者為安・拉德克利夫（Ann Radcliffe），故事背描述女主角愛蜜莉・聖・奧伯特（Emily St. Aubert）在父親死後，被惡人蒙托尼帶至義大利的尤多爾弗城堡軟禁。

41《尤多爾弗》女主角愛蜜莉在探索城堡時，發現一間掛滿畫像的照片，其中一幅被黑紗遮住，她一掀開便嚇得暈過去，因此讀者一時還不知道她看見什麼可怕的東西。

42 羅倫蒂娜為《尤多爾弗》書中人物，城堡前任主人，後來神祕失蹤。

43《義大利人》（The Italian）也是安・拉德克利夫的作品，緊接在《尤多爾弗之謎》之後出版。

44 皆為當時風行的哥德小說。

外，我先不說他的名字。況且，我也不能怪你（她的語氣變得認真了點）——你的感覺很容易理解。當一個人心有所屬的時候，其他人的愛慕是不可能打動她的。只要是跟心愛對象無關的事，一切都是如此乏味又無聊！我完全能了解你的感覺。」

「但你真不該讓我這麼想念提爾尼先生，或許我再也見不到他了。」

「再也見不到他！我的小可愛，你快別這麼說。你如果這麼想，一定會很難過的。」

「不，我真的不會。我也不是要假裝我沒那麼喜歡他；但只要我有《尤多爾弗》可以讀，就覺得我不可能為了任何人傷心。噢！那塊可怕的黑紗！親愛的伊莎貝拉，我敢確定那後面一定是羅倫蒂娜的骷髏。」

「你以前竟然沒讀過《尤多爾弗》，真奇怪；我猜是莫蘭夫人反對讀小說吧。」

「不，她不會；她自己也經常讀《查爾斯．格蘭迪森爵士》。只是，我家裡很少有新書可以看。」

「《查爾斯．格蘭迪森爵士》！那本書很糟糕不是？——我記得安德魯斯小姐連第一卷都看不下去。」

「跟《尤多爾弗》完全不一樣；但我覺得也很有意思。」

「你真的這樣覺得？真令我意外；我還以為讓人讀不下去呢。不過，我親愛的凱瑟琳，你已經決定今晚要戴什麼頭飾了嗎？我決定好了，無論如何也要跟你打扮得一模一樣。有時候，男人會注意到這種事，你知道。」

「但就算他們注意到了也不要緊呀。」非常天真的凱瑟琳說。

「要緊！喔，我的老天！我從來不管他們說什麼，要是你不對男人強勢一點，讓他們安分點，他們往往就會十分無禮。」

「是噢？——嗯，我倒是沒注意到。他們對我向來彬彬有禮的。」

「哦！看他們一副自命不凡的樣子。男人是全天下最自負的東西，還以為自己多了不起！——對了，有件事我想到一百次了，但一直忘記問你：你喜歡哪種膚色的男人？膚色深一點，還是淡一點？」

「我完全不知道。從來沒仔細想過這個問題，也許是介於中間吧，棕色——不要太淡，也不會太深。」

「很好，凱瑟琳。那就是他沒錯了。我可沒有忘了你是怎麼形容提爾尼先生的：『棕色皮膚，深色眼珠，烏黑的頭髮。』——我呢，我的喜好不同。我比較喜歡淺色的眼珠子，至於膚色，你知道嗎，我最愛蠟黃的膚色。要是你碰到符合我以上描述的熟人，可千萬別出賣我。」

「出賣你！——你的意思是？」

「好了，你別再為難我了。我相信我已經說得太多了。我們別再談這件事吧。」

凱瑟琳有點意外，但是還是照辦；沉默片刻之後，正打算回到當下最令她感興趣的話題，羅倫蒂娜的骷髏，她的朋友卻打斷了她：「看在老天的分上！我們離開這邊吧。你知道嗎，有兩個討厭的年輕人已經盯著我看了半個鐘頭，看得我心神不寧。我們去看看來的有哪些人，他們不至於跟到那邊去的。」

於是她們往簽到的地方走去；伊莎貝拉檢查名冊上的名字，凱瑟琳的任務是把風，監視剛才那兩名問題青年的動向。

「他們沒有往這邊來吧？希望他們沒有厚顏無恥地跟著我們。要是他們來了，你可要告訴我一聲。我絕對不會抬頭。」

過了一會兒，凱瑟琳衷心歡喜地要她放心，因為那兩個人剛離開大水泵房了。

「他們往哪邊去了？」伊莎貝拉說，急忙回頭張望。「其中一個長得很好看。」

「他們往教堂院落的方向去了。」

「哼，真高興總算甩掉他們！你現在要不要陪我去埃德加大樓[45]，看看我的新帽子？你說過你想看的。」

凱瑟琳不假思索地答應。她補充說：「只不過，這樣我們可能會追上那兩個年輕人。」

「喔，才不管他們呢，要是我們動作快一點，馬上就可以超過他們，我等不及讓你看我的新帽子啊。」

「不過，我們如果再等個幾分鐘，就不會有撞上他們的風險。」

「我跟你保證，我才不會這麼抬舉他們，我絕對不會給男人這種尊重，這會寵壞他們。」

對於這個論點，凱瑟琳沒什麼好反駁的；因此，為了展現索普小姐的獨立自主，也為了顯示她要讓異性甘拜下風的決心，她們立刻上路，用最快的速度去追那兩個年輕人。

45 此處的埃德加大樓（Edgar's Buildings）為街道名。由於巴斯的城市發展快速，有時整條街的樓房與街道是同時興建的，所以直接以大樓名稱為街名。

7

才半分鐘的時間，兩人就穿越大水泵房前院，來到聯合路對面的拱廊下，卻被擋在這裡。熟悉巴斯的人或許會記得，從這裡要穿越奇普街[46]非常不易；這條街真的是很不恰當的一條街，它很不巧地連接了去倫敦及牛津的道路，還連接城裡的主要旅店，因此每天都有要買蛋糕、買帽子，甚至是（以眼前的例子來說）要追上小伙子的女士們——無論她們手上的事情有多緊急——被經過的馬車、騎馬的人或是推車給耽擱半天。自從伊莎貝拉來巴斯之後，這個討人厭的情況每天至少要碰上三次，每次都要抱怨一番；現在，她命中註定又得碰上一次，因為她們才剛走到聯合路對面，就看到那兩個小伙子已經在那條重要的小巷裡，繞著水溝穿越人群往前走。這時，來了一輛二輪單馬車[47]擋住她們的去路，馬車沿著凹凸不平的路面駛來，駕車的人一副自命不凡的模樣，一股蠻勁完全能危及他自己、他的同伴以及他馬兒的性命。

「噢！可惡的單馬車！」伊莎貝拉邊說邊抬起頭，「讓我恨死了。」她的深惡痛絕雖然很合理，但為時不久，因為她再看了一眼便驚呼道，「好呀！是莫蘭先生和我哥！」

「天啊！是詹姆斯！」凱瑟琳同時脫口而出；車上的年輕人一看見她們，立刻猛地勒住馬，力道大得差點讓馬兒臀部著地。年輕人跳下車，僕人趕緊跑上前來，馬車便交給他照顧。

凱瑟琳完全沒預料到會遇見哥哥，興高采烈地迎接他；他是個性情非常和善的人，又真心關愛妹妹，所以也好好地表達了他的喜悅之情。一旁的索普小姐眼睛亮晶晶地，不斷尋求他的關注，他趕緊問候索普小姐，那份喜悅夾雜著害羞的心情，要是凱瑟琳更會察言觀色一點，而不是只沉浸在自己的感覺，她或許會看出，她的哥哥也覺得她的朋友漂亮得不得了。

約翰・索普方才一直在交代馬的事情，不一會也加入他們，凱瑟琳立刻從他那兒得到應有的補償；因為他只漫不經心碰了碰伊莎貝拉的手，對凱瑟琳卻行了半套的鞠躬屈膝[48]。他是個健壯的年輕人，中等身高，長相平凡，體型難看，彷彿怕自己太瀟灑而穿了一身馬車夫的衣服，又唯恐自己太像紳士，因而在需要禮貌的時候表現得隨便，在可以隨便一點的時候又過於放肆。他掏出錶：「莫蘭小姐，你認為我們從泰特伯里趕到這裡，花了多少時間？」

「我不知道距離多遠。」她哥哥告訴她是二十三英里。

索普嚷嚷著：「二十三！至少有二十五英里。」莫蘭表示異議，他舉了道路指南、旅店老闆的說法、路上的里程碑為證；但他的朋友一概不理。他有更可靠的測距法，他說，「從我們

---

46 奇普街（Cheap Street）是一條商店街，過去許多城鎮都有奇普街，「cheap」這個單字在早年為商業貿易的意思。

47 二輪單馬車（gig）為一種輕便的敞篷馬車，可乘坐兩個人，由一匹馬來拉。

48 鞠躬屈膝（scrape and bow）是比鞠躬更花俏的行禮方式。

到達的時間來看，我知道一定是二十五英里。現在是一點半，我們從泰特伯里旅店的院子趕車出來時，城裡的鐘是十一點；我絕不容許英格蘭任何人說我的馬上了挽具時速不到十英里；所以，算起來恰恰是二十五英里。」

莫蘭說：「你少算了一小時，我們離開泰特伯里的時候才十點。」

「什麼十點！我打包票是十一點！鐘敲了幾下我就數了幾下。莫蘭小姐，你這個哥哥想把我搞糊塗；你看看我的馬，你生平可曾見過這樣的快馬？」（這時僕人坐上馬車，駕車離開。）「如此優秀的純種馬！三個半小時才跑二十三英里！你看看那匹馬，你說這事可能嗎？」

「牠看起來的確很熱。」

「很熱！我們到沃爾考特教堂[49]時，牠連一滴汗都沒流呢；你瞧牠的前身，牠的腰部，看牠移動的姿態好了，那匹馬的速度不可能低於十英里。就算把牠的腿綁起來，牠也能前進。莫蘭小姐，你看我那輛單馬車如何？相當不賴吧？彈性之好，在城裡打造的；我才買下不到一個月。本來是我一個讀基督堂學院[50]的朋友訂製的，個性很好的傢伙；他用了幾個星期，後來我看是嫌麻煩，想脫手。剛好我那時正在找類似的輕便馬車，不過，有雙馬車[51]的話我也想買；上個學期，我在抹大拉橋上剛好碰到他趕車進牛津；他說：『啊！索普，你會不會剛好想要這個小東西？這是同車款之中最優秀的，但我實在已經膩了。』我說：『噢！該死，我要了。你開價多少？』莫蘭小姐，你覺得他開價多少錢？」

「我肯定猜不到。」

「那可是雙馬車的懸吊結構，你知道的：座位、行李箱、劍盒、擋泥板、車燈、鑲銀飾條，一應俱全；鐵件跟全新的一樣，甚至更好。他開價五十基尼[52]；我當場跟他說成交，錢丟給他，馬車就是我的了。」

凱瑟琳說：「的確，我對這種事知道得很少，無法判斷是買得便宜還是貴。」

「既不便宜也不貴；要的話可以少付點，但我討厭討價還價，反正可憐的弗里曼缺現金。」

凱瑟琳相當開心地說：「你心地真好。」

「噢！該死，要是有能力幫助朋友，我不想當個小氣鬼。」

現在他們問起兩位小姐要去哪裡；問清楚之後，便決定由兩位先生護送她們到埃德加大樓，順道問候一下索普夫人。詹姆斯和伊莎貝拉在前面帶路。伊莎貝拉現在覺得自己運氣真好，她如此心滿意足，身邊的他不只是哥哥的好友，又是好友的哥哥。她極力讓兩人一路上走得開開心心的，她的心情那麼純潔，沒有要賣弄風騷的意思，當他們在米爾森街超過那兩個討人厭的年輕人，她才不過回頭望了他們三次而已，一點也不想吸引他們注意。

---

49 沃爾考特教堂（Walcot Church）位於巴斯郊區。奧斯汀的父母於一七六四年在此結婚。

50 牛津大學規模最大也最富盛名的學院。

51 雙馬車（Curricle）是由雙馬拉動的二輪敞篷馬車。

52 五十基尼約今值十二萬元新台幣。

約翰・索普當然是跟凱瑟琳走在一起，安靜了幾分鐘後，又提起他的單馬車——「不過呢，莫蘭小姐，你會發現還是有人覺得我撿到便宜，因為我第二天本來能夠以多十基尼的價錢賣掉；那時，奧里爾學院的傑克森出價六十基尼要跟我買，莫蘭也在場。」

「沒錯，」偶然聽到這句話的莫蘭說道：「但你忘了，那價錢包含了你的馬啊。」

「我的馬！噢，該死！就算出一百基尼我也不賣。莫蘭小姐，你喜歡敞篷馬車嗎？」

「是的，我很喜歡；我還沒機會坐，但我特別喜歡敞篷馬車。」

「那很好；以後我每天用我的馬車載你出去。」

「謝謝你。」凱瑟琳說，心中微微不安，不知道接受這個邀請是否合乎禮數。

「我明天就帶你上蘭斯當山[53]。」

「謝謝。但你的馬不需要休息嗎？」

「休息！牠今天才跑了二十三英里；胡說八道；休息對馬最不好的了，讓馬疲乏得最快。不行不行，趁我在這裡的時候，我每天平均要給牠操個四小時[54]。」

「是嗎！」凱瑟琳說，神情很認真。「這樣一天就是四十英里了。」

「四十！對，就算是五十也好，我才不管。嗯，我明天就帶你上蘭斯當山。記住了，我可是跟你約好了。」

伊莎貝拉回過頭大喊：「那一定會很好玩！親愛的凱瑟琳，我真羨慕你；哥哥，你車上恐怕坐不下第三個人吧？」

「還第三個人哩！當然坐不下；我來巴斯可不是要載妹妹到處跑的；拜託，那豈不成了個大笑話！莫蘭會照顧你。」

就此，那兩個人互相客氣了一番；但無論確切說了什麼或有什麼結果，凱瑟琳都沒有聽到。她的同伴剛才講話時神氣活現的勁兒沒了，現在只有看到女人的時候對其長相或褒或貶，做一個簡短而果斷的評註；凱瑟琳以年輕女孩該有的禮數和尊敬，不敢憑己見去反駁一個自信滿滿的男人，更何況主題還有關女性的美貌，因此她盡量一邊聽，一邊附議；過了很久，終於鼓起勇氣改變話題，問了一個掛在心上很久的問題：「索普先生，你看過《尤多爾弗》嗎？」

「《尤多爾弗》！噢，天啊！才不呢；我從來不讀小說，我有別的事要做。」

凱瑟琳覺得羞愧不已，正想為了這個問題道歉，他卻打斷她，說道：「小說全是一些胡說八道；從《湯姆‧瓊斯》以來，還沒出過一本像樣的，也許《僧侶》除外[55]；我前幾天才看過這本；至於其他的，全都是一些無聊透頂的作品。」

「假如你讀讀看《尤多爾弗》的話，一定會喜歡的；這本書真的很有意思。」

---

53 蘭斯當山（Lansdown Hill）是位於巴斯北方的山坡景點。

54 過度勞累很傷馬，快捷馬車用的馬通常只有三年壽命。

55 《棄兒湯姆‧瓊斯的歷史》（*The History of Tom Jones, a Foundling*），或稱《湯姆‧瓊斯》（*Tom Jones*），是英國劇作家兼小說家亨利‧菲爾丁（Henry Fielding）的代表作。《僧侶》（*The Monk*）為哥德小說，作者是馬修‧格雷戈瑞‧路易斯（Matthew Gregory Lewis）。

「拜託，才不可能！如果要我讀小說，那就一定是拉德克利夫夫人的作品；她的小說還算有趣，值得一讀；多少有一些好玩的和描寫大自然的東西。」

「《尤多爾弗》就是拉德克利夫夫人寫的。」凱瑟琳遲疑地說，唯恐讓對方出糗。

「我不確定；是嗎？對啦，我想起來了，是這樣沒錯；我剛才想成另外一本愚蠢之作，那個被捧上天的女人寫的，嫁給法國移民的那個[56]。」

「我想你說的是《卡蜜拉》吧？」

「對啦，就是那本；寫什麼不合常理的東西！——老頭子玩蹺蹺板！我把第一卷拿起來翻了一下，馬上就發現不行；我不必讀也猜得出會是什麼東西：一聽說她嫁給移民，就知道這本書不必看了。」

「我倒沒有看過。」

「跟你保證，你沒有損失；那本書糟糕透頂，根本沒什麼內容，就一個老頭子玩蹺蹺板，學拉丁文；我打包票沒別的。」

語畢，一行人已來到索普夫人寓所門口；只可惜了這番公正的評論，讓可憐的凱瑟琳聽得一頭霧水。而那位眼光獨到、毫無偏見的《卡蜜拉》讀者，現在搖身一變為孝順關心的兒子；索普夫人老早就從樓上看見他們，下樓來在走廊上迎接。「啊！母親大人，你好嗎？」索普說，熱情地與她握手：「你從哪兒找來這頂可笑的帽子？你戴起來像個老巫婆。我跟莫蘭來陪你幾天，所以你得在附近幫我們找個舒服的地方歇歇。」這句話似乎滿足了母親溺愛兒子的心願，因為她是多麼歡欣鼓舞地接待他。接下來，索普對兩個小妹妹展現同等的手足之情，先各別向她們問好，然後說兩個人的樣子都很醜。

凱瑟琳不喜歡他的舉止；但他是詹姆斯的朋友，又是伊莎貝拉的哥哥，而且兩人告退去看新帽子時，伊莎貝拉跟她說，約翰覺得她是全天下最有魅力的女孩，再加上分手之際，約翰約她晚上一起跳舞，這幾件事讓凱瑟琳改變了先前的看法。要是她年紀大一點，或是虛榮一點，這種攻勢或許沒什麼效果；但是年輕又羞怯的她，被誇為全天下最有魅力的女孩、又早早被約作舞伴，她需要多麼非凡的理智和穩定性，才不會昏了頭啊；結果便是莫蘭兄妹在索普家坐了一個鐘頭之後，一道起身去艾倫家，主人的門一關，詹姆斯就問：「凱瑟琳啊，你覺得我的朋友索普如何？」要是沒有方才提到的友情和恭維的話等因素，她原本可能會說「我一點也不喜歡他」，但是她立刻回了：「我非常喜歡他；他似乎很好相處。」

「他這人性情很好，有點聒噪就是了；但我相信這樣才受你們女生的歡迎。那你喜歡他的家人嗎？」

「非常非常喜歡，尤其是伊莎貝拉。」

「真高興聽你這麼說；我正希望你能多接近像她這樣的年輕女性，她很懂事，一點也不做作，又和藹可親；我早就希望你認識她了，她好像也很喜歡你，把你誇到天上去了；讓索普小

---

56 索普指的是范妮．伯尼，她在一九七三年嫁給法國人。

姐這樣的女孩來稱讚你，凱瑟琳，」他慈愛地握起她的手，「連你也能感到光榮了。」

她回答：「我是很光榮呀，我對她喜歡得不得了，而且很高興你也喜歡她。你去他家做客之後，給我寫的信裡都沒提到她呢。」

「因為我認為不久之後就能見到你。希望你們在巴斯期間能多相處，她真是個可愛的女孩子，這麼冰雪聰明！她們全家人都愛她，她去哪兒都受歡迎，在這裡一定很多人愛慕她吧——是嗎？」

「是的，我想她一定很受愛慕；艾倫先生認為她是巴斯最漂亮的女孩子。」

「我相信他的確這麼想。不知道有誰比艾倫先生更懂得審美的了。親愛的凱瑟琳，我也不必問你在這兒開不開心，有個像伊莎貝拉．索普這樣的朋友作伴，怎麼可能不開心；至於艾倫夫婦，他們肯定待你極好吧？」

「是的，非常好；我從來沒有這麼快樂；現在你來了，我就更開心了；你真好，特地大老遠來看我。」

詹姆斯當之無愧地收下這份感激之情，並誠心地回應：「是的，凱瑟琳，我非常愛你。」

兄妹倆現在聊起家務事和兄弟姊妹的近況，這個人在做什麼，那個人又長大了多少，中間除了詹姆斯讚美索普小姐而中斷一次，他們一直聊著同樣的話題，一路聊到普爾特尼街；到了那邊，艾倫先生和夫人熱烈歡迎他，前者留他一起吃飯，後者要他猜猜她新買的手籠和披肩多少錢、有哪些優點。詹姆斯和埃德加大樓那邊有約在先，無法接受艾倫先生的邀約，在滿足了艾倫夫人的提問後，便趕著離開。兩家人在八角廳碰面的時間也確定了，凱瑟琳終於能夠帶著比之前更忐忑不安、更心驚膽跳的想像，盡情投入《尤多爾弗》的世界，顧不得治裝、用餐等世間的俗事，艾倫夫人擔心裁縫師遲到，她也無暇安慰，連自己晚上已經有約的這等美事，她也只是在一個鐘頭裡抽出一分鐘來回味。

8

儘管有《尤多爾弗》和裁縫師的狀況，普爾特尼街這邊的人還是準時抵達上社交廳。索普一家和詹姆斯．莫蘭只比他們早到兩分鐘。伊莎貝拉一看到朋友，照例滿臉笑容，急上前來熱情地打招呼，一下稱讚朋友禮服的穿法，一下羨慕她捲髮的樣式。兩人手挽著手，跟著年長的監護人走進舞廳，一想到什麼就對彼此說句悄悄話，對這個地方的觀察，就透過捏捏手和親切的微笑來傳達。

一行人才坐下沒幾分鐘，舞會就開始了。詹姆斯跟妹妹一樣，也是早就約好了舞伴，因而三番兩次催促伊莎貝拉進舞池；但約翰進紙牌室找朋友說話去了，伊莎貝拉便聲明，要是親愛的凱瑟琳無法加入，說什麼她也不肯先開始跳，她說：「我鄭重告訴你，要是你親愛的妹妹不能加入，我絕對不會進舞池；否則我們整晚都會分開。」凱瑟琳感激地接受她的好意，大家就這樣又坐了三分鐘，伊莎貝拉沒閒著，一直跟坐在另一邊的詹姆斯說話，她又轉過來，小聲對凱瑟琳說道：「我的小可愛，恐怕我得離開你了，你哥哥迫不及待想跳舞；我知道你不會介意我先去，而且約翰大概一會兒就回來，到時你就很容易找到我了。」凱瑟琳雖然有一點失望，但她脾氣好，不想攔著別人，於是那兩人便起身，伊莎貝拉只匆匆捏了捏她的手，丟下一句

「再見，親愛的」便走了。兩個較小的索普小姐也在跳舞，凱瑟琳只得與索普夫人和艾倫夫人作伴，依然坐在兩個人中間。她忍不住為了索普先生不見人影而惱火，因為她不只渴望跳舞，也很清楚別人不知道她還坐著，是有冠冕堂皇的理由。現在的她，看起來就跟那一大群找不到舞伴還坐著的女孩一樣丟臉，她的心地純潔，行為端正，卻因為他人的過錯而遭到貶低，在眾目睽睽下受辱，蒙受著臭名，這正是一名女主角的人生際遇；面對困境，女主角表現得越堅忍，越顯得人格的高尚。凱瑟琳也有堅忍的個性，她受著苦，但嘴上並不抱怨。

忍辱負重了十分鐘後，一股喜悅令她精神一振，她在離她們座位三碼之處看見了他，不是索普先生，卻是提爾尼先生；他似乎正往這邊走來，但是沒看見凱瑟琳，因此，凱瑟琳猛然看見他時臉上泛起的紅暈和微笑，還來得及在破壞了女主角的英氣之前消退。他看起來和之前一樣瀟灑又精神，正興致勃勃地和一位時髦漂亮的年輕女子說話，她倚著他的手臂，凱瑟琳立刻猜測是他的妹妹，想都沒想過他可能已婚，再沒可能屬於她了。她只會從最單純、可能性最高的情況來看事情，從沒想過提爾尼先生已婚；他從來沒提過他有妻子，只說過有個妹妹。由以上的情況，凱瑟琳立刻得出「他身邊那位是妹妹」的結論，因此，她並沒有面無血色、昏倒在艾倫夫人胸前，而是坐得直挺挺地，十足地理智，臉頰只比平時略紅一點。

提爾尼先生和同伴走得雖然不快，但持續接近中，一位女士走在他們前頭，卻是索普夫人的舊識；她停下來跟索普夫人說話，提爾尼兄妹因為是一道的，也停了下來，提爾尼先生看到凱瑟琳，立刻對她微笑致意，表示認得她。她開心地回禮。他走近了幾步，以便和凱瑟琳及艾倫夫人說話，艾倫夫人十分客氣地招呼他：「真高興又見面了，先生；我還擔心你是不是離開巴斯了。」他謝過艾倫夫人的關心，說他自從那天有幸相識之後，的確在第二天早晨啟程，離開了巴斯一個禮拜。「嗯，先生，我敢說你不會後悔回到這裡，因為這裡正適合年輕人——實際上也適合所有人。艾倫先生說他待膩了，我就回他說他真不應該抱怨，這裡多麼宜人，這時節待在這兒比待在家要好得多。我跟他說，他被吩咐到這邊療養，是他運氣好。」

「嗯，夫人，我希望艾倫先生發現這地方對他助益良多之後，就會喜歡這裡了。」

「謝謝你，先生。我知道他會的——我們的一位鄰居史金納博士，去年冬天來這裡療養，也是身子硬朗地離開。」

「那個情況想必給人很大的鼓勵。」

「是的，先生——史金納博士一家人在這裡待了三個月，所以我要艾倫先生別急著走。」

這時，索普夫人打了個岔，請艾倫夫人稍微挪一下，讓休斯夫人及提爾尼小姐有位子坐，因為她們答應了要加入這一行人。艾倫夫人照辦，提爾尼先生繼續站在她們面前；他思索了幾分鐘，開口邀凱瑟琳跳舞。如此這般的恭維，本來應該令人開心的，卻讓凱瑟琳狼狽不堪；她婉拒時呈現的哀痛，簡直像痛在身上一樣，在這時出現的索普要是再早回來半分鐘，準會以為她承受了什麼急性症狀。他隨隨便便說一句讓她久等了，一點也沒有讓她安於自己的命運；跳舞時，他講起那位朋友的馬和狗，兩人打算交換㹴犬等細節，也絲毫提不起她的興趣，阻止不了她頻頻朝著剛才告別提爾尼先生的方向回望。她渴望把他指給親愛的伊莎貝拉看看，但她卻完全不見人影；她們不在同一個舞組。凱瑟琳和同行的人徹底分開，身邊沒有一個熟人；窘境接二連三，她從中得到寶貴的教訓：參加舞會前先約好舞伴，不一定會增加年輕小姐的體面程度或是樂趣。她正在承受這個沉重的教訓時，忽然有人拍了她的肩膀，讓她回過神來，一轉頭，看見休斯夫人就站在她身後，提爾尼小姐和一位先生則陪在一旁。休斯夫人說：「莫蘭小姐，原諒我打擾，但我實在找不到索普小姐，索普夫人也說你不介意讓這位小姐跟你站在一塊[57]。」休斯夫人在全場肯定找不到比凱瑟琳更樂意幫忙的人了。兩位小姐讓人做了介紹[58]，提爾尼小姐妥當地謝過凱瑟琳的善意，凱瑟琳體貼而大方地表示這是小事一樁；休斯夫人為她的監護對象做了體面的安排之後，便滿意地走回同伴身邊。

提爾尼小姐的身形優美，臉蛋漂亮，非常和藹可親；她的姿態少了索普小姐的明顯做作和刻意時髦，卻更加優雅動人。從她的言行舉止，看得出她有見識及良好的教養；她既不害羞，也不會故作大方；她在舞會上年輕迷人，但不需要周遭的男性全都把注意力放在她身上，也不會對任何芝麻綠豆的瑣事，一下子樂得欣喜若狂，一下子又怒不可遏。她的外表以及她和提爾尼先生的關係，讓凱瑟琳立刻對她很感興趣，渴望多認識她，因此，一逮到空檔，凱瑟琳便很勇敢地發言。但因為缺乏種種必要條件，兩人要快速成為知交仍有障礙，她們得先從基本層面

---

57 休斯夫人請求凱瑟琳讓提爾尼小姐加入一起跳舞。

58 凱瑟琳得經人介紹才能與提爾尼小姐交談。無故主動與陌生人攀談是不禮貌的行為。

來認識彼此，先了解一下對方是否喜歡巴斯，是否欣賞這裡的建築和周圍的鄉村，對方是否畫畫、彈琴或唱歌，喜不喜歡騎馬。

兩支舞一結束，凱瑟琳感覺有人輕輕拉她的手臂，是忠實的伊莎貝拉；她精神飽滿地喊道：「心愛的，我總算找到你了，我已經找你找了一個鐘頭。你明知道我在另一組，怎麼會到這一組來跳舞呢！你不在我身邊，我好難過呀。」

「親愛的伊莎貝拉，我怎麼有辦法去找你？我連你在哪都看不到啊。」

「我一直就是這樣跟你哥說的——但他就是不信我。我跟他說快去找她呀，莫蘭先生——一點用都沒有，他動都不動。不是嗎，莫蘭先生？你們男人真是懶！親愛的凱瑟琳，我痛罵了他一頓，你看到也會吃驚的——你知道我從來不跟這種人客套。」

凱瑟琳把她的朋友從詹姆斯身旁拉開，小聲說道：「你看那位頭上戴著白色串珠的小姐，那是提爾尼先生的妹妹。」

「噢！老天！真的假的！我來瞧瞧。真是個可愛的女孩！我沒見過這樣的美人！但是她那位萬人迷的哥哥在哪兒？在舞廳裡嗎？在的話快指給我看。我等不及想看看他。莫蘭先生，你別聽，我們不是在說你。」

「但你們為什麼講起悄悄話？到底怎麼回事？」

「好了，我就知道會這樣。你們男人的好奇心真是沒完沒了！還說女人好奇呢！——跟男人比起來根本不算什麼。但你別問了，這件事你不必知道。」

「你以為這樣說我就安心了？」

「欸，我真的從來沒遇過你這種人。我們討論的事與你何干？說不定，我們就是在說你，因此我建議你還是別聽的好，否則啊，你可能會聽到不太中聽的話。」

這樣陳腔濫調的閒扯持續了好一陣子，原始話題似乎完全被遺忘了；雖然凱瑟琳也樂意讓話題暫放一邊，但她不禁有點懷疑，伊莎貝拉好像已經不急著看到提爾尼先生了。管弦樂隊奏起一支新的舞曲，詹姆斯領著他的漂亮舞伴要離開，卻被她拒絕。「我告訴你，莫蘭先生，」她嚷嚷著，「這我可抵死不從，你這人怎麼這麼煩；親愛的凱瑟琳，你想像一下你哥哥要我做什麼。他竟然要我再跟他跳舞，我已經告訴過他，這樣不只不合禮儀，也完全違反規定。要是我們不換舞伴，會被人說話的。」

詹姆斯說：「說真的，這在公共舞會上是常有的事[59]。」

「胡說八道，你怎麼能這麼說？你們男人為了證明自己是對的，就什麼都不管。親愛的凱瑟琳，快幫我說句話；跟你哥說這事不可行。你跟他說，如果你看到我這麼做了，會很震驚的，不是嗎？」

「不，一點也不會；不過，你要是覺得這麼做不妥，那麼你們還是換舞伴的好。」

59 舞會禮儀規定，兩支舞曲為一個段落（大約半小時），結束後，男女必須更換舞伴。在參加者互相熟識的私人舞會上，不換舞伴是對團體的不敬。但在公共舞會上，參加者可能只認識少數人，不換舞伴是允許的。

「看吧，」伊莎貝拉嚷嚷著，「你妹都這麼說了，但你還是不管。好吧，你可記住了，要是我們惹得巴斯的老太太們[60]議論紛紛，可不是我的錯。親愛的凱瑟琳，一起來吧，看著老天的分上，站在我身邊。」兩人就這麼離開，站回方才的位置。與此同時，約翰．索普早就又跑掉了；凱瑟琳很願意給提爾尼先生一個機會，讓他再提一次那個令她心花怒放的請求，便以最快的速度往艾倫夫人和索普夫人走去，希望提爾尼先生還跟她們一道——這個希望落空了之後，她才覺得自己的期待也太不合理。「唔，親愛的，」索普夫人等不及聽別人稱讚她的兒子，說道：「希望你的舞伴還算討人喜歡。」

「非常討人喜歡，夫人。」

「真是太好了。約翰風趣迷人，不是嗎？」

艾倫夫人說：「親愛的，你碰到提爾尼先生了嗎？」

「沒有，他在哪裡？」

「剛才他還跟我們一塊，但是他說他不想再閒蕩下去，決定要去跳舞；所以我在想，他要是碰到你，或許會邀你吧。」

「他人會在哪兒啊？」凱瑟琳邊說邊四處張望；沒多久，就看見他領著一位年輕小姐去跳舞了。

艾倫夫人說：「啊！他有舞伴了。要是他邀你就好了，」停頓了一會兒，又說：「這個年輕人真是討人喜歡。」

「可不是嗎，艾倫夫人，」索普夫人說，得意洋洋地笑，「雖然我身為他的母親，但我不得不說，全天下找不到一個比他更討人喜歡的年輕人。」

如此答非所問的一句話，可能會讓很多人摸不著頭腦；但是，艾倫夫人沒有被考倒，因為她只不過思索了一下下，就悄聲對凱瑟琳說道：「我猜她以為我是說她的兒子吧。」

凱瑟琳又失望，又氣惱。她彷彿晚了那麼一小步，就錯過了眼前那個人。這樣一想，讓她面對隨即走過來的約翰．索普時，很難給個親切有禮的答覆。「莫蘭小姐，我看又到了你我下場跳舞的時間了。」

「噢，不了；非常感謝你的邀請，但是我們的兩支舞已經結束；何況我也累了，不打算再跳舞。」

「你不跳了？——那我們到處走走，取笑別人吧。跟我來，我帶你去看舞廳裡最可笑的四個人；就是我的兩個小妹和她們的舞伴，我已經嘲笑了他們半個鐘頭。」

凱瑟琳再次婉謝；最後，他自個兒離開去嘲笑妹妹。當晚剩下的時間，凱瑟琳都覺得很無聊；提爾尼被他的舞伴拉去用茶，沒有跟她們坐一起；提爾尼小姐雖然還在，但是跟她坐得遠，詹姆斯和伊莎貝拉只顧著彼此說話，伊莎貝拉只有餘暇給她一個微笑，捏一下她的手，喚了那麼一聲「最親愛的凱瑟琳」。

60 指休斯夫人、艾倫夫人等年長的監護人，她們的責任是確保監護對象在舞會上的行為都合乎禮儀。

9

晚上的事件逐步造成凱瑟琳的不快，發生順序如下。還在舞廳的時候，她開始對周遭每個人感到不滿，這個感覺讓她一下子非常疲累，強烈地想回家。回到普爾特尼街，不滿的感覺化為極度的飢餓，飽足之後，又變成迫不及待想上床睡覺；她的苦難的極點就到這裡為止；因為她一上床就沉沉睡足了九小時，醒了之後完全恢復了元氣，心情大好，充滿了新的希望和計畫。她的第一個心願是增進與提爾尼小姐的交情，為此在中午去大水泵房找她，也幾乎就是凱瑟琳的第一個決心。剛抵達巴斯的人，一定可以在大水泵房碰到面，凱瑟琳也已經發現，這棟建築物很有利於發現女性的優點，促進女性之間的情誼，更適合祕密談話或盡情傾訴知心話，因此她有信心能夠在那個地方再交上一個朋友。白天的計畫已定，用完早餐後，她便安安靜靜坐下來看她的書，決定待在原位看到一點鐘；就算艾倫夫人說話，或忽然喊了一句什麼，凱瑟琳因為習慣了，也沒有被干擾。這位太太因為腦袋空空，不善思考，以至於她的話向來不多，但也無法完全閉口；她坐下來做針線活，要是掉了根針，斷了個線頭，聽見路上的馬車聲，或是看見衣服上有個斑點，她必得大聲說出來，不管是否有人有空回她話。大約十二點半的時候，一陣響亮的敲門聲讓她急忙到窗邊一探究竟，她才跟凱瑟琳說門口停了兩輛敞篷馬車，前面一輛只坐了個僕人，他哥哥詹姆斯載了索普小姐坐在第二輛，約翰．索普隨即衝上樓大喊：「喂，莫蘭小姐，我來了。你等很久了嗎？我們沒辦法早點來；那個造馬車的老傢伙花了老半天才找到一輛能坐的車，我看還沒出這條街口，十之八九那輛車就會垮了。你好嗎，艾倫夫人？昨晚的舞會精彩吧？走吧，莫蘭小姐，動作快點，其他人急著出發了，他們想趕快摔一摔了事。」

凱瑟琳說：「什麼意思？你們大家要去哪裡？」

「去哪裡？咦，你沒忘了我們的約定吧？我們不是說好今早要出去兜風？瞧你這記性！我們要去克拉夫頓高地[61]。」

「我想起來了，好像有提到這回事。」凱瑟琳邊說邊看著艾倫夫人，要她出主意；「但我真的沒料到你會來。」

「沒料到我會來！說得還真逗哩！要是我沒來，誰知道你會怎麼鬧。」

同時間，凱瑟琳丟給朋友的無聲求助完全白費了，因為艾倫夫人自己不習慣用眼神跟別人溝通，也就不曉得別人會這麼做；凱瑟琳雖然想見提爾尼小姐，但也覺得可以暫緩一下，先出去兜風也不錯，既然伊莎貝拉和詹姆斯同行，那麼她和索普先生一起，似乎也沒什麼不妥，於是她只好把話說得明白點：「唔，夫人，你看怎麼辦好？你能撥給我一、兩個鐘頭嗎？我去好

---

61 克拉夫頓高地（Claverton Down），位於巴斯東部的風景區。

嗎？」

「你想怎麼做就怎麼做吧，親愛的。」艾倫夫人以最無動於衷的態度回答了她。凱瑟琳聽從她的建議，趕緊去做準備。索普先讓艾倫夫人讚美他的馬車，兩人再誇了凱瑟琳幾句，她就回來了，前後不到幾分鐘；接受過艾倫夫人的臨別祝福，兩個人便匆匆下樓。「心愛的，」伊莎貝拉一喊，凱瑟琳出於朋友的本分，立刻在上車前先走過去看她，「你至少花了三個鐘頭在準備呀，我還怕你會不會生病了。昨天的舞會真是開心，我有一千件事要告訴你，但你快點上車，因為我急著出發呢。」

凱瑟琳遵照她的命令，轉身離開，走遠之前聽到她的朋友對著詹姆斯嚷嚷著：「好可愛的女孩子！我真是喜歡她。」

索普扶她上車時說：「莫蘭小姐，要是我的馬起步時有點蹦蹦跳跳的，你不必害怕，牠很可能會往前衝個一、兩下，或是賴在原地一會兒，但是牠很快就認得主人。這馬活力十足，又淘氣，但沒有壞習性。」

凱瑟琳覺得這番話不怎麼吸引人，但是現在要打退堂鼓太遲了，她又太年輕，不肯承認自己害怕；她只能把自己交給命運，就算馬兒認得主人是吹牛的，也只好姑且相信。她溫順地坐下，看著索普也在她身旁坐下來，一切安排就緒，主人以浮誇的口吻，命令站在馬頭旁邊的僕人「讓牠走」，他們以最安靜的方式出發了，既沒衝也沒蹦跳，一點近似的狀況都沒有。凱瑟琳慶幸自己逃過一劫，以驚喜的口吻道出她的喜悅；她的同伴立刻把情況對她說明白，說這完全是因為他掌握韁繩有方，揮鞭又是如何準確熟練。雖然凱瑟琳不禁要想，如果他對自己的馬駕馭自如，剛才何必警告她馬可能會搞怪，她還是真心慶幸能有這麼傑出的馬車夫來照顧；她看著馬兒繼續安穩地前進，一點也沒有過度活躍的傾向，而且速度也不會快得令人害怕（考慮牠的時速必然有十英里），她總算放下心，在這個溫和的二月天裡，盡情享受戶外空氣，享受著最令人心曠神怡的運動。兩人簡短交談了幾句之後，沉默持續了好幾分鐘——索普突然冒出一句話，打破這個沉默：「老艾倫跟猶太佬一樣有錢吧——不是嗎？」凱瑟琳沒有聽懂，索普把問題重複一次，加上解釋：「老艾倫，跟你一道的那個男人。」

「哦！你是說艾倫先生。是的，我相信他非常有錢。」

「他沒小孩？」

「沒有——一個都沒有。」

「他的繼承人可愉快了。他是你的教父吧，對嗎？」

「我的教父！——不是的。」

「但你經常跟他們在一起。」

「是的，我們常在一起。」

「對，我就是這個意思，他好像是個滿好的老傢伙，我敢說他一輩子過得很不錯，會得痛風也不是沒道理。他現在是不是每天都要喝一瓶？」

「每天都喝一瓶！——沒有。你怎麼會這麼想？他是個非常節制的人。你該不會以為他昨天晚上喝醉了？」

「老天保佑你！你們女人總是以為男人醉醺醺的。怎麼，你該不會以為男人喝一瓶就要醉倒了吧？我倒是可以確定一點——要是人人都每天一瓶酒，這世上的混亂準會比現在少掉一半。這對大家都是天大的好事。」

「我沒辦法相信。」

「噢！老天，成千上萬的人會因此得救。這個王國消費的酒量，還不到該有的百分之一。我們這種霧濛濛的天氣就需要喝酒。」

「但我聽說，牛津的人喝很多酒。」

「牛津！現在牛津不喝酒的，我向你保證。那裡沒有人喝酒。你很難碰到有人喝超過四品脫的。我舉個例子好了，上回我在寢室辦的派對，大家都讚不絕口，我們平均每個人喝掉五品脫，已經被別人看作很不尋常的事了。當然，我的酒是上等的好貨，在牛津難得找到這種好貨——可能就是大家喝多的原因。總之，這個例子只是給你一個概念，知道一下那邊一般的酒消耗量是多少。」

凱瑟琳激動地說：「是的，我有概念了，就是你們大家喝的酒比我以為的還多。不過我知道詹姆斯一定沒有喝那麼多。」

這番宣言，引來索普扯著嗓子大聲回應，沒有一個字聽得清楚，只知道夾雜了許多大嚷大叫，近乎咒罵，凱瑟琳聽到最後，更深信牛津那邊喝很多酒，也一樣深信自己的哥哥比別人節制。

接下來，索普想的又全是自己的馬車具備的優勢，他要凱瑟琳讚賞馬兒動起來活力充沛、伸展自如，牠的腳步之輕盈，馬車彈簧的性能之優越，讓馬車運動起來之舒適。凱瑟琳盡自己的能力，隨著他欣賞每一點，要比他早一步開口或是多說幾句都不可能。在這方面他涉獵已久，而她一無所知，他說話如同連珠炮似的，她又缺乏自信，完全講不過他；她吐不出一句新的讚美，只能隨聲附和他的主張，最後，兩人毫不費力地認定，他的馬車配備是全英格蘭最齊全的；他的馬車最精美，他的馬最會跑，他本人的趕車技術最高明——「索普先生，」凱瑟琳開口，她盤算了一陣子，覺得這事既然已經有了定論，便試著給話題增加一點變化：「你不會真以為詹姆斯的馬車會壞掉吧？」

「壞掉！噢！天啊！你看過這麼不穩固的東西嗎？整輛車沒有一個完好的鐵件。輪子磨損至少十年有了——車身更不必說！我說真的，你去碰一下，可能車子就垮了。我沒看過比它更搖搖晃晃的爛東西！——感謝上帝！我們這輛比他們的好。就算給我五萬鎊，我也不會坐著它走上兩英里。」

「老天！」凱瑟琳大喊，受驚不小，「拜託，那我們趕緊回頭吧；要是繼續走，他們肯定會出意外的。索普先生，我們回頭吧；請你停下來跟我哥說，告訴他有多危險。」

「危險！噢！老天！哪有什麼危險的？要是車真的壞了，他們大不了栽個跟斗；地上多得是土，摔下去沒事。噢！該死！只要懂得趕車，那輛馬車夠安全的啦；那車要是給一個老手來操控，就算破舊不堪，還是能撐個二十年。上帝保佑你！給我五鎊，我保證可以趕著它來回約克[62]一趟，連一根釘子都不少。」

凱瑟琳聽得目瞪口呆；同一件事卻有天壤之別的兩種說法，她不知道要怎麼協調。她從小到大受的教養，無法讓她辨別一個聒噪、吹噓之人的習性，她也不了解，過度的虛榮心會讓人瞎掰出許多論調，肆無忌憚地撒謊。她出身一個單純、實事求是的家庭，從不以任何形式的小聰明為樂；她的父親最多只要一個雙關語就滿足，她的母親一句諺語就夠了，因此，他們不習慣以說謊來自抬身價，也不會這會兒說了什麼，過一會兒卻自相矛盾。她百思不解地把整件事想了又想，不止一次差點就要請索普先生把他真正的看法說清楚；不過她克制了下來，因為，看來索普先生並不善於把話說清楚，已經被他弄模糊的事，他無法再說得明白。她也想到，索普先生不至於真的讓妹妹和朋友處於理應能輕易避免的風險裡；最後她的結論就是，索普先生肯定知道那輛馬車安全無虞，所以她也無需再嚇自己。男方好像已經徹底忘了這件事；接下來的對話，或說演講，從頭到尾都圍繞在他自己，或是他關心的事物上。他跟她講馬，說自己如何花一點點錢買進，再以巨額高價賣出；他講賽馬，說他總是準確無誤地料中哪一匹馬會跑贏；他講打獵，說他打到的鳥比同伴們打到的加起來還多（雖然他沒有一槍好好地瞄準）。他描述某一次帶獵狐犬去打獵的精彩比賽，他的先見之明，以及他指揮獵犬的高超技術，糾正了一些老經驗的獵人犯下的錯誤，還有，他騎起馬來如此英勇，自己從來沒陷入險境，倒是經常讓別人碰上麻煩，最後他無動於衷地總結說，有不少人因而摔斷了脖子。

凱瑟琳還沒養成獨立判斷的習慣，對男性的看法也還沒有定論，她忍受著對方無止境的自吹自擂，卻也禁不住懷疑，這人是否真的那麼討人喜歡。這是一個大膽的猜疑，因為他是伊莎貝拉的哥哥，而且詹姆斯也曾經向她擔保，說他的言行舉止最受女性的喜愛；即便如此，他們出門還不到一個鐘頭，凱瑟琳已經對他極為厭倦，這個感覺還不斷地增長，一直到他們回到普爾特尼街為止。這使得她微微地抗拒那至高無上的權威，她不相信索普有能力討所有人的歡心。

到了艾倫夫人家門口，伊莎貝拉發現時間不早，無法陪朋友進屋裡，她的錯愕程度簡直無法形容：「過三點了！」這太不可思議、不可置信、不可能的！她不相信自己的錶，哥哥的錶，或是僕人的錶；她不肯相信以理性或現實為根據的時間，直到莫蘭拿出他的錶，確定這個事實；到這個點上，她再懷疑下去的話，就一樣不可思議、不可置信、不可能了。她只能一再地辯說，兩個半小時從來沒有過得像今天這麼快，還叫凱瑟琳給她佐證；然而，就算是為了取悅伊莎貝拉，凱瑟琳也說不出一句假話，好在伊莎貝拉沒等她回答，才沒有因為聽見朋友持異議而難過。伊莎貝拉現在只顧得到自己的心情；當她發現自己不得不直接回家，她簡直悲慘透了。她已經好久沒跟親愛的凱瑟琳說到話；雖然她有一千件事要說，但她們彷彿再也沒有機會相聚了，於是，她以上揚的嘴角表達悲楚，以洋溢笑意的眼睛來傳達憂傷，跟朋友道別之後就走了。

62 約克位在英格蘭東北部，距離巴斯兩百多英里，路途遙遠。

艾倫夫人也無所事事地晃了一天回來，一看到凱瑟琳立刻招呼她：「唔，親愛的，你到家了。」對於這個事實，凱瑟琳既沒意願、也沒能力來反駁；「去兜風還愉快嗎？」

「是的，夫人，謝謝；今天的天氣好極了。」

「索普夫人也這麼說；她很高興你們全都去了。」

「所以你見到索普夫人了？」

「是的，你們一走，我就去大水泵房，我在那兒遇到她，一起說了好多話。她說早上在市場都買不到小牛肉，缺貨嚴重。」

「你還看到別的認識的人嗎？」

「看到了；我們說好去新月樓走走，在那邊碰到休斯夫人，提爾尼先生和小姐跟她一塊散步。」

「真的嗎？他們有跟你說話嗎？」

「有啊；我們一起在新月樓逛了半個鐘頭。他們像是很和善的人。提爾尼小姐穿了一件很漂亮的斑點薄棉紗洋裝，就我知道的，她總是打扮得很漂亮。休斯夫人跟我說了很多他們家的事情。」

「她跟你說了些什麼？」

「噢！她的確說了很多，幾乎沒講別的。」

「她有沒有跟你說他們是格洛斯特郡哪裡人？」

「有，她有說，不過我現在記不得了。但是他們出身很好，家裡很有錢。提爾尼夫人的娘家姓德拉蒙德，她跟休斯夫人是老同學；德拉蒙德小姐有一大筆財產；她結婚的時候，父親給了她兩萬鎊，另外還有五百鎊讓她為結婚治裝。衣服從店裡送去的時候，休斯夫人每一件都看過。」

「那提爾尼夫婦在巴斯嗎？」

「對，我想是的，不過我不確定。但我再一想，怎麼覺得他們好像都過世了，至少媽媽是過世了；對，我確定提爾尼夫人過世了，因為休斯夫人說，德拉蒙德小姐結婚那天，她父親送她一條很美的珍珠項鍊，現在歸提爾尼小姐所有。她母親過世之後，項鍊就留給她了。」

「那提爾尼先生，我的舞伴，他是獨子嗎？」

「這我無法肯定，親愛的；我感覺他好像是獨子；但總之，休斯夫人說他是個很優秀的青年，一定前途無量。」

凱瑟琳沒有再問下去，就她所聽到的，足以讓她覺得艾倫夫人沒什麼可靠的消息，自己又萬分不幸，錯過同時遇上兄妹倆的機會。要是她能預知這個情況，說什麼也不可能跟其他人出去；因此，她只能怪自己運氣差，一邊回想自己錯失的，最後她想清楚了，今天的兜風一點也不愉快，約翰．索普根本就相當討厭。

10

當晚，艾倫夫婦、索普一家、莫蘭兄妹都在劇院碰頭；凱瑟琳和伊莎貝拉坐一起，後者總算有機會把分開了許久累積下來的幾千件事，拿出幾件來跟對方說。凱瑟琳走進包廂在她身邊坐下，便聽到：「噢，老天！我最親愛的凱瑟琳，你終於在我身邊了嗎？好了，莫蘭先生，」因為詹姆斯緊挨著坐在她的另一邊，「我今晚不會再跟你多說一句話；你就不必再指望了。我心愛的凱瑟琳，時間過了這麼久，你都好嗎？我問都不必問，因為你看起來真可愛。你今天的髮型梳得比之前更美，你這淘氣女孩，是打算吸引所有人的注意嗎？我向你保證，我哥哥已經愛上你了。至於提爾尼先生——那根本就是確定的事——就算是你這麼謙虛的人，也不能再質疑他的感情了；他都已經回到巴斯，這還不夠清楚嗎？噢！我真渴望見見他！我實在等不及了。我母親說他是世上最討人喜歡的年輕人；她早上見過他了，你知道吧？你一定要介紹他給我認識。他現在在劇院裡嗎？——看在老天的分上，你快找找！我說真的，再不見到他，我都不知道怎麼活了。」

凱瑟琳說：「沒，他不在劇院裡；到處都不見他的人。」

「噢，真可怕！我永遠都沒辦法認識他了嗎？你喜不喜歡我的禮服？我覺得看起來沒什麼不妥的，這袖子完全是我自己想的。你知道我對巴斯膩得很嗎？早上你哥跟我正在說，在這裡待幾個星期還不錯，但是說什麼也不可能住在這裡。我們立刻發現我們的喜好完全一樣，寧願住鄉下，不愛別的地方；真的，我們的意見一模一樣，真的很荒唐！我們完全沒有意見不合的地方；我才不會准你在旁邊聽呢，你這個鬼靈精，肯定會說出什麼稀奇古怪的話來。」

「不，我肯定不會。」

「噢，你才會呢；我可是比你還了解你自己。你要是在場，肯定會說我們天生注定要在一起之類的胡說八道，我就會羞到不知所措，讓我的臉跟你的玫瑰一樣紅；我才不會准你在旁邊聽呢。」

「你真的冤枉我了，我再怎麼都不可能說出這麼無禮的話；而且，我根本就聯想不到啊。」

伊莎貝拉不可置信地對她一笑，當晚剩下的時間裡只跟詹姆斯說話。

隔天早上，凱瑟琳依然不遺餘力地設法再次見到提爾尼小姐；平常出發去大水泵房的時刻來臨之前，她還有點擔心會再次受到阻礙。但是這次沒發生那種狀況，沒有訪客跑來耽誤他們，於是三人準時出發去大水泵房，到了之後，就是例行公事和例行對話；艾倫先生喝完他的水[63]，便和其他男士去討論今天的政治，比對各自在報上看到的說法；兩位女性結伴同行，注意著每一張新面孔，也幾乎注意著每一頂新女帽。索普家的女眷由詹姆斯・莫蘭陪同，不到一

63 指大水泵房供人飲用的礦泉水。

刻鐘也出現在人群裡，凱瑟琳立刻照舊走在朋友身邊。總是在場的詹姆斯，繼續走在另一邊，三人脫離了同行的其他人，照這個態勢走了一會兒，直到凱瑟琳開始懷疑：只跟哥哥和朋友在一起，但兩人都不太注意她，這樣究竟有什麼樂趣。他們總是在討論什麼感傷的話題，要不就是熱烈爭辯什麼，但是他們的感想都是用悄悄話來傳達，一旦快活起來又只見兩人放聲大笑，凱瑟琳雖然經常被點名來佐證這個人或那個人的觀點，但是她完全無法貢獻，因為他們討論的話題，她一個字也沒聽見。過了很久，她歡天喜地看見提爾尼小姐和休斯夫人走了進來，因為她決心非得和提爾尼小姐說話不可，才終於有能力跟朋友分開。她立刻走近提爾尼小姐，想與她熟識的心意，比之前更堅定；要不是昨天的失望，現在的她或許還鼓不起這麼大的勇氣。提爾尼小姐客氣地與她打招呼，以同等的善意回應她的示好，她們一直聊到雙方的同伴要離開為止；雖然任何一方的看法和說法，在巴斯德每一個旺季，在這間屋裡，都被說過上千次了，但兩人說得自然而真誠，毫無傲氣，實屬罕見而可貴了。

「你哥哥真會跳舞！」談話接近尾聲，凱瑟琳冒出這句天真的讚歎，讓她的同伴感到意外又有趣。

她笑著回答：「亨利！是的，他確實舞跳得很好。」

「那天晚上他看見我坐著，我卻說我已經約了舞伴，他一定覺得很奇怪。但是我那一整天真的都跟索普先生有約了。」提爾尼小姐也只能點點頭。凱瑟琳遲疑了一會兒，繼續說道：「你一定無法想像，我再看到他的時候有多驚訝。我真的以為他已經離開這裡了。」

「亨利先前有幸見到你的那次，他在巴斯只待了一、兩天。他是先來幫我們安排住處的。」

「我完全沒想過這點；當然了，因為我到處不見他，以為他一定是走了。星期一跟他跳舞的那位，是史密斯小姐嗎？」

「對，她是休斯夫人的朋友。」

「我相信她一定很高興能跳舞。你覺得她漂亮嗎？」

「不太漂亮。」

「提爾尼先生都不來大水泵房的是吧？」

「會，他有時候會來；不過他早上跟我父親騎馬出去了。」

這時休斯夫人走過來，問提爾尼小姐要不要走了。凱瑟琳說：「希望有幸能很快再見面。明天的柯第永[64]舞會，你們會去嗎？」

「我們可能——會的，我想我們一定會去。」

「太好了，我們也會去。」對方客氣地回應，然後兩人便分手了——提爾尼小姐這邊大概知道了新朋友的心意，凱瑟琳這邊則是一點都沒意識到自己的表白。

她開開心心地回家。她所有的期望都在今天早上實現，現在她期待的目標是明天晚上，未

64 柯第永舞（cotillion）又稱方舞，源自法國，在十八世紀晚期非常盛行，是一種四對或兩對舞者同時跳的交際舞。

來的美好所在。明晚該穿戴的禮服和頭飾，是她現在關心的重點。可是她想這些事沒道理；衣著只是虛有其表的東西，過度講究往往會破壞了原本的目的。這些凱瑟琳都很清楚；去年聖誕節，她的姑婆還給她上過一課。然而，星期三的晚上，她在床上躺了十分鐘還沒睡著，盤算著她該穿那件斑點的紗裙好，還是手工刺繡的那件好，她沒有為明晚再買一件新衣服，純粹只是因為時間來不及。不過要是她真的買了，就是判斷錯誤，這是個嚴重但常見的錯誤，任何一位男性或兄弟（女性或姑婆都不行）都能告誡她，因為唯有男人才知道男人對新衣服是多麼無感。女人要是知道男人對她們身上衣物的昂貴或是新舊與否，這麼地無動於衷，一定會非常痛心；紗裙的觸感對他們無所謂，女人偏好的是斑點的、小碎花的、半透明的，或是薄棉布的，他們渾然不覺。女人穿戴入時只能滿足到自己。男人不會因此更仰慕她，別的女人不會因此更喜歡她；整齊入時就可以滿足前者，後者更喜歡你穿的破舊一點，失禮一點——不過，凱瑟琳氣定神閒，完全不受這些嚴肅思考的干擾。

星期四晚上，她走進舞廳的感覺，與星期一來的時候大不相同。當時她因為和索普有約而興高采烈，現在最要緊的卻是避開他的視線，以免他又來約；因為，雖然她不能、也不敢奢望提爾尼先生第三次來邀她跳舞，但是她的期盼、希望、計畫就這麼一樁，再無其他。在這關鍵的一刻，每位年輕小姐或許能與我們的女主角感同身受，因為每位年輕小姐都曾經碰上同樣的焦慮。大家都曾經（或至少相信自己曾經）身陷被想要避開的人追求的危險之中，也都曾經處心積慮要讓心儀的對象注意自己。索普一家人來到他們身邊，凱瑟琳的痛苦就開始了；要是約翰．索普朝著她走過來，她就坐立難安，盡量避開他的視線；他跟她說話，她就假裝沒聽見。柯第永舞結束，鄉村舞開始，她還是不見提爾尼兄妹的人影。「別害怕，親愛的凱瑟琳，」伊莎貝拉悄聲說道，「我真的又要跟你哥跳舞了。我嚴正聲明這樣子十分不像話，我跟他說，他應該覺得難為情才對，不過你和約翰得要一起來，我們才不會丟臉。親愛的凱瑟琳，快來找我們。約翰剛剛走掉，他一會兒就回來。」

凱瑟琳既來不及也沒心思去回答她。那兩個人走掉了，約翰．索普還在她的視線內，她覺得沒希望了。為了不要看起來像在找他或是等他，凱瑟琳一股勁地盯著她的扇子；當她正在怪自己太傻，竟以為在這麼一大群人中能適時碰上提爾尼兄妹，忽然間，她發現過來跟她說話、再一次邀她跳舞的，就是提爾尼先生本人。她如何眼睛一亮地立刻起身，如何心花怒放地跟著他走進舞組裡，那是很容易想像的了。她相信自己在千鈞一髮之際躲過索普先生，然後，提爾尼先生一走過來就邀她，彷彿他就是刻意尋覓她來著的！——她覺得人生好像不可能更幸福了。

他們才剛擠進去就定位，約翰．索普卻站在凱瑟琳背後叫住她。他說：「喲，莫蘭小姐，你這是什麼意思？——我們不是要跳舞嗎？」

「我不知道你怎麼會這麼想，你又沒邀我。」

「你還真逗！——我一進到舞廳就邀你了，而且正要再邀你一次，可我一轉頭，你人就不見了！——這招還真卑鄙！我來這裡只是為了跟你跳舞，而且我深信我們從星期一就約好了。對，我想起來了，是你在大廳等斗篷的時候我問你的。虧我剛才還跟認識的每個人說，我要跟屋裡最漂亮的女孩跳舞；他們看見你跟別人跳，一定會大大嘲笑我。」

「哦，不會的；你這樣子形容，他們絕對不會想到是我。」

「老天在上，要是他們不想到你，我就把那些笨蛋給踢出去。跟你一起的傢伙是誰？」凱瑟琳滿足了他的好奇心。「提爾尼，」他複述一次。「嗯——我不認識他。身形還不錯，體格挺好的——他要不要買馬？我那個朋友山姆．弗萊契有一匹誰都適合的馬要賣。靈巧極了，適合拉車——只要四十基尼。我自己有一點心動，因為我有個原則，碰到好馬一定得買下來；但是牠不符合我的需要，不能打獵。能夠打獵的好馬，不管花多少錢我都願意買。我現在有三匹，都是有史以來最好騎的馬。給我八百基尼我也不賣。弗萊契跟我明年獵季打算在萊斯特郡租一間房子。住旅店實在太該死的不舒服了。」

這是他對凱瑟琳疲勞轟炸的最後一句話，因為在這時，一長排的女士就要經過，那股不可抗拒的力量總算把他給掃走。凱瑟琳的舞伴靠近，說道：「那位先生要是在你身邊多待半分鐘，我就要失去耐心了。他沒有權利轉移我舞伴的注意力。我們已經約好，在今晚的時段裡讓彼此愉快，這段時間內，我們的愉快只能屬於我倆。要是有人占據其中一人的注意，必定損及另一人的權利。我把鄉村舞曲視為婚姻的象徵，忠貞與服從是雙方的首要義務；那些沒打算跳舞或結婚的男人，不該去打擾鄰人的舞伴或妻子。」

「但這是兩件截然不同的事！——」

「——你覺得不能相提並論。」

「當然不能。結婚的人永遠不能分開，必須一同持家。而跳舞的人只是在一個長廳裡面對面站上半個小時。」

「所以這就是你對婚姻及跳舞的定義。從這個角度來看，兩者的相似度當然不高，但是，我想我可以從這樣的觀點來呈現——你是否同意，這兩件事情都是男人有選擇的優勢，女人只有拒絕的權力；這兩件事情，都是男女雙方為了各自的便利所立下的約定，從合約生效的那一刻起，他們就只屬於對方，直到合約解除的那一刻；雙方的義務，就是盡力讓對方不要有理由去後悔沒有把自己交給另一個人，對雙方最有利的做法，就是不要去幻想鄰人可能更完美，也別幻想跟別人在一起會過得比現在好。以上你都同意嗎？」

「是，我當然同意，你的說法聽起來都很好；但是這兩件事還是截然不同——我無法從同一個角度來看，也不認為兩件事有相同的義務。」

「在某方面的確有所不同。在婚姻裡，男人應該提供女人生活所需，女人替男人把家打點得舒適；他負責供養，她負責微笑。說到跳舞，雙方的義務正好對調；男人要做到討人喜歡和服從，女人則提供扇子和薰衣草水。我想，就是這個義務的不同，才讓你覺得兩者並不能相提並論。」

「真的不是，而且我沒想過這些。」

「那我就不知道該說什麼了。不過，有一點我不得不提，你的意向實在讓人擔心。你完全不同意這兩件事的義務有相似之處，我豈不是能由此推論，你對於跳舞的義務之看法，並不如你的舞伴預期的那麼嚴格？難道我不該擔心，萬一剛才跟你說話的那位先生回來找你，或是其他男人跟你說話，你就會完全不受限地愛跟他們講多久就講多久？」

「索普先生是我哥哥的特別的朋友，如果他跟我說話，我必得再跟他說話；除了他之外，這屋子裡頭我認識的年輕人還不到三個。」

「這是我唯一的保障了嗎？哎呀，哎呀！」

「不只唯一，而且不可能有更好的保障了，因為，我如果不認識別人，就不可能跟人說話；而且，我也不想跟別人說話。」

「現在你總算給了我一份值得的保障；我可以勇敢地繼續了。自從我上回有幸問過你之後，你還是覺得巴斯是個好地方嗎？」

「是的，很好——我甚至更喜歡了。」

「更喜歡了！——小心啊，否則你會忘了適時生厭——你待上六個星期就該覺得膩了。」

「就算在這裡待六個月，我也不會膩。」

「跟倫敦比起來，巴斯很單調，所有人每年都有這個體會。『我同意，在巴斯待六個星期很愉快，但是過了之後，這裡是世上最無趣的地方。』什麼樣的人都會這麼告訴你，他們每年冬天都來，停留的時間從六個星期延長到十、十二個星期，最後實在待不下去才走的。」

「嗯，別人有別人的判斷，會上倫敦的人可能覺得巴斯沒什麼。但是我住在鄉下的偏遠小村莊，不可能覺得這種地方比我的家鄉還單調；這裡從早到晚有各式各樣的娛樂，還有各式各樣的事情可看可做，都是在家鄉聽都沒聽過的。」

「你不喜歡鄉下。」

「不，我喜歡，我向來都住鄉下，也一直很快樂。不過鄉下生活肯定比巴斯生活單調得多，鄉下的日子每天都一模一樣。」

「但你在鄉下的時間過得比在這兒理性多了。」

「有嗎？」

「難道沒有？」

「我不認為有什麼差別。」

「你在這裡整天只是在找樂子。」

「我在家裡也是——只不過樂子沒那麼多。我在這兒到處溜達，在家裡也是——但是這裡每條街上都看得到各式各樣的人，在家我只能去拜訪艾倫夫人。」

提爾尼先生覺得很有趣。「只能去拜訪艾倫夫人！」他複述了一次。「好一幅知性貧乏的畫面！不過呢，下次你再陷入知性貧乏的深淵裡，就有更多話可以說了；你們可以聊巴斯，聊一聊在這邊做了些什麼事。」

「哦！是啊。以後無論是跟艾倫夫人或是跟別人說話，我再也不缺東西可講。我真的認為等我回家之後，我會一直談論巴斯——我真的好喜歡這個地方。要是我能讓爸爸媽媽，還有家裡其他人都來，那就太開心了！我大哥詹姆斯在這邊，已經很棒了——尤其剛剛和我們熟起來的那一家人，原來已經是他的好友了。哦！誰能對巴斯生膩呢？」

「像你這樣凡事感到新鮮的人當然不會。但對於巴斯大部分的常客而言，爸爸、媽媽、兄弟、好友都來過了——他們也無法再真心享受跳舞、看戲、每日風景的樂趣。」

他們的對話到這裡結束；兩人現在得專心跳舞，無法再一心二用。

他們跳到舞列的尾端不久，凱瑟琳感覺到她的舞伴身後、圍觀的人群裡，有一位先生不住地凝視她。那是一位非常英俊的男人，神態威嚴，雖已過了壯年，猶然精神飽滿；他持續看著凱瑟琳，一邊跟提爾尼先生親密地交頭接耳。她被他看得迷糊，擔心是因為自己外表哪邊出錯，她羞紅了臉，轉過頭去。她一轉頭，那位先生也退開，她的舞伴走過來，說道：「我想你已經猜到我剛才被問了什麼。那位先生知道你的名字，你也有權知道他的名字。那位是提爾尼將軍，我的父親。」

凱瑟琳只回了一聲「噢！」但這聲「噢！」表達了該表達的一切；她意會了他的話，也確信他說的是事實。她現在以真正的興趣和強烈的傾慕，望著將軍在人群中走過，心裡偷偷嘆著：「多麼漂亮的一家人啊！」

當晚結束之前，和提爾尼小姐聊天的時候，又新增了一件幸福事。凱瑟琳自從來到巴斯，還沒去鄉下散過步。人們常去的近郊景點，提爾尼小姐都很熟悉，說得凱瑟琳也很想親自體驗一下；當她坦白說到擔心找不到人陪她去[65]，兄妹倆便提議，找一天早上，大家一同去走走。「太棒了，」她嚷嚷著，「我再樂意不過了；那我們別拖延——明天就去吧。」對方欣然同意，提爾尼小姐只有一個但書，就是要不下雨才行，凱瑟琳很肯定一定不會下雨。他們會在十二點鐘到普爾特尼街找她——「記住了——十二點鐘哦。」是臨別時凱瑟琳對新朋友說的最後一句話。至於那位跟她交情更深厚的老朋友伊莎貝拉，這兩個星期以來，凱瑟琳對於她的忠誠和價值已有所體驗，今晚幾乎不見她的人影。凱瑟琳雖然很想讓伊莎貝拉知道自己的快樂，但還是甘心聽從艾倫先生的意思，早早離開了宴會。回家的路上，她的心在雀躍，她的人在轎子裡手舞足蹈。

---

65 依照當時禮數，未婚女子不宜獨自出遊，特別是像凱瑟琳這樣的年輕女孩。如果沒有同伴，她確實沒辦法去近郊散步。

11

第二天早上，天色非常陰沉；太陽勉強露了幾次臉，凱瑟琳由此得證，一切都如她所願。開春才不久，如果來個陽光普照的早晨，她承認，多半會接著下起雨來，但多雲的早晨預告了天氣會慢慢好轉。她找艾倫先生確認她的期望，但是艾倫先生沒帶氣壓計，又不在老家的天空下，不肯保證一定會出太陽。她又找艾倫夫人問去，艾倫夫人的看法比較樂觀。「只要雲散開來，太陽持續露臉，她確信今天一定是個大晴天。」

然而到了十一點鐘左右，幾滴小雨打在窗戶上，被凱瑟琳警戒的雙眼注意到了，「噢！天啊，我相信真的要下雨了。」她萬分沮喪地說。

艾倫夫人說：「我就知道要下雨的，」

凱瑟琳嘆氣說道：「今天不能去散步了。也許不會真的下起來，也許十二點之前就停了。」

「或許吧，親愛的，但是路上會泥濘不堪呢。」

「哦！那沒什麼，我從來不怕泥巴。」

她的朋友平靜地回答：「是的，我知道你不怕泥巴。」

沉默了一會兒，「雨越下越急了！」凱瑟琳站在窗前，邊看邊說。

「的確是的。如果雨繼續下，路上會很濕。」

「已經有四個人撐傘了。我真討厭看到雨傘！」

「帶傘最麻煩了。無論什麼時候，我都寧願坐轎子。」

「早上的天氣本來那麼好！我以為一定不會下雨！」

「任何人都會這麼想。要是雨一整個早上下不停，去大水泵房的人就很少。我希望艾倫先生去的時候會穿大衣，但我敢說，他一定不會穿，要他做什麼都行，就是不肯穿著大衣出門。真不曉得他為何不喜歡，穿大衣一定很舒服呀。」

雨繼續下——下得雖急，但是不大。凱瑟琳每隔五分鐘就去看時鐘，每次回來都揚言，要是雨再下個五分鐘，她就要放棄散步的事了。鐘敲了十二下，雨還在下——「你沒辦法去了，親愛的。」

「我還沒完全絕望。我要等到十二點一刻才放棄。現在正是天放晴的時間，我真的覺得天色看起來亮了點。好吧，十二點二十分，現在我只能完全死心了。噢！要是我們的天氣跟《尤多爾弗》一樣，至少跟托斯卡尼或南法一樣就好了！——就像可憐的聖．奧賓過世的那天晚上[66]！天氣多好啊！」

66 凱瑟琳指的是《尤多爾弗》女主角的父親，他在南歐旅行的途中過世。但是凱瑟琳記錯名字，正確應該是聖．奧伯特（St. Aubert），也記錯時間，他是在下午三點鐘過世。

到了十二點半，凱瑟琳已不再掛慮天氣，就算天氣好轉了，於她也沒有好處，這時，天卻開始放晴。一道陽光讓她大感意外；她看了看四周，雲正散開，她立刻回到窗前守著，期待太陽露臉。又過了十分鐘，看得出來下午一定是晴朗的好天氣，也證實了艾倫夫人的看法：「她早就知道會放晴。」但是凱瑟琳還有沒有機會見到朋友，提爾尼小姐會不會認為路上不算太濕而貿然出門，目前還是個疑問。

外頭太泥濘，艾倫夫人不陪先生去大水泵房；於是他自己出發，凱瑟琳才目送他上路，便注意到前幾天早上讓她措手不及的那兩輛敞篷馬車，車上載著同樣的那三個人，正往這邊接近。

「是伊莎貝拉、我哥哥和索普先生，怎麼會！他們可能是來找我的──但我不去，我真的不能去，因為你知道，提爾尼小姐還有可能會來。」艾倫夫人也同意。約翰．索普人未到聲先到，他還在樓梯就喊著要莫蘭小姐動作快。他一把推開門說：「趕快！趕快！現在就戴上帽子──不能再蹉跎了──我們要去布里斯托[67]──你好嗎，艾倫夫人？」

「去布里斯托？那不是很遠嗎？──不過，我今天不能跟你們去，因為我已經有約了；我有幾個朋友隨時會來找我。」這句話當然立刻被索普喝斥為不成理由，他還找艾倫夫人來附議；另外兩個也走進來幫忙。「我最心愛的凱瑟琳，這一定很好玩吧？坐車去兜風一定開心極了。你要感謝你哥和我想出這個計畫：早上我們吃早餐的時候，兩個人靈光一閃，我完全相信我們是同時想到的；要不是這場可惡的雨下不停，我們兩個鐘頭前就該出發了。但沒關係，晚上有月光，我們一定會玩得很開心。噢！一想到鄉下的空氣和寧靜，我簡直心醉神迷了！──

比起去下社交廳不知強過多少。我們直接趕車去克利夫頓，在那邊吃晚飯；如果時間還夠，吃完飯就去京斯威斯頓。」

莫蘭說：「我懷疑我們能去到那麼多地方。」

索普嚷道：「你這烏鴉嘴！去十倍遠的地方都行。京斯威斯頓，行！布雷茲城堡，也行，聽過的地方都去；但現在你妹妹說她不能去。」

凱瑟琳喊道：「布雷茲城堡！那是什麼地方？」

「全英格蘭最優美的地方——任何時候都值得跑五十英里去參觀。」

「它真的是一座城堡嗎？古老的城堡？」

「王國最古老的一座城堡[68]。」

「但它是像書上寫的那樣嗎？」

「沒錯——完全一樣。」

「真的嗎——裡面有塔樓和長廊？」

「有好幾十個。」

---

67 布里斯托（Bristol）位於巴斯西北方約十五英里處。克利夫頓（Clifton）與京斯威斯頓（Kings Weston）都是布里斯托周邊的景點。

68 布雷茲堡其實是一名布里斯托商人在自有土地上仿造中世紀建築而造的新宅邸，一七六六年才落成。

「那我真想看看；但是我不能——我不能去。」

「不去！——心愛的，你是什麼意思？」

「我不能去，是因為……（她邊說邊低下頭，不敢看伊莎貝拉的笑容）我在等提爾尼小姐和她哥哥來找我去郊外散步。他們說好十二點過來，可是下雨了；但是現在天氣這麼好，我敢說他們不一會兒就到了。」

索普扯著嗓門說：「他們肯定不會來，因為我們剛轉進布洛德街的時候，我看見他們了——他是不是駕一輛栗色馬拉的四輪敞篷馬車[69]？」

「我實在不知道。」

「沒錯，我知道是的；我看見他了。你說的是昨晚跟你跳舞那個男人吧？」

「對。」

「嗯，那時候我看見他轉進蘭斯當路——載了一個漂亮女孩。」

「你真的看見了？」

「真的看見了；我一眼就認出他，他的馬看起來也很俊。」

「真奇怪！但我猜他們可能是覺得路上太泥濘，不好散步。」

「這有可能，因為我這輩子從來沒看過這麼多泥巴。什麼散步！跟飛起來一樣不可能。整個冬天也沒這麼泥濘過，到處都深及腳踝。」

伊莎貝拉證實這一點：「我最親愛的凱瑟琳，你根本想像不出有多泥濘；走吧，你一定得去；現在你可不能再說不去了。」

「我會想看看城堡，但我們可以全部走一遍嗎？可不可以每個樓梯都上去，每個房間都看一看？」

「可以，可以，每個洞口跟角落都瞧一瞧。」

「但是——萬一他們只是出門一個鐘頭，等到地面乾一點再來找我呢？」

「你放心，不會有這種風險，因為我聽見提爾尼對著一個騎馬經過的人吆喝，說他們要去到威克峽谷[70]。」

「那我就去吧。可以嗎，艾倫夫人？」

「你想怎麼做都好，親愛的。」

「艾倫夫人，你一定要說服她去，」幾個人一齊喊道。艾倫夫人沒有把這句話當耳邊風，她說：「嗯，親愛的，不然你就去吧。」——不到兩分鐘，他們就出發了。

凱瑟琳坐上馬車時非常心神不寧；一是為了損失一個極好的樂事而後悔，另一邊又等著享受另一件樂事，兩件事給她的樂趣幾乎一樣多，雖然類型不盡相同。她忍不住覺得提爾尼兄妹這樣待她不對，如此輕易地拋棄他們的約定，也沒帶話給她說明原委。現在距離他們原本約定

---

69 四輪敞篷馬車（phaeton），風行於十八世紀末至十九世紀初，可由單馬或雙馬來拉。

70 即威克鎮（Wick），位於巴斯西北方七英里處的峽谷景點。

要散步的時間，也才晚一個鐘頭；還有，她聽說剛才那個鐘頭內累積了巨量的泥巴，但是就她自己的觀察，出去散步實在沒有什麼不便的。想到自己被他們怠慢，她心裡很痛苦。不過，要去一個如《尤多爾弗》（她對布雷茲堡的想像）的建築物探險，這個樂趣之大，任何不好的事都抵銷了，她內心的難過也都有了安慰。

他們迅速過了普爾特尼街，穿越蘿拉廣場，兩人沒怎麼交談，索普跟他的馬說話，她則交替尋思著破碎的承諾和破碎的拱廊，四輪敞篷馬車和假帷幕，提爾尼兄妹和暗門。轉進阿爾蓋樓區的時候，她被同伴的問話驚醒：「剛走過去一直盯著你看的那女孩是誰？」

「誰？——在哪裡？」

「右手邊的人行道上——現在應該快看不到她了。」凱瑟琳回頭，看見提爾尼小姐搭著哥哥的手臂，慢慢地在路上走著。她看到兩人都回過頭來看她。「停，停，索普先生，」她急得大喊，「那是提爾尼小姐；是她沒錯——你怎麼跟我說他們離開了？——停車，停車，我現在就要下車去找他們。」但是她說了又有什麼用？——索普只是揮鞭讓馬加快腳步；提爾尼兄妹早就沒再看她，不一會便拐過蘿拉廣場轉角，看不見人影；又過一會兒，她自己也匆匆被帶進了市集廣場。但是她一直求他停車，求了一整條街。「拜託，求求你停車，索普先生——我不能去了——我不要去——我必須回去找提爾尼小姐。」索普先生只是哈哈大笑，揮鞭子催馬，嘴裡發出一些奇怪的聲音，趕車向前。凱瑟琳又氣又惱，卻又無法下車，只好放棄這個念頭，暫且屈服，但是她對索普的指責可少不了。「索普先生，你怎麼能騙我？怎麼可以說看見他們趕車走在蘭斯當路？早知道我就絕對不來了。他們一定覺得很奇怪，覺得我很無禮！而且經過他們身邊還一個字都沒說！你不知道我有多煩惱——不管是去克利夫頓，或是做別的事，我都不可能玩得開心。我寧願，一萬個寧願現在下車，走路回去找他們。你怎麼可以說你看見他們駕著四輪馬車出門？」索普振振有詞為自己辯護，宣稱他這輩子從沒見過長得那麼像的兩個人，堅持他看到的那個人就是提爾尼先生本人。

就算這個話題結束，這一趟也不可能多愉快了。凱瑟琳不再像上次出來兜風那麼和氣，她勉強聽他說話，回答也很簡短。布雷茲堡成了她僅剩的安慰，她偶爾還能愉快地想著它；雖然她寧可放棄古堡能帶來的所有快樂，也不願錯過約定好的散步，更不願讓提爾尼兄妹對她留下不好的印象。但是那快樂包括了：走過一長串挑高的房間，裡頭陳列了廢棄多年、破舊不堪的華麗家具；沿著狹窄迂迴的地窖前進，被一道低矮的鐵柵門攔下；說不定他們手上那盞燈，也是唯一的一盞燈，還被突如其來的一陣風吹滅，眾人陷入伸手不見五指的漆黑中。與此同時，旅途依舊順利地進行，凱恩舍姆鎮[71]出現在眼前時，後面的莫蘭吆喝一聲，他的朋友便停下車，看看是什麼事，後面的兩人前進到說話的範圍內，莫蘭說道：「我們還是回頭的好，索普；再走下去就太晚了；你妹妹和我都這麼想。我們從普爾特尼街出來到現在整整一個鐘頭了，才走七英里多一點；我看至少還有八英里的路。這樣不行的，我們太晚出發了，最好還是

71 凱恩舍姆鎮（Keynsham）是巴斯和布里斯托的中間點。

改天再去，現在先回頭。」

「我沒差。」索普氣憤地回答，他立刻把馬調頭，大家啟程回巴斯。

過不久他立刻說道：「要不是你哥的車配的那匹該死的馬，我們早就順利到了。我的馬要是放著讓牠跑，不要一小時就到克利夫頓，為了怕拋下那匹該死的喘不過氣的駑馬，我還得使勁勒著我的馬，害我手臂快斷了。莫蘭真是蠢，幹麼不自己養匹馬，買一輛馬車。」

凱瑟琳漲紅了臉說：「他才不蠢，因為我知道他負擔不起。」

「他為什麼負擔不起？」

「因為他沒有足夠的錢。」

「這又是誰的錯？」

「就我所知，沒有誰的錯。」

索普像平常一樣，語無倫次地扯著嗓門，說小氣是最該死的，要是在錢堆裡打滾的人買不起東西，他不知道還有誰買得起；凱瑟琳甚至不想弄清楚他是什麼意思。原本要慰藉第一次失望的事情，現在竟又讓她失望了，她越來越不想應付同伴，也越發覺得他討人厭；他們回到了普爾特尼街，一路上她說不到二十個字。

她一進門，門房告訴她，她出門幾分鐘後，有位先生和女士來找她，當他回說她跟索普先生出去了，那位女士問有沒有留話給她；他說沒有，她就摸摸看身上是否帶著名片，但是她說沒帶，後來就走了。凱瑟琳默想著這些悲傷的消息，慢慢走上樓，在樓梯口碰見艾倫先生，他聽了他們快速折返的理由之後，說道：「我很高興你哥哥這麼明理，也很高興你回來。這本來就是個奇怪又不尋常的主意。」

晚上，大家在索普家一同消磨時間。凱瑟琳心煩意亂，提不起精神；但是伊莎貝拉似乎覺得和莫蘭搭檔打牌玩康默斯[72]，就跟去克利夫頓的旅店享受寧靜和鄉下的空氣一樣，令人心醉神迷。她不去下社交廳也心滿意足，這話她說了不只一次。「我真可憐那些要往那邊去的人！真高興我不是擠在那群人裡！不知道今晚的舞會是不是會爆滿。他們還沒開始跳舞。我是無論如何都不會去的。偶爾獨自清靜一個晚上，真是愜意。我敢說，今天的舞會不怎麼樣。我知道米契爾家不會去。我真的很同情那些要去的人。不過，我敢說啊，莫蘭先生，你很想去吧，難道不是？我知道是的。嗯，你千萬別讓在場的任何人攔著你。我敢說，就算你走了，我們一樣可以開心；你們男人就以為自己多重要似的。」

凱瑟琳幾乎想要責怪伊莎貝拉不夠體貼，不在乎她正在難過；她似乎一點也沒放在心上，她的安慰也那麼不恰當。她悄聲說：「別悶了，心愛的，你這樣要讓我心碎的。這件事真的很糟糕，但完全要怪提爾尼兄妹。誰叫他們不準時一點？外面是泥濘沒錯，但又如何？我跟約翰才不會在乎。只要是為了朋友，我赴湯蹈火在所不辭，這就是我的個性，約翰也是；他很重感情。老天！你手上這副牌真好！都是國王！我實在太開心了！我寧願是你拿到這副好牌而不是

72 康默斯（commerce），一種多人可玩的賭博紙牌遊戲，湊出最佳牌組的玩家可贏得最大賭注。

我自己。」

現在，我可以打發我的女主角在床上徹夜未眠了，這才是真正的女主角的命運；一顆滿布荊棘、被淚水濕透的枕頭。要是在接下來的三個月裡，她能有一夜好眠，那就是她僥倖了。

12

第二天早上，凱瑟琳說：「艾倫夫人，我今天去拜訪提爾尼小姐的話會不會不妥？不跟她解釋一切，我沒辦法安心。」

「去吧，當然好，親愛的；但你要穿白色禮服，提爾尼小姐都穿白色的。」

凱瑟琳高高興興地照辦；裝備齊全後，她比往常更急著去大水泵房，才好打聽提爾尼將軍的住所[73]；她相信他們住在米爾森街，但是不確定哪一棟房子，艾倫夫人一下說這棟，一下說那棟，只是讓人更拿不準。她問到是米爾森街，門牌號碼也都清楚了之後，心怦怦跳地，快步走去拜訪提爾尼小姐，解釋自己的行為，盼她原諒。經過教堂院落的時候，她腳步輕輕，還決意撇開視線，以防和她親愛的伊莎貝拉以及她親愛的家人對上眼，她有理由相信，她們這時正在附近的一間商店裡。她一路暢行無礙地走到那棟房子，確定了門牌號碼，敲敲門，說要找提爾尼小姐。僕人認為提爾尼小姐在家，但是不太確定。可否請她報上名字？凱瑟琳給了自己的名片。過了幾分鐘，僕人走回來，帶著口是心非的神情，說他弄錯了，提爾尼小姐出去了。凱

73 來到巴斯的住客會在大水泵房登記名字和住宿地點。

瑟琳窘得臉紅，告辭離開。她幾乎敢肯定提爾尼小姐人在家裡，只是還在生氣而不肯見她；她回到街上，忍不住朝著客廳窗戶望一眼，預期會看見她，但是沒有人出現在窗口。走到路的盡頭，她又回看了一眼，這次，不是在窗口，從門口走出來的，正是提爾尼小姐本人。有位男士跟在她背後，凱瑟琳相信應該是她的父親，兩人往埃德加大樓的方向走。凱瑟琳覺得萬分屈辱，繼續往前走。她幾乎要為了這麼無禮的行為而生氣，但是她克制了憤慨的心情；她不知道自己犯下的錯，在上流社會的禮儀法則裡算哪個等級，不可原諒到什麼程度，對她的報復要多麼無禮才算公平。

她又洩氣，又慚愧，甚至想著晚上不跟大家去看戲了；但她得承認，這個想法並沒有持續多久，因為她立刻想到：第一，她沒有任何藉口待在家；第二，她非常想看那齣戲。於是大家都去了劇院；提爾尼一家人沒有出現，讓她煩心或開心。她擔心，那一家人雖然有諸多完美之處，但是對戲劇的愛好卻非其中之一；不過，也可能是他們習慣了倫敦舞台上的精緻演出，因為她聽伊莎貝拉說過，任何戲劇和倫敦一比，都「十分可怕」。她期待中的樂趣沒有落空；這齣喜劇讓她暫時放下煩惱，任何人看著她欣賞前四幕，準會以為她心裡沒有一絲難過。然而，第五幕剛開始，亨利．提爾尼先生和父親忽然現身在對面的友人包廂裡，她又開始焦慮不安了。戲劇無法再激起真正的歡樂——無法再讓她全神貫注。她每看一次舞台，就要看看對面包廂；有兩場戲的時間，她只看著亨利．提爾尼，但是一次也沒有和他對到眼。她不可能再懷疑他對戲劇沒興趣了；整整兩幕戲，他的注意力一次也沒離開舞台。過了很久，他總算往她這邊看，還點頭示意——但那是個什麼樣的點頭示意啊？沒有微笑，也沒有禮貌的注目；他的視線立刻回到原本的方向。凱瑟琳難受得坐立不安；她幾乎要衝去他的包廂，強迫他聽她解釋。支配著凱瑟琳的是她固有的情感，而非屬於女主角的情感；對方明顯的非難，不但沒有讓她覺得有失顏面——沒有讓她理所當然地決定，要為了他竟然質疑她的無辜而討厭他，現在就等他苦苦求個解釋，她自己則躲著他或是跟別人調情，用這個方法來讓他明白過去發生的事——她反而認為，錯的都是自己，或至少表面上看來如此；她一心只想找個機會，解釋事情的前因後果。

戲演完了——落幕了——亨利．提爾尼不在原本的位子上，不過他的父親還在，也許，他正繞到她們的包廂來。她猜得沒錯；幾分鐘後，他出現了，他走過逐漸空了的包廂座位，沉著有禮地跟艾倫夫人以及她的朋友說話——後者回答時可沒有他的沉著：「噢！提爾尼先生，我急著找你說話，我要向你道歉。你一定以為我非常無禮；但那真的不是我的錯——對吧，艾倫夫人？他們不是跟我說提爾尼先生和妹妹駕著四輪敞篷馬車出去了？我能怎麼辦？我是一萬個寧願跟你們在一起啊。不是嗎，艾倫夫人？」

艾倫夫人答道：「親愛的，我的禮服被你弄亂了。」

凱瑟琳的保證雖然孤孤單單地出現，但沒有被忽視；他的臉上浮現比較親切自然的笑容，他回話的語氣，只剩下一點點裝出來的冷淡——「總而言之，還是感謝你在阿爾蓋街上和我們擦身而過的時候，好心祝福我們散步愉快；你還特意回頭看了一眼。」

「可我真的不是要祝你們散步愉快；我根本就沒想到啊。我苦苦哀求索普先生停車；一看見你們，我就立刻對著他喊；艾倫夫人，不是嗎——哦，你不在場；是真的，要是索普先生停下來，我會立刻跳下車去追你們。」

世上哪有一個亨利聽了這句宣言還無感的？至少不是亨利．提爾尼。他笑得更親切了，詳細說起了他妹妹的擔心、遺憾，以及對凱瑟琳為人的信任——凱瑟琳嚷著：「噢！請別說提爾尼小姐沒有生氣，我知道她生氣了；因為我早上去拜訪她，她不願意見我。我才轉身離開，過一分鐘就看見她從屋裡走出來。我覺得傷心，但不覺得被冒犯。也許你不知道我早上去拜訪過。」

「那時候我不在，但是我從艾蓮諾那裡聽說了，她從那時候起就想見你，好說明一下失禮的原因；或許我可以代勞。那只是因為我父親——他們正準備出門，他急著走，不想被耽擱，所以才要她不能見客。我保證就是這樣而已。艾蓮諾煩惱得很，她想盡快跟你道歉。」

凱瑟琳聽了之後，大大鬆一口氣，但是心裡還有一點擔憂，所以問了接下來的問題，她問得很沒技巧，讓這位先生緊張起來：「不過，提爾尼先生，你怎麼不像你妹妹這麼寬宏大量？要是她對我的善意有信心，能夠猜到一切都是誤會，為什麼你還是一下子被觸怒了？」

「我！——被觸怒？」

「是啊，你走進包廂，我一看你的表情就知道你在生氣。」

「我在生氣？我有什麼權利生氣。」

「呃，看到你的表情的人，可不會認為你沒有權利生氣。」他的回答方式，是請她挪個位子讓他坐下，開始講起這齣戲。

他與她們待了一會兒，他實在太討人喜歡了，走的時候，凱瑟琳真想他能多留一下。不過雙方在分開之際，同意計畫中的散步要盡快實行；除了提爾尼走出包廂時，讓凱瑟琳有點傷心，大致上而言，她現在是世上最快樂的人。

方才兩人交談的時候，她驚奇地發現，約翰・索普和提爾尼將軍正在說話，而索普這個人，很難得看到他在哪邊安分地待上十分鐘；除了驚奇，她似乎還感覺到他們注意和討論的對象竟是自己。他們究竟能談論她什麼？她擔心提爾尼將軍不喜歡她的外表：她覺得這點從將軍寧可不讓她見他女兒，也不願意晚幾分鐘出門，就足以表明。「索普先生怎麼會認識你父親？」她把他們指出來給同伴看，同時急切地問他。他對此一無所知；但是他的父親就跟任何一個軍人一樣，人脈很廣。

演出結束，索普過來攙扶她們離開。他急著展現紳士風度的對象是凱瑟琳；大家在大廳等轎子的時候，他用一種自以為是的口氣，問凱瑟琳有沒有看見他跟提爾尼將軍說話，讓她沒能問出她想了老半天差點就問出口的問題。「他真是個氣派的老傢伙，我說真的！健壯又精神——看起來跟他兒子一樣年輕。我很敬仰他，我向你保證，他是個十足的紳士，一個大好人。」

「但你怎麼會認識他？」

「認識！城裡的人我有幾個不認識的？我們老早就在貝德福咖啡館[74]認識了。他今天一走

---

74 索普說的「城裡」指倫敦。貝德福咖啡館位於倫敦柯芬園區附近，是文人與藝術家聚集之地。

進撞球室，我立刻認出來，他是最好的一位撞球手；我們今天小玩了一下，一開始我還真怕了他，我們各自的贏面是五比四；要不是我敲出八成是全天下最漂亮的一桿，吃了他的球——但要有球檯你才聽得懂——總之，我就是贏了他。他真是個氣派的傢伙；跟猶太佬一樣有錢。我想跟他一起吃頓飯；我敢說，他請客一定豐盛。不過你以為我們在談什麼？——你。沒錯，是真的！將軍認為你是巴斯最漂亮的女孩。」

「哦！胡說！你怎麼能這麼講？」

「那你知道我怎麼說的？（壓低了音量）我說，說得好，將軍，我深有同感。」

索普的讚美，遠不及將軍的讚美來得讓凱瑟琳開心，艾倫先生在這時喚她走，她覺得正是時候。不過，索普還要送她上轎子，到她坐進去之前，即便她再三請他別說了，他還是繼續在旁美言美語地奉承她。

提爾尼將軍非但沒有不喜歡她，還讚美她，真令人開心；她歡喜地想著，她再也不必害怕見到那一家的任何人了——今晚，她得到的遠遠超過她的期望。

13

星期一，星期二，星期三，星期四，星期五，星期六，都讓讀者檢閱過了；每天的事件，每天的希望和恐懼、屈辱和樂趣，已各別陳述，現在只要再描述一下星期天的痛苦，這一週便結束。克利夫頓的計畫只是延期，還沒放棄，這天下午在新月樓，又提起了這件事。伊莎貝拉是決心要去的，詹姆斯則是決心要討好她，兩人私下商量好了，明天若是天氣晴朗就出發；而且一大早就走，才不會太晚到家。這件事就這樣定案，也得到索普的認可，現在只需通知凱瑟琳。她剛離開了幾分鐘，去跟提爾尼小姐說話。就在這期間，一切都計畫好了，凱瑟琳一回來，大家便要求她同意；她非但沒有如伊莎貝拉預期的開心表示同意，反而板起面孔，表示她很抱歉，但是她不能去，她跟別人有約在先，照理來說上次她就不該一起去，這次真的無法再奉陪。她剛才已經和提爾尼小姐說定，約好的散步要在明天進行；這事已經確定了，她無論如何都不會取消。索普兄妹立刻急著大喊，她一定、也應該要取消；他們明天一定要去克利夫頓，少了她他們就不去。只是散步而已，晚一天再去也沒什麼，他們不讓她拒絕。凱瑟琳雖然苦惱，但是不為所動。「別再逼我，伊莎貝拉。我已經跟提爾尼小姐有約，我不能去。」這句話沒什麼作用。同樣的論調向她襲來；她一定要去，也應該要去，他們不讓她拒絕。「很簡單，你就跟提爾尼小姐說，你剛剛想起之前跟人有約，拜託她把散步的事延到星期二就好了。」

「不行，沒那麼簡單。我辦不到。我本來就沒有約。」伊莎貝拉卻催得越來越緊，百般溫柔地求她，用最親密的暱稱叫著她。她知道她最親愛、最貼心的凱瑟琳，不會真的拒絕一個深愛她的友人提出的這麼微不足道的請求。她知道她心愛的凱瑟琳秉性善良、性情溫和，面對親愛的人最好說話。一切徒勞無功；凱瑟琳覺得自己沒做錯事，這些甜言蜜語的懇求雖然讓她心裡頭難受，但是她不允許自己受影響。於是，伊莎貝拉換一種方式。她怪凱瑟琳認識提爾尼小姐才沒多久，對她的感情竟然比最要好的老朋友還深；簡單一句話，凱瑟琳對她越來越無情冷漠。「我看見你為了陌生人而忽視我，愛你到無邊無際的我啊！這教我怎麼不嫉妒！我一旦對誰付出感情，任憑什麼也改變不了。我相信我比任何人都重感情；我一定就是太重感情了，心裡才平靜不下來；眼看著你對我的友情都被陌生人奪走了，我承認真讓我心如刀割。提爾尼兄妹好像吞噬了一切。」

凱瑟琳覺得這番責備又奇怪，又刻薄。難道做朋友是這樣子，把感情晾出來給別人看嗎？在她看來，伊莎貝拉心胸狹隘、自私自利，只管滿足自己，其他一概不管。這些痛苦的想法掠過她心裡，但是她什麼也沒說。這時，伊莎貝拉拿手帕擦著眼睛，莫蘭看了難受得很，忍不住說道：「好了，凱瑟琳，你不能再堅持己見了。你的犧牲又不大，還能讓好朋友開心——你再拒絕下去，我會覺得你太無情了。」

凱瑟琳的哥哥第一次公開與她做對。她很不想引起他的不快，便提出折衷的辦法。他們可以把計畫延到星期二，這很容易做到，因為只要他們自己說好就好，然後她就可以跟他們去，皆大歡喜。但是她馬上得到「不，不，不！」的答案；「不可能，因為索普不確定他星期二會不會進城。」凱瑟琳表示遺憾，但她盡力了；沉默持續了一會兒，伊莎貝拉開口，用冷冰冰的語氣滿懷怨恨地說：「好吧，出遊的事告吹。假如凱瑟琳不去，我就不能去。不能只有我一個女人。我無論如何都不會做出這麼不成體統的事。」

詹姆斯說：「凱瑟琳，你一定得去。」

「但為什麼索普先生就不能載他的妹妹？我敢說她們兩人之中一定有人想去。」

索普嚷著：「謝謝你哦，我來巴斯不是為了像傻子一樣載妹妹到處跑。不了，如果你不去，我才不去。我去只是為了載你兜風。」

「這種恭維法讓人一點也不覺得開心。」但索普沒聽見她的話，他忽地轉身走掉了。

剩下的三個人還是一道，他們走在一起的方式，讓可憐的凱瑟琳覺得不舒服到極點；要不一個字也沒說，要不就是哀求和責備的輪番攻擊，雖然兩人的心在交戰，她仍然勾著伊莎貝拉的手。她一會兒心軟，一會兒被激怒；苦惱依舊，堅定也依舊。

詹姆斯說：「我沒想到你這麼固執，凱瑟琳，從前你沒有這麼難說話；你曾經是我最善良、最好脾氣的妹妹啊。」

「我希望我現在還是，」她真心真意地回答，「但是我真的不能去。假如我錯了，也是做了我認為正確的事。」

伊莎貝拉幽幽地說：「我猜做起來並不費力吧。」

凱瑟琳激動極了；她一下子把手抽走，伊莎貝拉也沒反對。就這樣過了漫長的十分鐘，索普又走回來，臉上的表情比剛才歡樂一點，說道：「嗯，事情解決了，明天大家都可以心安理得出門。我剛去找提爾尼小姐，替你編了個理由。」

「你才沒去！」凱瑟琳大喊。

「我有去，是真的。我才從她那邊過來的。我跟她說，你要我去告訴她，你剛想起來早先已跟我們約了明天去克利夫頓，所以要到星期二才有榮幸跟她散步。她說好，星期二對她而言一樣方便；大家的難題都解決啦。我這個主意還不賴吧——嘿？」

伊莎貝拉立刻眉開眼笑，詹姆斯看似又開心了起來。

「這主意真是妙極了！好了，我甜蜜的凱瑟琳，一切煩惱都結束了；你已經光明正大地脫身，我們這次出遊一定很開心。」

凱瑟琳說：「不行，我不能接受。我現在就要去找提爾尼小姐告訴她真相。」

但是伊莎貝拉抓著她一隻手，索普抓了另一隻，三個人齊聲反對。就連詹姆斯也相當生氣。一切都安頓好了，提爾尼小姐本人都說星期二對她而言也方便，她再拒絕下去就太荒唐，太離譜了。

「我不管。索普先生無權去傳假話。要是我覺得延期沒有不妥，我大可自己去跟提爾尼小姐說。他這樣做反而更無禮；而且我怎麼知道索普先生有做——他說不定又搞錯了；因為他的錯誤，我上個星期五已經犯下一次無禮的舉動。放開我，索普先生；伊莎貝拉，別拉著我。」

索普告訴她，就算她去追也追不到提爾尼兄妹；剛才他趕上他們的時候，他們正轉進布洛克街，這會兒都已經到家了。

凱瑟琳說：「那我也要去追，無論他們走到哪兒，我都要追上。不必再說了。如果你們無法說服我去做一件我認為錯誤的事，那更別想要騙我去做。」她丟下這句話，掙脫開來，速速走了。索普原本要追去，但莫蘭阻止了他。「讓她去，她要去就讓她去吧。」

「她固執得跟——」

索普沒把他的比喻說完，因為不會是文雅的話。

凱瑟琳心焦如焚地離開，在人群中盡可能快速向前，擔心後面有人來追，但也鐵了心堅持到底。她一邊走，一邊回想剛才發生的事。惹得他們失望不快，她覺得心痛，她尤其不願惹哥哥不快；可是她對於反抗並不後悔。先不管她自己的喜好，要是她再次失信於提爾尼小姐，收回自己五分鐘前才許下的諾言，而且還是為了個假造的藉口，肯定是不對的事。她並非只顧著自己的原則才反抗他們，她不是只顧滿足自己；出去玩多少能滿足她，因為可以看看布雷茲堡；不，她考慮的是對別人應有的尊重，她在意別人如何看待她的人格。雖然她相信自己是對的，但還不足以讓她平靜下來，不跟提爾尼小姐說清楚，她是不可能安心的；出了新月樓之後，她加快腳步，接下來的路程幾乎用跑的，直到抵達米爾森街口。提爾尼兄妹雖然走在她前頭，但由於她動作很快，當她看見他們時，他們才正走進住宿處；僕人還站在門口，門還是開著，凱瑟琳只是禮貌上說句她有話要跟提爾尼小姐說，就匆匆越過他上樓去。接著，她打開面前第一扇門，剛好就找對了，她來到了一間客廳，提爾尼將軍和兒子女兒都在裡面。她立刻開始解釋，唯一的問題是——因為她情緒激動，又喘不過氣——這解釋聽起來壓根不像解釋。「我急急忙忙趕來——一切都是誤會——我根本沒答應要去——我從一開始就跟他們說我不能去——我趕緊跑來解釋——我不在乎你們怎麼看我——我沒有等僕人通報就闖進來。」

事情雖然沒有因為這一席話而解釋清楚，但立刻不再那麼令人困惑了。凱瑟琳發現，約翰．索普的確傳了假話；提爾尼小姐不諱言地承認，自己著實非常意外。凱瑟琳在為自己辯白時，雖然直覺地同時向提爾尼小姐以及她的哥哥解釋，但是她的哥哥是否氣頭還在她之上，就不得而知了。在她抵達之前，無論他有什麼感覺，如此懇切的聲明，立刻讓兄妹倆的神情和言語恢復友善，一如凱瑟琳的期望。

事情圓滿解決，提爾尼小姐向父親介紹凱瑟琳，將軍立刻殷勤而客氣地接待她，使得她想起索普說的話，也讓她愉快地想著，索普有時候還是靠得住的。將軍對她關懷備至，他不知凱瑟琳進屋迅速，倒是很氣僕人的怠慢，導致她得自己打開房門。「威廉是什麼意思？要好好追究這件事。」要不是凱瑟琳極力為他開脫，威廉很可能會因為凱瑟琳的迅速進門，而永遠失去主人的倚重——如果他的飯碗還保得住的話。

凱瑟琳和他們坐了一刻鐘之後，起身告辭，讓她又驚又喜的是，提爾尼將軍問是否有這個榮幸，請她留下來跟他女兒一起用餐，剩下的時間一起做伴。提爾尼小姐也附上自己的意願。凱瑟琳感激不盡，但是礙難從命，艾倫先生和夫人還等著她回去。將軍表示那他也不好再說了，艾倫夫婦的權責較大；但他相信改天若是提早通知，他們不至於會阻止她和朋友聚一聚的。「哦，不會的；我確信他們完全不會反對，我也萬分樂意再來。」將軍親自送她到大門口，下樓梯時大獻殷勤，讚美她腳步輕盈，和她跳舞的姿態完全相符，臨別時，又對她行了一個她目前接受過最優雅的鞠躬禮。

凱瑟琳對剛才發生的一切感到開心，她快快樂樂地往普爾特尼街前進，她可感覺到自己的步伐從未如此輕盈。她回到家，一路上沒有再遇上被她惹怒的那群人；現在她大獲全勝了，目的已達成，散步也有了保障，她開始懷疑（興奮的心情消退了之後），自己是否完全沒有做錯。犧牲小我永遠是崇高的；要是她經不住懇求而屈服了，現在她就不必煩惱地想著朋友不開心、哥哥在生氣，他們兩人的美好計畫被破壞，這一切也許就是她造成的。為了讓自己心安，也為了想找個立場公正的人來評定她的行為，她在隔天找了個機會，把她哥哥和索普兄妹決定到一半的計畫說給艾倫先生聽，艾倫先生立刻就她說的問了她：「嗯，那你也想著要去嗎？」

「沒有，他們告訴我之前，我才跟提爾尼小姐約好要散步；因此我不能跟他們去，對吧？」

「不能，當然不能；我很高興你沒想著要去。這事完全不成體統。年輕男女坐敞篷馬車在鄉下兜風！偶爾一次還不錯，但是一同去旅店和公共場所，這可不行！我不知道索普夫人怎麼會允許。我很高興你沒想著要去；我知道莫蘭夫人會不高興的。艾倫夫人，難道你沒有同感？

你不覺得這計畫是該反對的嗎？」

「是的，我非常反對。敞篷馬車這東西最髒了。一件乾淨的禮服穿不到五分鐘就髒掉，上下車都要濺個一身泥；頭髮帽子被風吹得亂七八糟。我自己就是討厭敞篷馬車。」

「我知道你討厭，這不是重點。你不覺得，要是年輕小姐經常坐敞篷馬車讓年輕男人載著到處跑，彼此非親非故的，看起來會很不對勁嗎？」

「是的，親愛的，的確很不對勁，我看不下去。」

凱瑟琳嚷道：「親愛的夫人，那你怎麼不早說？我要是知道這樣不合禮數，就不可能跟索普先生出去了；如果你覺得我哪裡做得不對，我一直希望你會告訴我的啊。」

「我會呀，親愛的，你儘管放心；出發時我告訴莫蘭夫人，會隨時盡我之力來照顧你。但是也不必太苛刻，年輕人就是年輕人，你那慈祥的母親自己也這麼說。你知道，我們剛到這裡的時候，我要你別買那件小碎花薄紗衣服，但你還是要買。年輕人不喜歡老是受到阻撓。」

「但這件事十分要緊；你如果講了，我不會聽不進去的。」

艾倫先生說：「事情到目前為止，還沒有什麼危害，親愛的，我只勸你一件事，別再跟索普先生出去。」

「我正要這麼說。」他的妻子補了一句。

凱瑟琳為自己鬆了一口氣，卻為伊莎貝拉感到不安，她想了一會兒，問艾倫先生：伊莎貝拉一定也沒發現這件事不合禮數，如果她寫信給伊莎貝拉，不知道是否妥當？在她看來，雖然發生了這些事，要是沒人去勸伊莎貝拉，估計她隔天還是要去克利夫頓的。然而艾倫先生要她別這麼做。「你最好還是隨她去吧，親愛的，她的年紀夠大，該明白事理了；就算不能，也還有個母親來教導她。索普夫人畢竟是太寵孩子沒錯；無論如何，你別介入的好。她和你哥選擇要去，你只會惹他們嫌。」

凱瑟琳聽從他的話。想到伊莎貝拉就要犯錯，讓她很難過，但是艾倫先生認可她的行為，又讓她大大鬆口氣，也慶幸還好有艾倫先生的忠告，自己才沒有陷入這樣的錯誤。她躲掉克利夫頓這一趟，的確很險；因為，要是她失信於提爾尼兄妹，只是為了做一件大錯特錯的事，破壞一個禮數，竟是為了犯下另一件更失禮的事，他們會怎麼看她啊！

14

第二天早上，風和日麗，凱瑟琳幾乎等著那夥人再來纏她。有了艾倫先生的支持，她不怕這個狀況；但是她寧可不要再爭執，爭贏了也是痛苦；因此沒看見也沒聽見那夥人的消息，她打心裡感到歡喜。提爾尼兄妹在約好的時間來找她；這次沒有出現新的困難，沒有誰忽然想起什麼事，沒有突如其來的召喚，沒有人冒失闖入，擾亂他們的計畫，我的女主角很不尋常地能夠赴約了，而且還是與男主角的約會。他們決定沿著山毛櫸崖走走，那是一座壯麗的山丘，處處是翠綠草木和懸垂的矮樹林，無論從巴斯任何一個曠野望去，都是醒目的美景[75]。

他們沿著河邊走，凱瑟琳說道：「我每次看著那座山總是想到南法。」

「所以你去過國外了？」亨利有點驚訝地說[76]。

「哦！沒有，我指的只是我在書裡讀過的。這座山每次都讓我想到《尤多爾弗》裡愛蜜莉和父親旅途中經過的鄉間。但是你不看小說的吧，我猜？」

「為什麼不看？」

「因為小說對你來說太膚淺——紳士要讀更優良的讀物。」

「無論紳士淑女，一個人要是無法從一部好的小說得到樂趣，一定愚蠢到令人無法忍受。

拉德克利夫夫人的作品我全都看過，大多讀得津津有味。《尤多爾弗的祕密》那本，我記得我一開始看就捨不得放下——我記得是在兩天內讀完的——從頭到尾令我毛骨悚然。」

「是啊，」提爾尼小姐補充，「我記得你自告奮勇唸給我聽，後來我被叫去回一張便條，你連五分鐘都不肯等，拿了書就跑去隱士小徑[77]，我只好等你看完再說。」

「謝謝你，艾蓮諾——提供這麼高尚的證詞。看吧，莫蘭小姐，你的懷疑並不公平。我急著繼續往下讀，連等我妹妹五分鐘都不願意；我說要唸給她聽，卻不守信，拿了書就跑，在最有意思的地方吊她胃口，而且你注意聽了，那本書還是她的呢。想起這事讓我挺得意的，這肯定會讓你對我有好印象。」

「我聽了的確很高興，以後我再也不必因為喜歡《尤多爾弗》而感到羞恥了。不過，我從前真的以為，年輕男人鄙視小說到了驚人的地步。」

「的確驚人；如果他們鄙視小說，那就真的讓人吃驚——因為他們讀的小說幾乎跟女人讀的一樣多。我自己就讀過上百本。你可別以為，你對茱莉亞和露伊莎的諸多了解能跟我比。要是我們更具體地聊，沒完沒了地討論起『你看過這本嗎？』『看過那本嗎？』我馬上就會把你

---

75 山毛櫸崖（Beechen Cliff）位於巴斯南邊的山丘，可鳥瞰巴斯。

76 本書寫作的年代裡，英法兩國持續交戰，一般的英國人幾乎不可能前往歐洲大陸。

77 隱士小徑（Hermitage Walk）為庭園設計的形式。

遠遠拋在後面，遠得有如——該怎麼說才好，我要一個恰到好處的明喻——就像你的朋友愛蜜莉和姑姑去了義大利，把可憐的瓦倫科特遠拋在後頭[78]。你想想，我的起步比你早了多少年。我是進牛津求學開始讀小說的，那時你還是個乖巧的小女孩，在家學刺繡！」

「恐怕不太乖巧。不過說真的，你不覺得《尤多爾弗》是全世界最好的一本書嗎？」

「最好的嗎；我猜你指的是最精美。那就得視裝幀而定。」

提爾尼小姐說：「亨利，你真是無禮。莫蘭小姐，他現在對你就跟對自己的妹妹一模一樣。他老是挑我毛病，說我用詞不正確，現在他對你一樣放肆。你剛才用的『最好的』字眼不合他的意；你還是趕快換掉，否則，我們一路上就得忍受詹森和布萊爾的轟炸了[79]。」

凱瑟琳嚷著說：「確實，我不是有意用錯字眼；但這真是本好書，我為什麼不能這麼說？」

亨利說：「說得很對，今天的天氣很好，我們來散步很好，你們兩位是很好的年輕小姐。哦！這的確是個很好的字眼！——放在哪都合用。原本這個詞可能只是用來表達工整、得體、精緻、高雅；說明人們的衣著、觀點或是選擇很好。但是，現在對萬事萬物的各種讚揚，都只包含在一個好字。」

他的妹妹嚷道：「其實這個字眼應該用在你身上就好，而且不帶任何讚揚。你這人很精確但不夠聰明。來吧，莫蘭小姐，他要拿最嚴格的標準來挑剔我們用的字眼就隨他去吧，我們一樣用自己最喜歡的字眼來讚美《尤多爾弗》。這本書真有意思。你喜歡看這類型的書嗎？」

「說老實話，我不太喜歡其他的類型。」

「真的嗎！」

「我是說，我可以讀讀詩和劇作之類的，也不討厭遊記。但是對於歷史，正經嚴肅的歷史，我無法感興趣，你行嗎？」

「行，我喜歡歷史。」

「但願我也能喜歡。我出於義務讀了一點歷史，但是書中淨是讓我煩惱和厭煩的東西。每一頁都是教皇與國王鬧不合，還有戰爭和瘟疫；男人都是廢物，女人幾乎沒有出現——真是沉悶。但我常常覺得奇怪，歷史書裡頭一定很多虛構的內容，怎麼還這麼枯燥，那些假借英雄的嘴說出來的話、他們的思想和計謀，想來絕大部分是虛構的，在別的書裡，虛構的東西就是我喜歡的。」

提爾尼小姐說：「你是認為，歷史學家的想像不夠巧妙。他們展現了想像力，但是沒能引起讀者的興趣。我喜歡歷史，也安於全盤接受真與假。那些根本的事實，有過去的史書和記載作為消息來源，既然我們無法親眼目睹，我認為史書和記載就足以信賴了；至於你說的那些小

---

78 瓦倫科特是《尤多爾弗》男主角，和女主角愛蜜莉相愛，但愛蜜莉的父親過世後，她的姑姑嫁至義大利，她只好一起離開，拋下男主角。

79 塞繆爾．詹森（Samuel Johnson）和休．布萊爾（Hugh Blair）都是當時的語言學權威。

點綴，也的確就是點綴，我同樣喜歡。如果一段言論寫得好，無論是出於誰的大作，我一樣讀得開心——如果是出於休謨先生或勞伯森先生之筆[80]，我讀起來甚至比讀卡拉克塔庫斯、阿格里寇拉、阿佛烈大帝真正說過的話還覺得有意思[81]。」

「你喜歡歷史！——艾倫先生和我父親也是；我還有兩個哥哥也不討厭歷史。在我小小的親友圈裡就有這麼多例子，真是不簡單！照這樣看，我不必再可憐歷史書的作者了。如果有人喜歡他們寫的書，那真的很好，我以前常想，辛辛苦苦寫了這麼多卷的書，沒有人願意看，他們耗費的勞力只用來折磨小男孩和小女孩，是多麼苦命啊；雖然，我知道這一切都是正確也必要的，但我還是常常好奇，一個人要有多大的勇氣，才能特意決心坐下來做這件事呢。」

亨利說：「說到小男孩小女孩應該被折磨，那是對文明國家的人性有所了解的人都不能否認的一件事；但我必須為這些卓越的歷史學家說句話，假如有人以為他們除此之外，就沒有更崇高的目標，那他們恐怕要發怒了；而且就他們的方法及寫作風格而言，他們完全有能力去折磨最富理性的成年讀者。我照你的方式，用的動詞是『折磨』，而非『教導』，是假定兩者現在為同義詞。」

「你認為我把教育稱為折磨很可笑，可你要是跟我一樣，從小到大，在家的每一天，都要聽到可憐的小孩子學習字母到拼字的過程，如果你看過他們花了一個早上，還是什麼也不會，到最後我可憐的媽媽有多累，那麼你就會承認，『折磨』和『教導』有時候也能當同義詞使用了。」

「很有可能。但識字的困難不是歷史學家的責任；就拿你自己來說，你似乎對嚴格又密集的苦讀沒什麼好感，但是或許你也得承認，為了一輩子能看書，一生中被折磨個兩、三年還是值得的，你想想看，如果都不教人識字，那麼拉德克利夫夫人不就白寫了——或許根本就不寫作了。」

凱瑟琳同意——她熱烈地讚美了一番這位女士的成就，這個話題便到此結束。提爾尼兄妹不久便聊起另一個話題，凱瑟琳完全插不上嘴。他們以繪畫行家的眼光欣賞眼前的鄉村景色，並以真正的鑑賞力，興致勃勃地認定這裡足以入畫。凱瑟琳聽得迷迷糊糊。她對繪畫——對審美——都一竅不通：她注意聽他們說話，但是獲益不多，因為他們所用的詞彙，她即使聽了也聽不出所以然，但少數她聽得懂的，似乎又跟她之前思考過關於繪畫的概念互相抵觸。聽起來，高山頂上再也不是最佳的取景地，清澈的藍天再也不能作為好天氣的證明[82]。她為自己的無知深深感到羞恥。這份羞恥，卻是放錯地方了。在愛戀的人面前，永遠要顯得無知。本身若見多識廣，就無助於他人的虛榮心，聰明人永遠要避免這一點。特別是女人，如果不幸知識淵

80 大衛・休謨（David Hum）是十八世紀最著名哲學家及史學家。威廉・勞伯森（William Robertson）寫過蘇格蘭、印度、拉丁美洲、美國歷史。

81 卡拉克塔庫斯（Caractacus）是一名部落領袖，在一世紀對抗入侵不列顛的羅馬人。阿格里寇拉（Agricola）為古羅馬政治家，曾出任不列顛總督。阿佛烈大帝（Alfred the Great），英國歷史上統一王國的第一人。

82 這些概念出自藝術家威廉・吉爾平（William Gilpin）所提出的「如畫美學」（picturesque）理論。

博，應該盡可能地隱藏起來。

某位姊妹作家[83]，已經用她的生花妙筆闡述過天生愚笨的美麗少女所占的優勢，就她對這個主題的陳述，我只幫男性說句公道話：雖然對絕大部分較為輕浮的男性而言，女人愚蠢一點會大大增進她們的魅力，但也有一些太理性、太有見識的男性，覺得女人只要無知就行了。而凱瑟琳不知道自己的優勢——一個漂亮、充滿熱情，而且非常無知的少女，絕對能夠迷倒一個聰明的年輕人，除非情況特別不幸。以眼前為例，凱瑟琳承認自己知識不足，哀嘆自己知識不足；她聲稱自己不惜一切也想學會畫畫；亨利立刻就以「如畫美學」給她上了一課，他的教學那麼地清晰易懂，她很快就從他欣賞的一切事物看見美，她聽得如此認真，讓他十分滿意，認為她天生具備了不少審美能力。他提到近景、中景、次中景——側景和透視——明與暗；凱瑟琳果然受教，當他們登上山毛櫸崖之頂，她便主動說巴斯全城都不配做為風景畫的一部分。亨利對她的進步感到很高興，但也不敢一次灌輸太多知識，怕她膩了，便讓這話題告一段落。他先從他放在靠近山頂的一塊碎岩和一截枯橡樹枝說起，再談到一般的橡樹，再到樹林、圈地運動、荒地、王室領地和政府，很快地就談到了政治；談到政治便很容易陷入沉默[84]。他對國事發表了一段簡短論述之後，談話短暫中止，先開口的是凱瑟琳，她用相當嚴肅的口氣，說了這句話：「我聽說，倫敦很快會出現令人震驚的東西。」

這句話主要是說給提爾尼小姐聽的，她一聽便怔住，立刻答道：「真的嗎？——是什麼性質的？」

「這我不知道，也不曉得作者是誰。我只聽說會比我們目前碰過的還可怕得多。」

「天啊！——你是從哪兒聽到這事的？」

「我有個好朋友昨天收到從倫敦寄來的信，是信上說的。據說可怕極了。我預期會是謀殺之類的事。」

「你說得這麼冷靜，真叫我意外！但我希望你朋友是言過其實——而且，這種計謀如果事先被知道了，政府肯定會有適當的措施來阻止它發生。」

亨利忍住笑說：「政府既不打算也不敢介入這種事。一定要有謀殺；無論發生多少件，政府也不在乎。」

兩位小姐盯著他。他大笑，然後說道：「好了，我是該幫助你們了解彼此的意思，還是任由你們自行琢磨？不——我要高尚一點。我要證明自己是男人，不只憑藉清晰的頭腦，還有我慷慨的靈魂為證。有的男人不屑於偶爾配合你們的理解力，我受不了這種人。也許女人的智力不夠健全也不夠精明——既不強勁，也不敏銳。也許女人缺乏觀察力、洞察力、判斷力、熱情、天分和智慧。」

「莫蘭小姐，你別理他——但請你行行好，把那可怕的暴動一五一十說給我聽啊。」

---

83 指感傷小說的代表作家范妮·伯尼。

84 與女性聊政治不會是個好話題，因為當時英國女性沒有參政權。

「暴動！——什麼暴動？」

「親愛的艾蓮諾，暴動只在你的腦袋裡。這誤會實在太不像話啦。莫蘭小姐說的那個可怕東西，只是一本即將出版的新書，一套三卷的十二開本，每卷兩百七十六頁，第一卷的卷頭插畫是兩塊墓碑和一盞燈籠——你明白了嗎？至於莫蘭小姐——你說得一清二楚，但我那個笨妹妹全都誤會了。你說倫敦即將要出現可怕的東西——任何一個理性的人，都能馬上想到這話指的一定是租書館，她卻立刻想像起三千名暴徒在聖喬治場[85]集結；銀行遭到襲擊，倫敦塔被圍攻，倫敦街頭血流成河，第十二輕騎兵團特遣隊（也是全國的希望）從北漢普頓被召來鎮壓暴動，英勇的菲德瑞克．提爾尼上尉，在帶領軍隊往前衝的當下，被高處窗戶飛來的一塊碎磚擊中落馬。請原諒她的愚蠢。她身為一個妹妹的恐懼，加重了女人的弱點；她平常絕對不是個傻瓜。」

凱瑟琳一臉嚴肅。提爾尼小姐說：「好了，亨利，你已經幫忙我們明白彼此的意思，乾脆也讓莫蘭小姐了解你一下——除非，你打算讓她覺得你對妹妹非常無禮，對女性的普遍看法又野蠻至極。莫蘭小姐還不習慣你的古怪作風。」

「我很樂意讓她多了解我的古怪作風。」

「這是當然；但這還不足以解釋你目前的行為。」

「我該怎麼做？」

「你知道自己該怎麼做。當著她的面，好好地把自己的性格說清楚。告訴她，你對女人的理解力評價很高。」

「莫蘭小姐，我對全天下女人的理解力評價都很高——尤其是我碰巧有機會共處的女人。」

「這可不夠。你認真點。」

「莫蘭小姐，沒有人對女人理解力的評價會比我更高。我認為，大自然賦予她們極高的理解力，以至於她們向來只用到一半就夠了。」

「莫蘭小姐，我們現在從他那裡得不到一句正經話了。他沒打算認真。但我向你保證，他再怎麼樣都不會用不公正的話形容任何一個女人，也不可能對我說一句刻薄的話。」

叫凱瑟琳相信亨利．提爾尼永遠不會犯錯，並不是什麼難事。他的舉止或許偶爾出人意表，但是他的用意肯定永遠是公正的——至於她不了解的部分，她也一樣崇拜。這趟散步全程都很愉快，雖然結束得過早，但終了也是愉快的；她的朋友們送她進屋，臨別前，提爾尼小姐以恭敬的語氣對艾倫夫人和凱瑟琳說，希望有幸邀凱瑟琳後天來吃晚飯。艾倫夫人完全沒有刁難——凱瑟琳唯一的難題，是隱藏自己樂不可支的心情。

今天早上過得如此愜意，讓她把友情和親情都給扔到一旁；因為她在散步期間，完全沒想到伊莎貝拉和詹姆斯。提爾尼兄妹一走，她又變得滿腹溫情，但這份溫情延續了一會兒也沒作

---

85 聖喬治場（St. George’s Fields）位於倫敦南部，一七六八年曾發生過大型暴動，暴民攻擊英格蘭銀行及倫敦塔。

用；艾倫夫人無法讓凱瑟琳放下憂慮，她沒聽到他們任何一個人的消息。將近中午時，凱瑟琳需要一條一碼的緞帶，得立刻出門去買，於是便走路進城。她在龐德街追上索普家二小姐——她正走在世上最甜美的兩個女孩中間，慢慢往埃德加大樓走去，她們已經做了一早上的好朋友。凱瑟琳從她口中，立刻問到那夥人的確去了克利夫頓。安小姐說：「他們早上八點出發。我才不羨慕他們跑這一趟。我覺得，你跟我能擺脫這個麻煩才好呢——那一定是天下最無聊的事，這時節克利夫頓一個人都沒有。貝拉跟你哥哥一車，約翰載瑪麗亞。」

凱瑟琳聽到這麼安排，衷心地表示高興。

對方接著說道：「噢！沒錯，瑪麗亞去了，她想去得要命。她以為會是什麼很棒的事情。我無法說我欣賞她的品味；我呢，一開始就決定不去，就算他們逼我，我也不會去。」

凱瑟琳有點懷疑這句話的可信度，忍不住回道：「但願你也能去就好了。只可惜不能大家都去。」

「謝謝你，但是我一點也不在乎這件事。真的，我是怎麼樣都不肯去的。你剛追上來的時候，我正跟愛蜜莉和蘇菲亞這麼說呢。」

凱瑟琳還是無法相信她；但是很高興安能夠有愛蜜莉和蘇菲亞兩位朋友的慰藉，她放寬了心，跟她們道別，回到家，很高興他們沒有因為她拒絕參加而無法出遊，也衷心希望詹姆斯和伊莎貝拉玩得十分盡興，不再氣她不肯去了。

15

隔天一大早，伊莎貝拉那裡來了一封信，每一行都是和平溫柔的語氣，說有件極要緊的事，懇請朋友立刻過去，凱瑟琳帶著安心又好奇的快樂心情，匆匆趕往埃德加大樓——客廳裡只有最小的兩位索普小姐；安走出去叫姊姊，凱瑟琳趁機問了另一位小姐昨天出遊的細節。瑪麗亞正巴不得能講。凱瑟琳立刻得知，那是世界上最愉快的出遊計畫；沒人能想像有多好玩，沒人想像得到會這麼愉快。以上是前五分鐘的消息；接下來的五分鐘透露了許多細節：他們趕車直接到約克飯店，喝了湯，預訂了比一般時段稍早的晚餐，走路去水泵房，嚐了那邊的水，花了幾先令買錢包和晶石；之後，在旁邊的糕餅店吃冰，再趕回飯店，三兩口解決了晚餐，以免摸黑回來；趕車回來的路上一樣很開心，只不過月亮沒出來，還下了點雨，以及莫蘭先生的馬累得幾乎走不動。

凱瑟琳聽著聽著，真心感到滿意。看來根本沒有人想到要去布雷茲堡；其他的活動，沒有一項讓人覺得不去很可惜的——最後，瑪麗亞對姊姊表示了深切的同情，她說安被排除在外，氣得不得了。

「我相信她永遠不會原諒我了；但你也知道，我哪有辦法？是約翰要我去的，他說安的腳踝太粗，發誓絕對不肯載她。我敢說，她這個月的心情都不會好起來了；但我絕對不會生氣，我才不會為了一點小事就發脾氣。」

這時伊莎貝拉快步走進來，滿臉的幸福和驕傲，讓她的朋友看得目不轉睛。她隨隨便便把瑪麗亞打發走，然後抱住凱瑟琳，開口說道：「是的，我親愛的凱瑟琳，是這樣沒錯；早就被你看穿了——噢！你那淘氣的眼神！什麼都瞞不過你。」

凱瑟琳只是傻愣愣地看著她。

她接著說道：「好了，我最心愛，最甜蜜的朋友，你先鎮靜點——你也看到了，我現在焦慮到驚人的程度。我們先坐下，再舒舒服服地講。喏，所以你一接到我的信就猜到了？你這個小淘氣！——噢！我親愛的凱瑟琳，只有你懂得我的心，才知道我現在有多快樂。你哥哥是天下最迷人的男人。我只希望自己更配得上他——但是令尊令堂會怎麼說呢？——噢！天哪！一想到他們，就讓我好焦慮。」

凱瑟琳開始有一點醒悟：她忽然對真相有了一點概念；這嶄新的情緒讓她自然而然漲紅了臉，她喊道：「天啊！——親愛的伊莎貝拉，你的意思是？難道——難道你愛上詹姆斯了？」

這雖然是個大膽的臆測，但是她馬上發現自己只猜到了一半。伊莎貝拉一份熱切的愛慕（她曾經責備過凱瑟琳，說自己每一個眼神、每一個動作，都被她看在眼裡），在昨天兩人出遊的途中，喜得對方以相同的情意來回應。她的心和忠貞都交給了詹姆斯——凱瑟琳從來沒聽過這麼有意思、新奇，這麼歡喜的事情。她的哥哥和她的朋友訂婚了！——她沒碰過這個情況，其重要性好像非同小可，她認為這是尋常生活之中很難重演的大事。她難以表達出內心情感的強度；但這些感情已經讓她的朋友滿意。她們首先流露出即將成為嫂子與小姑的喜悅，兩位漂亮小姐互相抱了又抱，流下喜悅的淚水。

對於未來的姻親關係，凱瑟琳雖然由衷地感到高興，但不得不說，伊莎貝拉對這件事的深情期待遠遠超過了她。「我的凱瑟琳，之後我跟你會比跟安或瑪麗亞還要親很多；我覺得我對親愛的莫蘭家人的感情，會比我對自己家人的還要深。」

這種友誼的高度不是凱瑟琳能懂的。

「你跟你親愛的哥哥真像，」伊莎貝拉接著說道，「我第一眼看到你就好喜歡你。不過我這個人就是這樣；第一眼決定一切。去年聖誕節，莫蘭到我們家的第一天——我第一眼看到他——我的心就失守了。我還記得我那天穿一件黃色禮服，頭髮編成辮子盤在頭上；我走進客廳，約翰介紹他，我當時心想，我從沒見過這麼英俊的人。」

這句話讓凱瑟琳暗暗見識了愛情的力量；因為她雖然很愛哥哥，也喜愛他的各項天賦，但是她這輩子還不曾覺得他英俊。

「我還記得，那天晚上安德魯斯小姐跟我們一起喝茶，她穿了她那件紫褐色薄綢禮服，看起來美極了，我以為你哥哥一定會愛上她；我想著這件事，整晚都睡不著覺。噢！凱瑟琳，我為了你哥，不知道經歷了多少個失眠的夜！——那種痛苦，就算減半我也不願你承受！我知道我現在瘦得可憐；但是我不要再拿我的焦慮來讓你煩心；你已經看得夠了。我覺得我一直在洩自己的密——一不留意就說了我特別喜歡做牧師的人！但是我向來知道你會為我守密。」

凱瑟琳覺得不會有更保險的情形了；但是對方沒料到自己這麼無知，讓她覺得羞恥，於是她不敢再反駁，伊莎貝拉說她一直用淘氣而敏銳的目光，和深情的同理心在看這件事，她也一併默認了。她發現哥哥現在正準備全速趕回富勒敦，稟告他的情況，徵求父母同意；這就是讓伊莎貝拉真正焦慮不安的原因。凱瑟琳深信，也努力讓伊莎貝拉相信，她的父母絕不會反對兒子的心願。她說：「世上沒有一對父母比我的爸媽更慈祥、更希望兒女得到幸福的了；毫無疑問，他們一定會立刻同意。」

「莫蘭說的跟你一模一樣，」伊莎貝拉回道，「但是我還是不敢期望；我的嫁妝很少；他們絕對不可能同意的。這可是你哥哥，他想要娶誰就能娶誰的！」

凱瑟琳再次見識愛情的威力。

「伊莎貝拉，你真的太謙卑了。財富差距一點都不要緊。」

「噢！我甜蜜的凱瑟琳，我知道你心胸慷慨，不覺得要緊；但是，很多人不像你這麼無私。就我來說，我只願我們的情況對調。就算我的名下有幾百萬鎊，就算全世界都是我的，你哥哥依然是我唯一的選擇。」

這麼動人的情操，既通情達理又別具新意，讓凱瑟琳滿心歡喜地想起她熟悉的所有小說女主角；她覺得朋友在表明這麼高尚的想法時，看起來真是美極了——「他們肯定會同意的，」她再三聲明；「我肯定他們一定會喜歡你。」

伊莎貝拉說：「至於我自己，我的願望很平凡，最微薄的收入對我來說就夠了。真心相愛的人在一起，貧窮本身也成了財富：我痛恨奢華，我怎麼樣也不要定居倫敦。住在幽靜的小村莊，有一棟農舍，就是人間至福。里奇蒙[86]那一帶就有一些可愛的小別墅。」

「里奇蒙！」凱瑟琳嚷道——「你們一定要住在富勒敦附近，一定要離我們近一點。」

「若沒有的話我一定會很難過。只要能離你近一點我就滿足了。可這些都是空談！在得到你父親的答覆前，我不許自己再想這些事了。莫蘭說，他今晚把信寄到索爾茲伯里，我們可能明天就收到回信——明天？我知道我一定沒有勇氣打開那封信。我知道它一定會要了我的命。」

伊莎貝拉篤定地說，接著陷入一陣沉思——她再開口的時候，講起了結婚禮服要用什麼等級的布料。

兩人的討論被那位焦急的情人打斷，他來辭別，然後就要出發去威爾特郡。凱瑟琳很想恭喜他，但不知道該怎麼說才好，千言萬語只在她的眼神裡。不過，她那雙眼睛把八大詞類都說盡了[87]，詹姆斯能夠輕鬆拼湊出她的意思。他急著趕回家以實現所有的心願，因此道別的時間並不長；要不是他心愛的人三番兩次催促他快走，耽擱了他，道別的時間或許可以更短。有兩

86 里奇蒙（Richmond）當時為倫敦近郊的高級別墅區，可不是安貧樂道的人住得起的。

87 八大詞類指名詞、代名詞、動詞、形容詞、副詞、連接詞、介係詞、感嘆詞，組成一個句子需用到的各種詞類。

次，他幾乎是在門邊被叫回來的，因為她急著要他快出發。「莫蘭，我真的得趕你走了。你想想看，你還得騎多遠啊。我不忍心再讓你逗留。看在老天的份上，別再浪費時間，好了，快走，快走——你一定得走了。」

兩個朋友的心比從前更緊緊相依，那一整天都形影不離；她們快樂地討論姊妹間的計畫，時間不覺飛逝。對這一切都知情的索普夫人和兒子也加入討論，他們似乎把伊莎貝拉訂婚的事視為家中最幸運的喜事，現在就只差莫蘭先生的同意；這下子，家裡頭神色不尋常、說話神祕的人又增加兩個，讓那兩個無權知情的小妹更加好奇。凱瑟琳的性情單純，在她看來，這樣莫名其妙的保密既不厚道，也沒有一致性；要不是她經常在這家人身上看到這種前後不一的情況，她一定忍不住要說他們不厚道了。不過，安和瑪麗亞一副「我知道是怎麼回事」的精明樣，很快就讓她放下心；這個晚上就在鬥智之中度過，看一家人各耍心機；一邊是故作神祕打啞謎，一邊是解開了不知哪一道謎題，兩方都很厲害。

第二天，凱瑟琳又去跟朋友做伴，想要幫她打氣，一起消磨掉信送達之前的冗長時間；這是很必要的活動，因為越接近來信的時間，伊莎貝拉就變得越消沉，信還沒到，她已經真正苦惱起來了。然而信送到了之後，苦惱哪裡得見？「我已順利取得我慈愛的父母親的同意，他們承諾將盡其所能促成我的幸福。」這是開頭三行的內容，頃刻間，喜悅有了保障。伊莎貝拉的臉上立刻顯出光彩，一切煩惱和焦慮一掃而空，她似乎克制不住興奮，毫不猶豫地說自己是全世界最快樂的人。

索普夫人眼泛喜悅的淚光，擁抱了女兒、兒子和訪客，可以的話，她也樂於擁抱巴斯半數的居民。她心裡柔情滿溢，滿口「親愛的約翰」和「親愛的凱瑟琳」——現在得趕緊讓「親愛的安和親愛的瑪麗亞」來分享這份幸福；伊莎貝拉現在是「最最親愛的」，這可愛的孩子當然值得人家這麼叫她。約翰毫不掩飾他的喜悅。他不只大讚莫蘭先生是世上數一數二最優秀的傢伙，又賭咒發誓說了許多讚美他的話。

帶來許多幸福的那封信很短，只有保證了父母應允一事已成；一切細節要等到詹姆斯下一次來信。但是細節的部分，伊莎貝拉完全可以等待。必要的部分已經包含在莫蘭先生的承諾裡；他以名譽保證，會讓一切順利；至於他們的收入會是什麼形式，是否有地產要轉讓，或是資金要過戶，這些都不是她無私的心會在乎的。就她所知的，她有把握可以體面而快速地成家，她的想像力瞬間飛到隨之而來的幸福。她幻想再過幾個星期，她就會成為富勒敦每一位新朋友注目和羨慕的焦點，老家帕特尼[88]那邊尊貴的朋友們個個嫉妒她，到時她有馬車可用，她的名片換上新的夫姓，指頭上戴著好幾枚光彩奪目的寶石戒指。

信的內容既然已確定，本來只等信一到就要啟程去倫敦的約翰．索普，便準備動身了。「唔，莫蘭小姐，」他發現她獨自一人在客廳裡，說道，「我來向你道別。」凱瑟琳祝他一路平安。他彷彿沒聽見她的話，走到窗前，身子動來動去，哼了一首曲子，好像完全沉浸在自己

---

88 帕特尼（Putney），鄰近倫敦西南部的教區。

的心思裡。

凱瑟琳說：「你去到迪韋齊斯[89]不會太晚嗎？」他沒回答；但是沉默了一分鐘左右，忽然冒出一句：「說真的，這樁婚事真是太好了！莫蘭和貝拉竟然想出這麼好的主意。你怎麼看，莫蘭小姐？我說這想法還真不壞。」

「我當然也覺得很好。」

「你也這麼想？——老天，真是沒錯！我很高興你不反對婚姻。你有沒有聽過一首老歌，〈參加婚禮促成良緣〉？我是說，希望你來參加貝拉的婚禮。」

「我會的；我已經答應你妹妹，可以的話，我會陪著她。」

「那麼，」他扭來扭去，勉強傻笑了一聲，「我說啊，我們可以來測試這首老歌準不準。」

「我們嗎？——但我從來不唱歌。嗯，祝你一路平安。我今天和提爾尼小姐吃飯，我現在得回家去了。」

「哎呦，這樣急急忙忙的多掃興啊——誰知道我們何時才會再相聚呢？——不過我兩個星期後會再回來，對我來說，這兩週將會該死的漫長。」

「那你為什麼要去這麼久？」凱瑟琳回他——因為她發現他等著她搭腔。

「你人真好——既善良，脾氣又好。我不會輕易忘記的。你的脾氣之好，我相信是比世上任何一個人都好。你的脾氣真是好得不得了，不只是脾氣，你實在什麼都好；而且你還——我說真的，我沒有遇過像你這樣的人。」

「哦！老天，我敢說像我這樣的人多得很，而且比我好得太多，再會。」

「但我說啊，莫蘭小姐，如果你不嫌棄的話，近期內我會去富勒敦府上拜訪。」

「請來吧——我爸媽會很高興見到你。」

「那我希望——我希望，莫蘭小姐，你見到我不會覺得遺憾。」

「哦！老天，完全不會。我很少見了誰覺得遺憾的。有人做伴總是快活。」

「我正是這麼想。我只要有幾個快活的同伴，跟心愛的人一起待在喜歡的地方，剩下的都交給魔鬼也無妨——我真心高興聽到你也這麼說。我有個感覺，莫蘭小姐，你跟我對大部分事情的看法相當接近。」

「或許吧；但我從來沒想過是這樣。至於大部分的事情，我說句實話，很多事我還不知道自己是怎麼想的。」

「哎呀，我也一樣。我這個人是不會多花腦筋去思考與我無關的事的。我對事物的看法很簡單。只要有喜歡的女孩在身邊，有一間舒適的屋子遮風避雨，其他我還有什麼好在乎的？財富不重要。我自己已經有一份不錯的穩定收入，就算她一毛錢也沒有，那更好。」

「完全沒錯。這點我的看法跟你一樣。如果一方已經有大筆財產，另一方就不必再有什麼。只要一方有錢就夠了，無論是哪一方。我討厭有錢人找有錢人嫁娶的概念，為了錢結婚，

89 迪韋齊斯（Devizes）位在巴斯東邊十八英里處，從巴斯去倫敦的旅人多在此地暫歇。

是世上最卑劣的事——日安。你方便的時候就來富勒敦，我們都會高興見到你。」然後她就走了，索普再怎麼獻殷勤也耽擱不了她，她匆匆離開，留下他一心想著自己如何成功地求愛，和她明顯的慫恿。

凱瑟琳獲知哥哥訂婚時感受到的興奮心情，讓她估計著，當她把這件美好的事轉述給艾倫夫婦聽，應該會引起不小的激動。但她是多麼失望啊！她準備了一番說辭，才導入這件大事，他們倆竟然從她哥哥一抵達就預料到了；兩人對這件事只有一個感覺，就是希望年輕人幸福，艾倫先生多誇了一句伊莎貝拉的美貌，艾倫夫人則說她有福氣。對凱瑟琳而言，這麼不感性的態度實在教她吃驚。不過，在她公布了詹姆斯前天出發去富勒敦這個重大祕密時，艾倫夫人總算稍微激動了點。她無法氣定神閒地把話聽完；對於這事竟瞞著她，再三表示遺憾，說但願她知道他打算回去一趟就好了，就能見見他，因為她得託他向他的父母問好，還要問候史金納一家人。

16

凱瑟琳預料去米爾森街做客一定會很愉快，她的期望很高，失望在所難免；因此，雖然提爾尼將軍非常客氣地接待，他的女兒熱情歡迎，亨利就在家，在場也沒有其他客人，凱瑟琳回家之後，無需花上好幾個小時檢視自己的感覺，就發現這次的拜訪不如預期的開心。整天的談話下來，她發現不但沒有增進與提爾尼小姐的交情，反而沒有以前那麼親密；在這樣輕鬆的家庭聚會，非但沒有拉近她與亨利．提爾尼的距離，他反而從未如此寡言，如此不親切；他們的父親雖然待她極為彬彬有禮——淨是謝謝、招呼與讚美——離開他身邊反而讓人鬆一口氣。她感到疑惑，不知如何解釋這一切。不可能會是提爾尼將軍的錯。毫無疑問，他既隨和又慈祥，非常迷人，他又高又帥，而且他是亨利的父親。他的兒女無精打采，或者是她在他身邊無法開心，都不可能是他的責任。對於前者，她希望只是偶然的情況，至於後者，她只能歸咎於自己的愚笨。伊莎貝拉聽了做客的細節，卻有完全不同的解釋：「一切都是傲慢，傲慢，令人受不了的高傲自大！我早就懷疑這家人非常不可一世，現在證實了。像提爾尼小姐這種傲慢的行為，我這輩子聽都沒聽過！竟然連盡主人之誼的禮貌都沒有！——對客人如此傲慢！——甚至話都不跟妳說！」

「沒那麼糟糕，伊莎貝拉；她並不傲慢，其實人很客氣。」

「噢！你別替她辯護！還有那個哥哥，之前看起來不是很喜歡你嗎？老天！嗯，有些人的感情真叫人難懂。所以他一整天都沒看你一眼？」

「我沒有這麼說；但他看起來心情不太好。」

「太卑鄙了！天底下我最痛恨的就是用情不專。我求你別再想他了，親愛的凱瑟琳；他根本配不上你。」

「配不上！我猜他從來也沒想到我。」

「我就這個意思；他從來沒想到你——這麼反覆無常！噢！他跟你哥或我哥多麼不同！我真的認為約翰是最專情的。」

「但如果是提爾尼將軍，我可以向你保證，沒有人對待我能比他更客氣、更關心的了；全心地招待我、讓我盡興，彷彿就是他唯一的要事。」

「噢！我知道他沒什麼不好的；我並不認為他傲慢。我相信他是一位十足的紳士。約翰很看重他，約翰的判斷——」

「呃，我今晚再看看他們對我的態度如何；我們晚上去舞廳會見到他們。」

「我也得去嗎？」

「你沒打算去？我以為都說好了。」

「哎，既然你這麼堅持，我哪還能拒絕。但你可別要求我多隨和，因為你也知道我的心遠在四十英里之外。至於跳舞，求你千萬別跟我提；那是絕對不可能的。查爾斯．霍吉斯一定會來糾纏；不過我會馬上叫他住嘴。十之八九他會猜出原因，我就是要避免這樣，所以我會堅持他別把自己的猜測說出去。」

伊莎貝拉對提爾尼一家人的意見沒有影響她的朋友；凱瑟琳深信兄妹倆的舉止沒有一點傲慢之處，也不認為他們心裡有絲毫的驕傲。她的信心在當晚有了回報：一個依然親切地對待她，另一個對她同之前一樣殷勤，提爾尼小姐盡力待在她的身邊，亨利邀她跳舞。

由於前天在米爾森街，凱瑟琳已經聽說他們的大哥提爾尼上尉隨時會到來，因此當她發現有個從未見過、時髦又英俊的年輕人加入他們的行列，她對於這人的姓名已經心裡有數。她萬般仰慕地看著他，甚至認為可能會有人覺得他比弟弟還英俊，不過在她的眼裡，他的姿態較為自負，相貌也較不討人喜歡。他的品味和舉止，也毫無疑問地更差一點；因為她在一旁聽見，他不但堅決表示自己不跳舞，甚至公開嘲笑亨利居然覺得跳舞這件事可行。從後面這句話的情況可以判斷，亦即，無論我們的女主角對他的看法如何，他對她的傾慕不會是危險的那種類型；不太可能引起兄弟反目，也不會令那位小姐遭到迫害。他不可能唆使三個穿騎士大衣的惡棍，強押她坐上一輛四馬旅行馬車[90]，以不可思議的速度揚長而去。此時，對這種禍事或任何

---

90 輕便馬車（Chaise）指有蓬的二輪或四輪輕便馬車，通常由兩匹馬拉車。四馬輕便馬車（chaise and four）即從原本兩匹馬增加到四匹馬，可增加馬車速度。

禍事都無感的凱瑟琳（她只煩惱現在這支舞的舞列太短，一下子就要跳完了），正享受著與亨利相處的幸福，亮著眼睛聆聽他的每一句話；深深感受他不可抗拒的魅力而不能自已。

第一支舞跳完，提爾尼上尉又走過來，最令凱瑟琳不滿的是，他竟然把弟弟拉走，兩人到一旁說悄悄話；凱瑟琳的細膩心思，雖沒有讓她因此而警覺，提爾尼上尉必定是聽說了關於她的惡意誣衊，趕來告訴弟弟，目的是永遠拆散他們兩人，但舞伴從面前被帶走，還是令她心中非常不安。她整整擔心了五分鐘；正當她覺得五分鐘彷彿有一刻鐘之久，兩人一同走回來，亨利問了一個問題，讓事情得到了解釋：她的朋友索普小姐是否願意跳舞？因為他的哥哥很希望有人幫他介紹一下。凱瑟琳毫不猶豫地回答，她確定索普小姐一點也不想跳舞。這個無情的答案轉述給那位先生聽了之後，他便立刻走掉。

凱瑟琳說：「我知道你哥哥不會介意的，因為我剛才聽到他說他討厭跳舞；但是他起了這個念頭，真的很好心。我猜他是看見伊莎貝拉還坐著，以為她需要舞伴；但是他誤會了，因為她無論如何都不可能跳舞。」

亨利微微一笑，說道：「你真是毫不費勁就能了解他人的行為動機。」

「為什麼？——你是什麼意思？」

「就你而言，你想的不是『這個人可能受到什麼影響？考慮到這個人的年齡、處境，甚至生活習慣，什麼樣的動機最可能影響這個人的情感？』——而是『我會受到什麼影響，什麼是我做某件事的動機』？」

「我不懂你的意思。」

「那麼我們的關係就太不平等了。因為我完全明白你的意思。」

「我的意思？——是的，我說話沒辦法巧妙到讓人聽不懂。」

「妙啊！——這是對現代語言的絕妙諷刺。」

「請你告訴我你的意思。」

「我該告訴你嗎？——你真的想知道？——但你不知道後果是什麼；這會讓你陷入尷尬的局面，還肯定造成我們之間的爭論。」

「不，不會的；兩者都不會；我不怕。」

「那好吧，我的意思只是，你覺得我哥哥想跟索普小姐跳舞是出於善意，讓我深信你比世上任何人都善良。」

凱瑟琳紅著臉否認，驗證了這位先生的預言。然而，他的話中有個什麼，為她不知所措的尷尬帶來了慰藉；它占去她許多心思，讓她沉思了一會兒，忘了說話，也忘了傾聽，幾乎忘了身在何處；直到她被伊莎貝拉的聲音驚醒，一抬頭，只見她和提爾尼上尉正準備向他們交叉伸手[91]。

---

91 交叉伸手是舞步的一種，由兩對舞伴一起完成，方式為舞伴們面對面站著，男方一邊，女方一邊，不同舞伴的男女雙方先伸出右手在中間交叉，順時針轉一圈之後，改成左手於中間交叉，再逆時針轉一圈。

伊莎貝拉一個聳肩，一個微笑，當下只有這點時間讓她對自己的變卦做解釋；但凱瑟琳還是不能理解，她把自己的訝異明明白白地告訴舞伴。

「我想不出怎麼會有這種事！伊莎貝拉本來堅決不跳舞的。」

「那麼伊莎貝拉不曾改變主意嗎？」

「哦！可是，因為——還有你哥哥啊！——你已經轉述我說的話，他怎麼還去邀她跳舞？」

「這件事無法讓我覺得意外。你要我為你朋友而驚訝，那麼我就驚訝；但是就我哥哥在這件事的行為而言，我得承認，跟我想像他可能會做的差不多。你朋友的美貌是公開的誘惑；至於她的堅定，只有你自己能了解。」

「你在嘲笑；但我向你保證，伊莎貝拉通常很堅定的。」

「這句話放在任何人身上都適用。總是很堅定，代表了經常很固執。何時該緩和，就是考驗一個人的判斷能力；而且撇開我哥哥不談，我真的認為索普小姐選在這個時候輕鬆一下，不能算是考慮不周。」

跳舞全部結束之後，兩個朋友才得以聚在一起說些知心話；於是，她們手挽著手走在舞廳裡，伊莎貝拉是這樣自我解釋的：「——你的驚訝不讓我覺得奇怪；我現在真的快累死了。他這人真是喋喋不休！——要不是我已心有所屬，可能會覺得挺有趣的；但我只想好好地坐一會兒。」

「那你怎麼不坐著？」

「噢！天啊！那會很醒目；你知道我最討厭引人注目。我盡我所能婉拒，但是他不讓我拒絕。你不知道他是怎麼逼我的。我求他放過我，另找別的舞伴——才不呢，他不肯；從他動念要跟我跳舞之後，這舞廳裡就沒有人是他願意考慮的；而且他不只想跳舞，他還想跟我在一起。噢！真是胡來！我跟他說，他選了一種最沒用的方式來說服我；因為天底下我最討厭就是花言巧語和恭維話——於是——於是我才發現，我要是不跳舞，就會沒完沒了。而且，要是我不跟他跳，引薦他的休斯夫人說不定要見怪。還有你那親愛的哥哥，要是我整晚都坐著，他一定會傷心的。我真高興都結束了！聽他那些胡說八道的，膩都膩死了；不過——因為他是這麼個漂亮的年輕人，我發現所有人都盯著我們看。」

「他是很英俊沒錯。」

「英俊！——好吧，我猜可以這麼說。我相信一般人會愛慕他，但他完全不符合我的審美標準。我討厭臉色紅潤又黑眼珠的男人。不過他算是很好看的。一定自負得很。你知道嗎，我用我的方式，好幾次挫了他的銳氣。」

兩位小姐下次見面時，談起一個更加有意思的話題。這時詹姆斯的第二封信已經到了，信中詳盡說明了他父親的善意。莫蘭先生本人為教區的在職牧師，也擁有這份聖職的推薦權，這筆年收入約四百鎊的生計，等兒子一滿年齡就會移交給他；這對家庭收入的扣減絕不算少，而且十個孩子中的一個就獨得這麼多，也算不上吝嗇。此外，詹姆斯在未來還能繼承一筆至少等值的地產。

詹姆斯在信中表達了恰當的感激之情；至於必須等二到三年才能成婚[92]，雖然非他所願，卻在意料之中，因此他甘願地接受。凱瑟琳對父親的收入沒概念，所以沒什麼確切的期待，她的判斷全跟隨著哥哥，因此也覺得非常滿意，她衷心恭喜伊莎貝拉一切都安排得如此順心。

伊莎貝拉板著臉說：「確實好極了。」溫順的索普太太一邊不安地看著女兒，一邊說：「莫蘭先生出手真是大方，但願我也能拿得出這麼多就好了。我們也不能期望他再多給一點，你們知道的。要是他之後覺得能多給，我敢說他一定會給，因為我知道他一定是個菩薩心腸的好人。四百鎊的收入來成家，的確是個小數目[93]，但親愛的伊莎貝拉，你的要求太普通了，你從來也不想想自己要的是不是太少，親愛的。」

「我想要更多不是為了自己；我只是不忍心連累了親愛的莫蘭，害他得靠這點收入成家，幾乎連生活必需品都買不起。這對我來說沒有什麼；我從來沒想到自己。」

「我知道你沒想到自己，親愛的；所有人都會因此而疼愛你，這就是你永遠的獎賞。沒有一個女孩子像你這麼人見人愛；我敢說，親愛的孩子，等到莫蘭先生見了你的面——我們還是別再說下去，省得讓親愛的凱瑟琳擔心。莫蘭先生已經很慷慨了，你知道的。我一向聽說他是個大好人；而且親愛的，我們不要去假設如果你有一份相當的財富，他就會拿出更多來，因為，我敢肯定他一定是個慷慨大方的人。」

「我相信我對莫蘭先生的評價比誰都高。但是你知道，人人都有缺點，而且人人都有權隨自己的意思來處理自己的錢。」這種種影射讓凱瑟琳很受傷，她說：「我很確定，我父親答應給的已是他最大能力範圍。」

伊沙貝拉定了定神，說：「至於這點，親愛的凱瑟琳，那是毋庸置疑的，你也夠了解我的，應該要相信，再少的收入我也會滿足。我現在的心情有點不好，不是因為錢不夠多；我痛恨錢；要是我們能馬上結婚，就算一年只有五十鎊，我也心滿意足！我的凱瑟琳，你把我看穿了。這才是痛心之處。在你哥接收那份生計之前，還有那遙遙無期的兩年半要過。」

索普夫人說：「是了，是了，我親愛的伊莎貝拉，我們完全看透你的心意。你不懂得偽裝。我們完全明白你現在的苦惱；你的感情這樣誠實，這樣高尚，所有人怎能不更愛你呢。」

凱瑟琳內心不舒服的感覺漸漸減輕。她努力讓自己相信，伊莎貝拉唯一的遺憾，只在於婚期延後這件事；當她們下次再見面，她看伊莎貝拉又跟往常一樣快活可親，便努力讓自己忘掉曾有的那個想法。詹姆斯來信之後，人過不久也到了，受到了最親切的歡迎。

92 年滿二十三歲才能擔任牧師職。
93 以當時的標準，年薪四百鎊已屬小康，可負擔女僕、長工、廚子各一名。

17

艾倫夫婦在巴斯暫居已進入第六週；這是否為最後一週，一直是個懸而未決的討論，讓凱瑟琳聽得心怦怦直跳。她與提爾尼兄妹的往來若這麼快結束，這個不幸是怎樣也無法彌補的。這件事不定下來，攸關的是她全部的幸福；在決定了住所會續租兩個星期之後，一切才有了保障。多了這兩週，就能夠與亨利．提爾尼多見幾次面，此外還有什麼好處，凱瑟琳考慮的不多。自從詹姆斯訂婚的事讓她看到其他可行性，凱瑟琳的確有一、兩次偷偷沉浸在**或許**的幻想之中，但大致而言，她考慮的僅限於當下能夠和他幸福地在一起：此刻，當下意味著再三個星期，這段時間的快樂既然有了保障，剩下的人生反正距離她很遠，便引不起她的關心。這件事商定的那天早上，她去找提爾尼小姐，傾吐她的喜悅之情。這一天注定是試煉。她才開心地表示艾倫先生打算再待些日子，提爾尼小姐便跟她說，她的父親剛剛決定再過一個星期就要離開巴斯。這才叫打擊！早上的懸疑跟眼下的失望比起來，簡直悠然無事。凱瑟琳一臉頹然，以憂心忡忡的語氣重複了提爾尼小姐的最後一句話，「再過一個星期！」

「是的，我希望父親再多試試這裡的礦泉水，不過他沒有被我說動。他原本盼望來這裡會見到幾個朋友，失望的是他們沒來，既然現在身體相當健康了，便急著回家。」

凱瑟琳洩氣地說：「我覺得很遺憾，早知道的話——」

「或許，」提爾尼小姐帶著彆扭的神態說，「如果有幸——我會非常高興，如果——」

她父親走了進來，打斷了這句客氣話，凱瑟琳正期待提爾尼小姐提議兩人通信。提爾尼將軍一如往常殷勤地招呼凱瑟琳，接著轉過頭對女兒說：「嗯，艾蓮諾，我可以恭喜你順利讓朋友答應你的請求了嗎？」

「您進來的時候，我正要開始問。」

「嗯，那就繼續啊。我知道你很想促成這件事。莫蘭小姐，我女兒，」他接下去說，「沒讓女兒有機會說話，「起了一個冒昧的願望。她可能已經告訴你了，我們下週六離開巴斯。我的管家來信，說需要我回家一趟；我來這裡，原本打算跟隆頓侯爵[94]和考特尼將軍見見面，兩位都是我的多年老友，不過卻沒見到，我便沒必要再留在巴斯。假如能說服你接受一個自私的要求，我們就走得毫無遺憾了。簡單說：你能不能離開這個為你傾倒的城市，來到格洛斯特郡和你的朋友艾蓮諾作伴？提出這種要求，簡直讓我覺得不好意思了，巴斯任何一個人聽了都會覺得放肆，就只有你不會。像你這麼謙虛——不，我絕不能用公開的讚揚，來破壞你的謙虛。如果能說服你大駕光臨，我們會高興得說不出話來。誠然，那兒沒有此地熱鬧而歡樂的氣氛，我

---

94 侯爵（marquess）在英國貴族階級中排名第二等，從第一等依序為公爵（duke）、侯爵、伯爵（earl）、子爵（viscount）、男爵（baron）。此處的隆頓侯爵與之後提到的隆頓大人為同一人。

們也無法用娛樂或奢華來吸引你，因為你也看到了，我們的生活方式簡樸而不裝模作樣；然而，我們定會盡一切所能，讓諾桑格寺[95]成為一個舒適的地方。」

諾桑格寺！——這令人激動的幾個字，讓凱瑟琳的心情興奮到最高點。她滿懷感恩與滿足的心情，幾乎無法心平靜氣地好好說話。如此令人受寵若驚的邀約！如此熱情地邀她作伴！一切是這麼體面，這麼令人舒心，當下所有的喜悅、未來所有的希望，全部包含其中；她急忙答應了，只提出一個保留條件，就是她先得到爸爸媽媽的同意——她說「我會立刻寫信回家，如果他們不反對的話，我敢說他們不會的——」

提爾尼將軍的樂觀不在她之下，他已經去過普爾特尼街拜訪凱瑟琳的貴友，艾倫夫婦已同意他的請求。他說：「他們能同意你去的話，其他人也會順其自然的。」

提爾尼小姐進一步敬邀，語氣柔和，但十分熱切，於是這件事在幾分鐘內幾乎就確定了，只等富勒敦來信同意。

一個早晨下來，凱瑟琳經歷了懸疑、安心、失望等等各種不同心情；現在安然沉浸在無比的喜悅裡；她帶著歡天喜地的心情，心裡想著亨利，嘴上掛著諾桑格寺，趕回家寫她的信。莫蘭夫婦已經把女兒託付給朋友，也相信他們的判斷，認為在他們監督之下結交的友人一定正當無疑，因此便隨第一班回郵捎來回信，欣然同意女兒去格洛斯特郡做客。這份疼愛女兒的心，雖然不出凱瑟琳所料，但是讓她就此深信，無論在交友、運氣、境遇或機會等方面，她比任何人都受寵，彷彿被她占盡了天時地利人和的一切優勢。由於她的老友艾倫夫婦的善意，她被引領到不同場合，見識了各式各樣的樂趣。她的感情，她的喜好，每一項都得到了愉快的回報。無論對誰產生依戀，她都能與對方建立感情。伊莎貝拉對她的鍾愛，將有姊妹關係為保障。她最渴望留下好印象的提爾尼一家人，甚至超越她的期望，以令她受寵若驚的做法來延續雙方的密切關係。她就要成為他們家的貴客，與她最想要在一起的人，在同一個屋頂下——還是一間修道院的屋頂！——共度幾個星期。她對古老建築的熱情僅次於對亨利・提爾尼的愛戀——她的遐想裡不是提爾尼，就是讓她著迷的城堡和修道院。幾個星期以來，她念念不忘的是去看看和探索古堡的城牆與堡壘，或是逛逛修道院的迴廊，若說她可以不只當個一小時的訪客，那簡直是不敢奢望的事。然而，這竟然要成真了。住宅、府邸、宅院、莊園、宮廷、別墅等等這麼多不利於她的形勢，諾桑格偏巧是一間修道院，而她就要成為裡頭的住客。那兒的陰濕長廊、狹長小室、破敗的小禮拜堂，即將在她每日的活動範圍內，她不禁還希望聽到一些古老的傳說，或是關於某位受害的不幸修女的可怕記載。

不可思議的是，他的朋友們擁有這樣一個家，卻不沾沾自喜；他們竟然如此虛心地看待這

---

95 本書書名Northanger Abbey舊譯多為「諾桑覺寺」，把Northanger的g視為軟g音（soft g sound，如danger），但如此發音並不正確。根據卡珊卓的一份註記，在本書創作初期，Northanger拼為North-hanger，因此g應為軟顎鼻音ŋ（如finger），比較接近硬g音的唸法（hard g sound，如go/gas/give），因此「諾桑格寺」才是接近正確發音的譯名。

樣的家。這只有從小就培養的習性，才有這種力量。出身名門卻不因而自傲。優越的住所對他們而言，也不過和優越的身分一樣，都不算什麼。

凱瑟琳有很多問題急著問提爾尼小姐；但是她的思緒太活躍，以至於得到答案之後，她還是沒弄清楚：諾桑格寺在宗教改革期間[96]是一所財力雄厚的女修道院；修道院解散之後，修道院落入提爾尼家族一位祖先的手裡；舊建築的大部分保留了下來作為目前的住所，其餘的已經坍毀；修道院坐落在一個山谷的低處，北面和東面有高大的橡樹林為屏障。

18

凱瑟琳因為滿心歡喜，幾乎沒意識到兩、三天過去了，她和伊莎貝拉見面的時間卻不到幾分鐘。她第一次意會到這點，而且渴望聽她說話，是某天早上她和艾倫夫人在大水泵房裡閒逛，無話可說，也無話可聽；她渴望友誼才不到五分鐘，渴望的對象就出現，她找凱瑟琳密談，帶頭找了位子坐下。「我最喜歡這個位置了，」她說道，她們在兩道門之間的長凳坐下，從這裡可以看清楚打任何一道門走進來的每個人，「多麼僻靜。」

凱瑟琳注意到伊莎貝拉一直盯著這道或那道門看，好像等不及誰的出現，她想起自己多次被她誤指為淘氣，覺得現在是真正淘氣一下的好機會；於是，她笑咪咪地說道：「別擔心，伊莎貝拉。詹姆斯很快就到。」

伊莎貝拉回她：「啐！心愛的，你別把我想成一個傻瓜，成天想把他綁在我身邊。老是黏在一起多難看啊；會被人笑話的。所以你要去諾桑格寺了！——我真是高興極了。我聽說那是

---

96 英國的宗教改革始於一五三三年，英王亨利八世為了與王后凱瑟琳離婚而與羅馬教廷決裂，創立了英國國教會。

英國最優美的古宅之一。我等著你給我最詳細的描述。」
「我一定會盡我所能描述給你聽。不過，你在找誰啊？你妹妹要來嗎？」
「我沒在找誰。人的視線總是得放在某個地方，當我的心思在幾百英里外的時候，你知道，我用個很傻的方法來固定我的視線。我這人心不在焉得很；我相信我是天下最心不在焉的人。提爾尼[97]說某一種人的思想特徵就是如此。」
「不過，伊莎貝拉，你不是有事要告訴我？」
「噢！對，我是有事要跟你說。你瞧，馬上就驗證了我剛才的話，我這可憐的腦袋瓜！我都給忘了。嗯，就是呢，我剛收到約翰寄來的信——你可以猜得出內容。」
「不，我真的猜不到。」
「我的甜心，你再裝就討人厭啦，他除了你之外還會寫什麼？你知道他對你神魂顛倒。」
「對**我**？親愛的伊莎貝拉！」
「好了，心愛的凱瑟琳，這樣太荒唐了！謙虛什麼的都很好，但真的，有時候稍微誠實一點也同樣得體。我可不會把自己逼成這樣！你這是等著別人恭維吧。他對你獻的殷勤連三歲小孩也看得出來。他離開巴斯前的半小時，你還積極地慫恿他。他信上是這麼寫的，說他差不多算跟你求婚了，你也極親切地接受他的追求；他現在要我幫他一把，在你面前替他美言幾句。所以了，你再假裝不知道也沒用。」
凱瑟琳誠心誠意地表示了她對於這項指控的驚愕，堅稱她根本不知道索普先生愛上她，因此也不可能去慫恿他。「你說他對我獻殷勤，我是真的一次也沒感覺到——唯一一次是他剛到的那天邀我跳舞。至於向我求婚或諸如此類的事，一定是不知道哪邊誤會了。你知道的，這種事我怎麼可能理解錯誤！——請你要相信我，我鄭重聲明，這種性質的談話，在我們之間連一個字都沒出現過。他走之前的半小時！——完全是一場誤會——因為我那整個早上一次也沒看到他。」

「你肯定有看到他，因為你整個早上都待在埃德加大樓——你父親同意我們訂婚的信是那天送到的——我很確定你要走之前，客廳裡只剩下你和約翰。」

「你確定？——嗯，如果你這麼說，那大概就是吧——但是我怎麼也想不起來——我只記得跟你在一起，我有看到他，也有看到其他人——但是我們有獨處五分鐘嗎——不過，爭論這個並不值得，因為不管他那邊怎麼說，就我完全沒印象這一點，你也務必要相信我從來沒想過、沒預料到，甚至不期望他對我有那種感覺。我現在非常擔心他竟然會對我有好感——但我這邊的確是無心的，我根本連想都沒想過。求求你，盡快讓他知道是他誤會了，跟他說我請求他原諒——我是說——我也不知道該怎麼說——請你以最恰當的方式，讓他明白我的意思。伊莎貝拉，我絕對不會說出對你哥哥失禮的話，但是你很清楚，要是我有特別想著某個男人——

---

97 依照禮數，伊莎貝拉應該說「提爾尼先生」或「提爾尼上尉」，親暱地直呼「提爾尼」表示兩人可能有密切的往來。

也不會是**他**。」伊莎貝拉沉默不語。「親愛的朋友，你可別生我的氣。我哪猜得到你哥哥會這麼在意我呢。而且你知道，我們未來還是要做姊妹的。」

「是了，是了，（紅著臉說）我們做姊妹的方式還不只一種——我可想到哪裡去啦？——好吧，親愛的凱瑟琳，目前的情況，似乎是你決心拒絕可憐的約翰了——是這樣吧？」

「我肯定無法回應他的感情，也確定從來沒有慫恿他的意思。」

「既然如此，那我就不再煩你。約翰要我就這件事跟你談談，所以我才提。但我要承認，我讀了他的信，只覺得這件事很愚蠢也很輕率，對雙方都沒有好處；因為假設你們真的在一起，要靠什麼過生活？當然你們各自都有一點財產，但這年頭光靠一點點錢是沒辦法支撐一個家庭的；不管傳奇小說家怎麼說，沒錢就是不行。我只不懂約翰怎麼有這念頭；他一定沒收到我的上一封信。」

「你**真的**認為我沒做錯吧？——你確信我從來沒打算欺騙你哥，直到現在也沒想過他會喜歡我吧？」

伊莎貝拉笑著答道：「噢！這個嘛，我不敢說我能斷定你當時有什麼想法和企圖。一切只有你自己才清楚。一點點無傷大雅的調情總是有的，縱然不願去履行，人往往還是不自覺地過度慫恿對方。但你儘管放心，全天下的人裡頭，就屬我最不可能嚴厲地批評你。青春正盛之時，這些行為都是允許的。今天有這個意思，明天或許就沒有了。情況會變，看法跟著變。」

「但是我對你哥哥的看法從來沒變過；一直以來都是一樣的。你描述的是不存在的事。」

「我親愛的凱瑟琳，」對方充耳不聞，繼續說下去，「我絕不可能在你還不確定自己心意時就催促你訂婚。雖然他是我哥哥，我也無權要你犧牲全部的幸福來順從我哥，搞不好啊，你知道，就算沒有你，他也可能很快樂，因為人很少知道自己在想什麼，特別是年輕男人，他們善變和不專情的程度實在驚人。我要說的是，我為何要把哥哥的幸福看得比朋友的幸福還重要呢？你知道我是非常看重友誼的。但是，親愛的凱瑟琳，最重要的一點，就是不能急。信我一句話，如果你過於倉促，之後一定會後悔。提爾尼說，人們最常誤判的就是自己的感情，我相信他說得很對。啊！他來了；沒關係，他肯定不會看到我們。」

凱瑟琳一抬頭，就看見提爾尼上尉；伊莎貝拉一邊說話，一邊熱烈地盯著他，隨即吸引了他的注意。他立刻走過來，在伊莎貝拉示意的位子坐下。他的第一句話讓凱瑟琳嚇一跳。雖然音量很低，凱瑟琳聽得清楚：「看呀！總是有人注視你，不是親自出馬，就是找人代班！」

「啐，胡說八道！」伊莎貝拉用同樣接近悄悄話的音量回他。「你為何要教我這麼想？還以為我會信你呢——你知道，我的心靈是不受約束的。」

「我只求你的心不受約束，對我來說這就夠了。」

「還我的心呢！心與你何干？你們男人個個都沒良心。」

「我們就算沒有心，也有眼睛；夠我們折騰了。」

「是嗎？那可真遺憾；很抱歉讓你在我身上看到這麼不順眼的東西。我往另一邊轉。希望你會滿意（她背對著他），希望你的眼睛不折騰了。」

「折騰得更厲害了；視線中還有那紅潤臉頰的殘影——若隱若現。」

這一切凱瑟琳都聽在耳裡，她慌張起來，再也聽不下去。她詫異伊莎貝拉竟然能忍受，也為哥哥吃醋，她站起來，說要去找艾倫夫人，提議兩人一起走。但是伊莎貝拉沒有要走的意思。她表示累極了，而且也挺討厭在大水泵房閒逛；再說她要是離開位子，就碰不到妹妹，她們隨時會到；所以親愛的的凱瑟琳得原諒她，先乖乖地坐下吧。然而凱瑟琳也有固執的一面；艾倫夫人恰好在這時走過來，提議要回家，凱瑟琳跟她一起走出大水泵房，留下伊莎貝拉跟提爾尼上尉坐在一起。凱瑟琳非常不安地離開。在她看來，提爾尼上尉像是愛上了伊莎貝拉，而她沒意識到自己在慫恿他；一定是這樣，因為伊莎貝拉對詹姆斯的感情，就跟他們訂婚的事一樣，是確定的事，也是眾所皆知的事。凱瑟琳不可能去質疑她的忠貞或善意；然而，剛才她們交談時，她的態度自始至終都很奇怪。她真希望伊莎貝拉講話能像平常一樣，不要開口閉口都是錢；而且不要一看到提爾尼上尉就喜不自勝的樣子。真奇怪，她怎麼看不出他的愛慕！凱瑟琳很想給她個暗示，要她當心點，以免她的活潑同時給提爾尼上尉和她哥哥帶來痛苦。

約翰．索普的愛慕給予她的恭維，無法彌補他妹妹的輕率舉動。她幾乎不相信、也不希望他是真心的；因為她沒忘記約翰是個會搞錯事情的人，而且他斷言自己求了婚，還說是她慫恿他，讓凱瑟琳深信他的錯誤驚人地離譜。因此，她得到的與其說是滿足，更多的是驚奇。他竟然有這閒工夫幻想自己愛上她，這件事讓凱瑟琳驚奇不已。伊莎貝拉說他獻殷勤；凱瑟琳自己從來沒感覺到；但伊莎貝拉也說了很多別的事，她希望她只是一時嘴快，以後別再說就好；她樂於先想到這兒，暫且放鬆安心一下。

19

幾天過去了，凱瑟琳雖然不許自己懷疑朋友，卻忍不住密切注意著她。她觀察的結果不太妙。伊莎貝拉彷彿變了個人。在埃德加大樓或是普爾特尼街這類只有親友的場合看到她時，她的舉止變化微乎其微；如果僅止於此，也許不會有人注意到。她偶爾露出一種懶洋洋的冷漠，或是她自誇的（但凱瑟琳從未聽她說過）心不在焉模樣；假如沒有更糟糕的事出現，這也許只會讓她增添一種新的魅力，更引起別人的關注。然而在公共場合，凱瑟琳看到是，只要提爾尼上尉一獻殷勤，伊莎貝拉便立刻接受，而且她對提爾尼上尉的注視和微笑，幾乎和對詹姆斯一樣多，這時她的改變就明顯得無法忽視。這種前後不一的舉動是什麼意思，她的朋友究竟在想什麼，凱薩琳無法理解。伊莎貝拉一定不知道她造成別人的痛苦；但是她的任性輕率，讓凱瑟琳不由得生氣。詹姆斯在受苦。她看著他面色凝重，局促不安；就算那個把心交給他的女人多麼不顧他的安適，對凱瑟琳而言，這一直是她所關心的。至於提爾尼上尉，她也很擔心。雖然他的長相不討她的喜歡，但他的姓氏保障了她對他的善意，一想到他即將面臨的失望，她真心地同情他；因為她雖然在大水泵房無意中聽見了那些話，但他的行為一點也不像是知道伊莎貝拉已經訂婚，她再回想一次，還是覺得他不可能知道。他可能會把她哥哥當作情敵而吃醋；但如果他們其實話中有話，那麼一定只是她誤解了。她希望以溫和的勸說，來提醒伊莎貝拉回想自己的情況，讓她明白這麼做對雙方都不厚道；但是她找不到機會勸說，或是說了也有理解的困難。就算她給了個暗示，伊莎貝拉沒有一次聽懂。苦惱之下，提爾尼一家預計離開就成了她的主要慰藉；不出幾天他們就要啟程去格洛斯特郡，看不到提爾尼上尉，至少可以讓除了他以外的每顆心恢復平靜。但是提爾尼上尉目前沒有要走的意思；他不會跟家人一起回諾桑格寺，他要留在巴斯。凱瑟琳一知道這件事，立刻做了個決定。她跟亨利・提爾尼提起這件事，為他哥哥明顯喜歡上索普小姐而感到遺憾，請亨利讓哥哥知道她已經訂婚。

亨利回答：「我哥哥知道這件事。」

「他知道？——那他為何要留下來？」

他沒回答，開始講起別的事情；但凱瑟琳焦急地說下去：「你怎麼不勸他離開呢？他待得越久，最後會對他越糟糕。為了他，也為了所有人，請你勸他立刻離開巴斯吧。離開久了，他就能恢復自在了；他留在這裡不會有希望，留下來才會傷心。」亨利笑一笑，說道：「我相信我哥可不希望如此。」

「那麼你會勸他離開了？」

「我沒那個能力去勸他。如果我連試都不試，也請你原諒。我親口跟他說過索普小姐已經訂婚。他知道自己在做什麼，他必須為自己負責。」

凱瑟琳喊道：「不，他不知道自己在做什麼，他不知道他造成我哥哥的痛苦。詹姆斯沒有這麼跟我說，但是我知道他很不好受。」

「你確定這是我哥哥造成的？」

「對，非常確定。」

「造成痛苦的是我哥哥對索普小姐獻殷勤，還是索普小姐接受我哥哥獻殷勤？」

「兩者不是一樣的嗎？」

「我想莫蘭先生會承認其中的差別。沒有一個男人會因為別的男人仰慕他愛的女人而動怒，只有女人才會讓這件事變成痛苦。」

凱瑟琳為朋友羞紅了臉，說道：「伊莎貝拉真的做錯了。但我相信她不是有意讓別人痛苦，因為她深愛著我哥。她對我哥一見鍾情，當我父親的同意還無法確定時，她急得快發狂了。你知道她一定愛著詹姆斯。」

「我懂：她愛著詹姆斯，同時和菲德瑞克調情。」

「哦！不，沒有調情。女人愛上一個男人之後，不可能跟別的男人調情。」

「可能她愛得不夠深，調情的功夫也不夠好，因為她得一心二用。兩位男士都需要做點讓步。」

凱瑟琳停頓了一會兒，接著說：「你是不相信伊莎貝拉深愛我哥了？」

「我無法對這件事下評論。」

「但你哥哥的用意是什麼？如果他知道她已經訂婚，他這種行為是什麼意思？」

「你真是個緊迫盯人的審問者。」

「是嗎？——我只是問我想知道的事。」

「但你只問你覺得我能回答的事嗎？」

「對，我是這麼想的；因為你一定了解你哥哥的心。」

「我哥哥的心——這是借用你的說法——現在是怎麼想的，我保證我只能用猜的。」

「所以呢？」

「所以呢！——哎，如果要用猜的，那大家都來猜好了。拿別人的猜測做為指引也太可悲了。條件都在你面前。我哥是個精力充沛、有時有點輕率的年輕人；他和你的朋友相識大約一個星期，差不多剛認識她的時候就知道她已訂婚。」

「嗯，」凱瑟琳想了一會兒，說道，「你也許可以從這些猜出你哥的用意；但是我肯定不行。不過你父親難道不會不安？他不希望提爾尼上尉離開嗎？——要是你父親跟他談談，他一定會走的。」

亨利說：「親愛的莫蘭小姐，你這麼貼心地掛念哥哥的安適，會不會弄錯了呢？你也做得太過頭了吧？你假設索普小姐只有見不到提爾尼上尉的時候，她的感情或者品行才有保障，難道你哥哥會為自己或為索普小姐而感謝你這麼想？他只有在與世隔絕的情況才有保障？——或是，她只有別無他人追求的時候，才會對你哥哥忠貞不渝？——他不可能這麼想——而且你大可相信，他也不要你這麼想。我不會說『你別擔心』，因為我知道你此刻正在擔心；但是請盡可能少擔心點。你並沒有懷疑你哥哥和你朋友彼此是相愛的；因此放心吧，他們之間不會產生真正的嫉妒；兩人的不和也不會持久。他們的心只對彼此坦白，不是對你；他們完全知道什麼是必要的，什麼是可承受的；你還可以確定，雙方之間的逗弄，絕不會到不愉快的地步。」

他看她還是一樣板著臉，一樣一臉狐疑，便補充說道：「菲德瑞克雖然不隨我們一起離開巴斯，但他能多留的時間大概也很短，或許只比我們晚幾天走。他快要收假了，之後就回部隊——到時候他們的來往會怎麼樣呢？部隊食堂的軍官會為伊莎貝拉喝上兩個星期的酒，伊莎貝拉會和你哥哥一起，把可憐多情的提爾尼笑話一個月。」

凱瑟琳不再憂慮下去。說了大半天，她一直不肯放下心，但是她現在安心了。亨利．提爾尼這樣想，一定就是這樣了。她怪自己窮擔心，決定再也不要把這件事看得太嚴重。

臨別一面，伊莎貝拉的舉止讓凱瑟琳的決心更為堅定。凱瑟琳在巴斯的最後一夜，索普一家人來普爾特尼街一起度過，那對愛人之間的互動，絲毫沒有引起凱瑟琳的不安，或令她懸著一顆心著離開。詹姆斯興致高昂，伊莎貝拉溫婉迷人。她對朋友的柔情，在她心中似乎排在第一順位；不過在這種時刻，也屬合情合理；一次，她當場跟愛人唱反調；還有一次，她把自己的手抽走；但是凱瑟琳謹記著亨利的教導，把這些歸諸於合情合理的情感表現。兩位小姐臨別時如何擁抱、落淚和許諾，並不難想像。

20

艾倫夫婦捨不得他們這位年輕友人，她的脾氣好、個性樂觀，是個不可多得的好旅伴，在令她開心的同時，他們自己的樂趣多少也提升了。無論如何，她樂意隨提爾尼小姐返家，他們也不會讓她掃興；由於他們在巴斯只會再待一個星期，凱瑟琳現在離開的話，他們的寂寞也只是一時。艾倫先生陪著凱瑟琳去米爾森街用早餐，看著她的新朋友萬分客氣地招呼她坐一起；凱瑟琳發現自己現在成了這家人的一分子，她極為焦慮，深怕自己哪裡做得不對，無法維持他們對她的好印象，結果在前五分鐘的尷尬之下，她幾乎想跟著艾倫先生一起回普爾特尼街。

提爾尼小姐客氣有禮，加上亨利的微笑，很快就讓凱瑟琳消除了些許不舒服的感覺，但還遠稱不上自在；即使提爾尼將軍不停關心她，也無法教她完全放鬆。這樣想似乎有點反常，不過她懷疑，如果將軍不要如此款待，或許她還能自在一點。他擔心她不夠舒適——再三地請她多吃點，經常表示怕東西不合她的胃口（雖然她這輩子從沒在早餐桌上看過這麼多樣的選擇），令她時時刻刻記著自己是客人。她覺得自己完全不配受到這樣的尊重，不知道該如何回應。將軍對於大兒子遲遲未出現感到不耐煩，等到提爾尼上尉終於下樓，又對他的懶惰大表不悅，令凱瑟琳更難以平靜。凱瑟琳看到他受到父親如此嚴厲地責備，有點難受，因為這跟他犯的過錯似乎不成比例；當她發現自己是這頓訓斥的主因，又更加擔憂了；原來，他的父親是把他的遲到視為對凱瑟琳不敬，才會大動肝火。這使得凱瑟琳落入一個很不自在的處境，她很同情提爾尼上尉，但不敢再奢望他會對她有什麼好感了。

他默默聽著父親訓話，不做任何辯解，讓凱瑟琳肯定了她內心的擔憂：他是為了伊莎貝拉而心神不寧，久久睡不著覺，這才是他晚起的真正原因——這是凱瑟琳第一次真正和提爾尼上尉相處，她本希望藉此機會，對這個人下個評斷；然而他的父親還在場時，她幾乎沒聽到他開口；就連父親走了之後，由於情緒大受影響，她也只聽見他小小聲地對艾蓮諾說了一句：「等你們都走了，我就開心了。」

出發時的一陣忙亂不怎麼愉快——十點鐘開始搬行李下樓，但提爾尼將軍原本定在這個時間離開米爾森街。他的大衣不是送下來給他直接穿上，卻拿去鋪在他和兒子要乘坐的雙馬車上。那輛四輪馬車雖然有三個人要坐，但中間的座位沒拉出來，他女兒的女僕已經在車裡堆滿了包裹，造成莫蘭小姐沒地方坐；將軍扶她上車時憂慮萬分，她費了一番功夫，才保住自己新買的寫字台不被丟到大街上——最後，三位女子坐的馬車總算關上車門，一行人以從容的速度出發，一位紳士的四匹肥壯健美的駿馬要走三十英里路時，通常就是這種速度：巴斯距離諾桑格寺正是三十英里，旅程將分成兩段進行。馬車駛出門，凱瑟琳又恢復了興致，她在提爾尼小姐的身邊不覺得拘束；這條全然陌生的道路、前面的修道院、後面的雙輪馬車，全都是她的興趣所在，她毫無惋惜地看了巴斯最後一眼，在不經意中看見了路上每一塊里程碑。接著是暫停在小法蘭西[98]的兩小時中途休息，無聊沒事做，不餓也得吃東西，沒東西看也只能閒逛——原本她還讚歎這次旅行的排場，讚歎四馬四輪馬車——穿著漂亮制服的左馬御者[99]，踩著馬鐙規律地上下起伏，還有多位體面的侍者騎著馬——但這種排場帶來的不便，減損了幾分她讚歎的心情。要是一路上都開開心心的，那麼耽擱一下也沒什麼；但是提爾尼將軍雖然風采迷人，卻似乎總是遏制了兒女的興致，說話的幾乎只有他一個人；凱瑟琳看他對旅店提供的東西沒有一樣滿意，對侍者怒氣沖沖且不耐煩，因而越來越畏懼他，兩小時下來感覺像四小時——終於，出發的命令下達了：將軍提議，剩下的旅程由凱瑟琳代替他去坐兒子的雙馬車，令凱瑟琳大吃一驚。他說：「天氣很好，我非常希望讓妳多看看鄉下風景。」

凱瑟琳聽到這個計畫，想起艾倫先生對於年輕男子和敞篷馬車的看法，一下羞紅了臉。她的第一個念頭是婉拒，但第二個念頭是服從提爾尼將軍的判斷；他不會提議她不合禮儀的事；於是，不消幾分鐘，她便坐進了亨利的雙馬車，覺得自己是史上最快樂的人。試乘了一小段路，她就肯定雙馬車是世上最精巧的交通工具；四馬四輪馬車是豪華的座車，但是操作起來笨重又麻煩，她不會輕易忘記為此他們得在小法蘭西停留兩個鐘頭。如果是雙馬車，停留的時間

98 小法蘭西（Petty France）位於巴斯東北十四英里。

99 左馬御者（postilion）：四輪四馬馬車的車廂前方通常沒有馬車夫的位子，由騎乘左前方馬匹的馬夫負責駕車。

只要一半就夠了，它配備的快馬行進起來如此機敏，要不是將軍選定以自己的馬車帶頭，他們只需要半分鐘就可以輕鬆地超越。不過雙馬車的優點不只在於馬——亨利的駕車技術之好，四平八穩地，一點也不慌亂，不對她吹噓，也不對著馬咒罵；跟她僅知的另一位紳士車夫大不相同！他的帽子戴得端端正正，大衣上無數層的披肩看起來又好看又威嚴！坐在他的車上，僅次於跟他跳舞，真正是世上最幸福的事。種種歡愉之外，現在她耳邊聽到的還是對自己的讚美；他至少要替妹妹感謝她的善意，願意到家裡來做客；他說這是真正的友情，令人真心感激。他說，妹妹的處境不理想——她在家沒有女伴——父親又經常不在，有時候她連個同伴都沒有。

凱瑟琳說：「但怎麼會呢？你不跟她一起嗎？」

「諾桑格寺只勉強算是我的半個家；我在伍德斯頓有自己的住所，離父親家將近二十英里，我有些時候必須待在那裡。」

「那你一定覺得很難過啊！」

「離開艾蓮諾總是讓我難過。」

「是的；不過，除了對她的疼愛，你一定很喜歡那座修道院吧！——習慣了像修道院那樣的家，普通的牧師公館一定住起來很不痛快。」

他笑笑地說：「你對修道院已經有了很好的印象。」

「肯定的。它一定是一棟優美的古宅，就像書上寫的那樣吧？」

「那你可準備好面對『書上寫的』那種房屋裡，可能會發生的種種可怕事件？——你的心臟夠強嗎?——你有膽子見識會滑動的門板和掛毯嗎?」

「噢!有的——我想我不會輕易受到驚嚇,因為屋裡會有很多人——而且,現在的情況並不是那種荒廢多年、你們在沒通知之下忽然返家——像書上通常描述的那樣。」

「當然不是——我們不必靠著地上快熄滅的柴火餘燼作為照明,摸索著走進昏暗的大廳,也用不著在一間沒窗沒門也沒家具的房間打地鋪。但你要知道,一位年輕小姐(無論用什麼方式)被帶到這樣的住所,總是會跟家裡成員分開住。當大夥兒舒舒服服地回到自己住的那一邊,她由老管家桃樂絲領著,鄭重地走上另一段階梯,經過許多道陰暗的走廊、走進一間自從二十年前一位表親死在裡面之後,就不曾再使用的房間——你受得了這樣的款待?當你發現,置身這樣一個陰森森的房間:挑高太高、空間太大,你只有一盞燈的微弱光線來看個究竟;四壁的掛毯上畫著跟真人一樣大小的人物,還有那張床,鋪著深綠色呢絨或是紫色天鵝絨,看似一副喪葬的景象——你不會暗暗覺得不妙嗎?」

「噢!但我確定這些不會發生在我身上。」

「那時你會多麼驚惶地去檢查房間裡的家具啊!——你會辨認出什麼呢?——桌子、梳妝台、衣櫃、抽屜櫃,樣樣沒有,但是一邊或許有一把殘破的魯特琴,另一邊則有個沉重的櫃子,不管你花多少力氣都打不開,壁爐上方的畫像描繪了一位英俊的武士,不知為何,他的容貌深深吸引著你,令你無法將眼神移開。與此同時,桃樂絲也深深被你的相貌吸引,十分激動地看著你,說了幾句令你不知所云的暗示。為了給你打氣,她讓你有理由去猜測你住的修道院肯定在鬧鬼，並且說，在你出聲可及的範圍內一個僕人都沒有。她說完這些讓人安心的話之後，行了屈膝禮便出去了——你聽著她漸行漸遠的腳步聲，直聽至最後一個回音——你勉強打起精神想把門閂上，卻越發驚恐地發現，門上根本沒有鎖。」

「噢！提爾尼先生，太可怕了！——就跟書上寫的一樣！——但是這不可能發生在我身上的。我相信你們的管家不會真的叫桃樂絲——呃，然後呢？」

「第一天晚上或許沒有更多令人驚慌的事。你克服了對那張床不可遏抑的恐懼之後，便上床休息，不安穩地淺眠幾個鐘頭。然而在你抵達後的第二天晚上，或至遲第三天晚上，可能會碰上一場猛烈的暴風雨，彷彿要把建築物震垮的巨大雷聲，在附近的山裡隆隆作響——伴隨雷聲而來的是陣陣可怕強風，你或許會覺得彷彿看見了（你的燈還沒熄滅）掛毯的某個部分好像被吹動得特別厲害。這麼值得探究的一刻，你當然克制不住好奇心；你會立刻下床，披上睡袍，開始研究這個謎團。你檢查了一下，就發現掛毯有個區塊的織工特別精巧，連仔細檢查都還看不太出來的；你將它掀開，立刻出現一扇門——這門因為只用沉重的鐵條和掛鎖固定，你試了幾次便打開——你一手拿著燈，經過這扇門，進入一個拱頂的小室。」

「絕對不可能；我一定害怕到不敢做這些事。」

「什麼！但桃樂絲已經讓你相信，你的房間和兩英里外的聖安東尼禮拜堂之間，有條祕密地道相連——這麼簡單的冒險，你真能退卻？不，不會的，你會走進這間拱頂小室，穿越之後，再進入好幾間小室，都沒發現任何值得注意的物件。其中一間也許有一把匕首，另一間會有幾滴血，第三間有某種刑具的殘骸；由於這一切都沒什麼不尋常的，加上你的燈也快熄滅了，你便往房間走回去。然而，再次從那個拱頂小室穿出來時，你的目光會被一個老式的黑檀木鑲金大櫃子吸引，你之前雖然仔細檢查了家具，卻沒注意到它。受到一股強烈不祥的預感驅使，你會迫不及待走近，打開櫃上折門的鎖，搜查每一個抽屜——但是找了半天也沒發現任何重要的東西——也許只搜出一堆密藏的鑽石。不過，你終於摸到一個彈簧暗鎖，內裡一個隔間打了開來——出現一捲紙——你一把抓起——是好幾張手稿——你帶著珍寶急忙走回臥室，然而才設法辨認出『嗚呼！汝——汝為何人也，命途多舛之瑪蒂達回憶錄在汝手』——這時燈忽然熄滅，你陷入一片漆黑之中。」

「噢！不！不！——別說了。嗯，繼續講啊。」

只是亨利被他自己激起的興趣給逗樂了，講不下去；他無法再用一本正經的語氣延續這個話題，不得不請凱瑟琳自己想像讀到了瑪蒂達的什麼悲慘遭遇。凱瑟琳定定神，為自己的迫不及待感到不好意思，便認真地向他保證，她雖然聽得專心，但一點也不擔心真的會碰上他描述的情形。「相信提爾尼小姐絕對不會讓我住進你剛才描述的那種房間！——我一點都不害怕。」

旅程接近終點，她等不及看見諾桑格寺的心情——剛才顧著聽他講不一樣的事而中止了一會兒——現在恢復到最高點，每到一個拐彎，她就懷著肅然起敬的心情，期待一瞥它那由灰色石塊砌成的厚牆，矗立在古老的橡樹林之中；夕照映在它狹長的哥德式窗戶上，燦爛而壯麗。

然而，這棟房子竟是那麼矮，她發現她已穿過門房的大門口，進到諾桑格寺的庭院裡，卻連一根古老的煙囪都沒看到。

她知道自己無權感到訝異，但是這樣的抵達方式，確實在她的意料之外。穿越現代化模樣的門房，輕輕鬆鬆地就進到修道院的院落，馬車疾駛在滑溜平坦的細石子路，毫無障礙，沒有一絲驚惶或莊重的氣息，讓她覺得奇怪又不合邏輯。不過，她沒空好好思索這件事：一陣急雨忽然迎面而來，使得她無法再觀察面前的東西，一心只想到她新買的草帽怎麼辦——她其實已經來到諾桑格寺的牆邊了，由亨利扶著跳下馬車，在古老的門廊下躲雨，甚至還走進了大廳，她的朋友和將軍正等著歡迎她，而她完全沒有未來將遭遇不幸的可怕預感，完全沒有多心地猜想在這棟肅穆的宅邸裡，出現過什麼可怕的場景。微風似乎沒有向她吹來受害者的嘆息；它只帶來一層濛濛細雨；她把騎裝上的雨水使勁地抖掉，準備好被領往普通客廳[100]，好好思索一下自己的所在地。

修道院！——是的，親身來到一所修道院真是開心！——但她環顧室內，很懷疑眼前的東西能給她身處修道院的感覺。所有家具都散發著優雅的現代品味。先說壁爐，她原本預期看到的是非常寬闊又刻工華麗的舊式壁爐，卻已縮建為倫福德式[101]，以樸素但好看的大理石砌成，上頭擺了一套精美的英式瓷器為裝飾。窗戶的部分，因為將軍說過他特別謹慎地保留了哥德樣式，所以她特別安心地望過去，卻也跟她想像的相距很遠。不錯，那個尖拱是留著了——這的確是哥德樣式——窗戶說不定還是鉸鏈窗——但是每一片玻璃都又大、又清楚、又明亮！對於希望看到最狹小的窗格、最粗曠的石雕工藝，以及彩繪玻璃、灰塵和蜘蛛網的她來說，這麼大的想像落差實在令人心痛。

將軍見她忙著東看西看，便說起這客廳之小，家具如何簡單，因為是日常要使用的，一切僅以舒適為主等等；不過他又自鳴得意地說道，諾桑格寺有幾套房間也許值得她一看——他正打算接著提及其中一間的昂貴鍍金飾面，一邊掏出錶，突然吃驚地宣布：再二十分鐘就五點了！這句話彷彿是解散的命令，凱瑟琳被提爾尼小姐匆忙地帶開，使得她深信在諾桑格寺，務必得嚴格遵守家裡的作息時間。

他們調頭經過那個寬敞挑高的大廳，登上一個油亮氣派的橡木樓梯，經過了許多段樓梯和樓梯平台，來到一個又長又寬的走廊。走廊的一邊是一整排的門，另一邊的一排窗戶為走廊透光，凱瑟琳才得空瞥見窗外是一個四方院子，就給提爾尼小姐領進了一個房間，她只說了希望凱瑟琳覺得舒適，便趕著離開，走之前再三懇請她盡可能不要更動服裝。

---

100 這類大宅通常不只一個客廳，除了自家人平時使用普通客廳，另有陳設較華麗的正式客廳作為宴客專用。

101 倫福德式壁爐為當時最先進的款式，外觀比傳統壁爐明顯更窄而淺，可提高熱能效率及改善排氣效果。

21

凱瑟琳只瞄了一眼就安心了，她的房間跟亨利為了嚇唬她而描述的很不一樣——它一點也不會大得過分，裡頭也沒有掛毯或天鵝絨——牆上貼著壁紙，地上鋪了地毯；窗戶跟樓下客廳裡的同樣完善、明亮；家具雖不是最新款式，但也美觀舒適，整個房間的氣氛絕不會陰沉。她立刻放鬆了心情，決定不要耽誤時間去檢查任何東西，唯恐遲到而得罪了將軍。她急忙脫掉騎裝，服裝盒在貴妃椅上，裡頭裝了立刻要換上的衣服，正要拔下盒子插銷的時候，她忽然瞄到一個又高又大的箱子，靠在壁爐旁頗深的壁龕裡。這讓她嚇了一跳；她一下子忘了別的事，動也不動地站著，驚奇地盯著箱子，心裡出現以下的想法——

「真是奇怪！沒料到會看見這東西！——一個笨重的箱子！——裡面會裝了什麼？——為什麼擺在這裡？——還推到深處，彷彿不想被人看見！——我要打開看看——無論付出什麼代價，我也要打開看看——而且立刻就看——趁著白天。要是等到晚上才看，蠟燭會燒完。」她走向前仔細檢查：箱子是杉木做的，上面精巧地鑲嵌了深色木頭，擱在一個用相同木料做的雕花架子上，離地面大約一英尺。鎖是銀製的，但因為年久而失去光澤；箱子兩邊各有一個殘缺的把手，也是銀製，可能是被某種奇怪的暴力給破壞了。蓋子中央有一組也是銀製的神祕花押。凱瑟琳俯身研究，但無法辨別是什麼字。無論從任何方向看，她都不相信最後一個字母是T[102]；然而，在這屋裡的東西若出現別的字母，這給人的驚愕就非同小可了。如果這箱子原本不是他們的，那麼是發生了什麼奇異事件，才落入提爾尼家族的手中呢？

她惶恐的好奇心一刻比一刻高漲；她用顫抖的手握住鎖扣，決心冒一切風險，也要看看裡頭是什麼。似乎有什麼東西在對抗她的力氣，她好不容易才把蓋子掀起了幾英寸；然而這時忽然有人敲門，讓她大吃一驚，她一放手，蓋子便以驚人的力道闔上。這位不識時務的干擾者是提爾尼小姐的女僕，被主人差來供莫蘭小姐使喚；凱瑟琳立刻將她打發走了，但也因而想起自己該做的正事，雖然她迫不及待要解開謎題，還是不敢再耽擱，繼續整裝。她的進度不快，因為她的心思和視線，仍舊集中在那個如此令人感興趣又害怕的物件上；她雖然不敢花時間再試一次，但也離不開那個箱子幾步。終於，她的一隻手伸進袖子裡，整裝大致算完成了，她總可以放心地滿足迫切的好奇心了吧。片刻的時間一定是有的；只要箱子不是用超自然力量鎖上的，只要她拚命用力，應該可以一鼓作氣把蓋子掀開。懷著這份勇氣，她一躍向前——她的信心沒有辜負她——她果斷地一使力，蓋子掀開來了：出現在眼前的，竟是一條疊得整整齊齊的白色床單，好端端地放在箱子的一邊，除此之外就沒別的了！

她瞪著床單看，驚訝得臉上泛紅，怎知提爾尼小姐因急著請朋友做好準備，卻在這時走進

102 T是「提爾尼」（Tilney）的第一個字母。

房裡。凱瑟琳正為了自己竟抱有如此荒謬的期待而覺得羞恥，恥上加恥的是她在亂翻東西的當下，還被逮個正著。「那是個稀奇古怪的舊箱子，不是嗎？」凱瑟琳慌忙把箱子蓋上，轉身面對鏡子時，提爾尼小姐這麼說。「不知道它放在這裡多少代了，我不曉得當初它為何放在這個房間，但是我沒叫人搬走，我想它有時候可以拿來放帽子什麼的。最糟糕的是，它重到很難開，不過，放在那個角落倒是不會擋路。」

凱瑟琳沒有閒工夫說話，她紅著臉，一邊繫上禮服的腰帶，一邊痛下決心不再犯傻。提爾尼小姐委婉地暗示怕會遲到；半分鐘後，兩個人一起衝下樓。她們的慌張並非完全沒有道理，因為提爾尼將軍正拿著錶在客廳裡走來走去，一看到兩人進來就猛力拉鈴，命令道：「立刻上菜！」

他說話的加重語氣讓凱瑟琳聽得發抖，她臉色蒼白、氣喘吁吁地坐著，懷著卑微的心情一邊為他的兒女擔心，一邊痛恨舊箱子；將軍看見她，就又客氣起來，把剩下的時間拿來訓斥女兒，說根本就不需要這麼急，她怎麼會愚蠢到去催促她的漂亮朋友，使得她跑得上氣不接下氣：凱瑟琳害得朋友被罵一頓，自己又是個大笨蛋，她一時之間還忘不了這雙重的痛苦；直到大家都開開心心地圍著餐桌坐下，將軍忙著陪笑臉，她自己也食慾大開，凱瑟琳這才恢復平靜。餐廳是個富麗堂皇的大房間，這麼大的餐廳，需要一個比普通客廳大得多的客廳才相稱；餐廳的裝潢十分奢華，在凱瑟琳這個外行人眼裡看不出個所以然，她只看到室內寬敞，僕人眾多。對於前者，她高聲表示讚賞；將軍一臉和氣地承認，這個房間絕對不小；他還進一步坦誠，雖然他跟大多數人一樣對這種事不太講究，卻把一間還算大的餐廳視為生活中的必需；雖然如此，他推測，「在艾倫先生家，凱瑟琳一定習慣了比這還大得多的房間吧？」

「不，真的不是這樣，」凱瑟琳誠實地擔保；「艾倫先生的餐廳還沒有這間的一半大。」她生平沒見過這麼大的房間。將軍的心情越發好了——哎，他既然已有這些房間，不好好利用就太傻了；不過老實說，他相信一半大的房間可能會更舒適。他敢肯定，艾倫先生的房子一定是大小適中，住起來最為舒適。

當晚沒有再發生其他亂子，提爾尼將軍偶爾離席時，氣氛還更加愉快。只有他在場的時候，凱瑟琳才稍微感到旅途的疲累；不過，就算在疲倦或拘束的片刻，她還是有種身心愉快的感覺，她想起巴斯的朋友，但一點也不希望待在他們身邊。

當晚颳起了暴風雨；從傍晚起，風勢就間歇地增強，到了散會時，正是狂風暴雨。凱瑟琳經過大廳，帶著畏怯的感覺傾聽風暴的聲音；當她聽到狂風呼嘯吹過古老建築物的一角，遠處的一扇門被猛然地關上，她第一次有身在一所修道院的感覺——是了，這就是具有代表性的聲音——讓她回想起這種建築物曾經目睹過的、這種暴風雨會帶來的數不清的可怕局面和恐怖場景；她由衷地感到慶幸，自己是在幸運許多的境況下來到這個肅穆之地！——她無需害怕午夜刺客，或是醉醺醺的好色之徒。亨利白天告訴她的那些，肯定是跟她鬧著玩的。在一棟設備如此齊全、守衛如此森嚴的房子，她既沒得探索，也不可能受難；她可以安全地走到臥房，就像在富勒敦的家回自己房間一樣。她一邊走上樓，一邊如此明智地堅定自己的心，特別是看到提爾尼小姐的臥房跟自己只隔著兩道門，她總算能夠還算勇敢地走進自己的房間。一看到熊熊燃燒的爐火，她立刻得到鼓舞。「這樣真是好多了，」她走近火爐圍欄時說，「一進來就看到已經生了爐火，不像那些可憐的女孩，非得凍到發抖、等全家人都上床之後，才有個老忠僕送來一捆木柴，還被他嚇個半死！我真慶幸諾桑格寺是這個樣子！要是它像別的地方那樣，真不曉得在這樣的夜裡，我可還有什麼膽子——現在，肯定是沒有什麼好怕的。」

她掃視了一下房間。窗簾似乎在動。應該沒什麼，只是強風從百葉窗邊緣吹進來；她大著膽子走向前，隨口哼首曲子，安撫自己一定是風的關係，再勇敢地往每塊窗簾後面窺看一番，在兩個矮窗台上都沒發現什麼嚇人的東西；她把手貼近百葉窗，確信了風的威力。檢查完窗戶，轉身離開時順便再瞄了那舊箱子一眼，也有幫助；她笑自己胡思亂想，才會沒來由地害怕，接著便開開心心、滿不在乎地準備就寢。「我要慢慢來，不要趕；就算是屋裡最後一個上床的，我也不在乎。但是，我不會給爐子添柴；那樣就顯得太膽小了，彷彿上床睡覺還要光明的保護似的。」於是，爐火漸漸熄滅，凱瑟琳花了大半個鐘頭準備，想著要上床了。她最後一次環顧屋裡，突然看見一個老式的黑色大立櫃，雖然放在一個頗為顯眼的位置，卻從未引起她的注意[103]。她立刻想起亨利的話：他描述過一個黑檀木的櫃子，說她一開始不會注意到；雖然這句話可能沒什麼，但也太玄了，肯定是個奇異的巧合！她帶著蠟燭過去細看那個櫃子。它不完全算是黑檀木鑲金；只是個漆器櫃子，極為精美的黑黃色漆器；她舉著蠟燭看，黃色的效果就跟鍍金很像。鑰匙在櫃門上，她有個奇怪的念頭想看看裡面；她絕非指望會在裡頭發現什麼，只不過亨利那樣說了之後，這真的太奇怪了。簡單說，她不檢查一下就不可能去睡覺。於是，她小心翼翼地把蠟燭放到椅子上，用抖得厲害的一隻手握住鑰匙，試著轉動；但用盡全力也轉不動。她感到驚恐，但不氣餒，試著往另一個方向轉；鎖栓動了，她以為自己成功了；卻怪得不可思議！櫃門竟然紋風不動。她停頓了一會兒，訝異得透不過氣來；狂風咆哮，從煙囪往下灌；傾盆大雨打在窗戶上，一切似乎都指出她的處境有多可怕。然而，不弄清楚就上床也是徒勞，知道身旁就有個神祕鎖上的櫃子，她如何能睡得著覺。於是她再度去轉那鑰匙，抱著最後一線希望，果斷而快速地把鑰匙往各個方向轉了好一會兒，門忽然被她弄開了：勝利讓她欣喜若狂，她把兩扇櫃門都拉開，那第二扇門沒有鎖，只用個結構比較簡單的門栓扣住而已，雖說，那個鎖在她看來也沒什麼不尋常之處；兩扇門都開了之後，出現了兩排小抽屜，上下是一些大抽屜，中間有一扇小門，也是插了鑰匙鎖著，很可能是存放貴重物品之處。

凱瑟琳的心跳加快，但是她的勇氣還在。她抱著希望，漲紅了臉，好奇心讓她睜大了眼，手指頭抓住一個抽屜把手，拉出來。裡面空無一物。她的驚恐緩和了些，但更急切地拉開第二、第三、第四個抽屜；每一個都是空的。每一個都搜過了，沒一個有東西。有關隱藏寶物的技巧她讀過很多，沒忘掉抽屜可能會有假的襯裡，趕忙以敏捷的手法把每個抽屜徹底摸了一

103 在奧斯汀的作品裡，少見對場景及人物的動作如此細微的描述，本章的書寫手法（包括物理及心理描述），以及先前亨利在路上為凱瑟琳描述的場景，都是對哥德小說典型內容的詼諧改寫。

遍，但徒勞無功。現在只剩下中間還沒搜過；雖然她從一開始就一點也不認為會在櫃子的任何部分找到東西，也一點都不會為了目前為止的挫折而失望，但要檢查就要查個徹底才不算愚蠢。她花了點時間才把裡面的門打開，這個鎖跟外面的鎖一樣難對付；折騰半天，門終究打開了；搜尋到此，總算沒有白費力氣，她機警的目光立刻落在一捲紙上，它被推到暗室的深處，顯然是為了隱藏起來，她此刻的感覺簡直無法形容。她的心怦怦亂跳，雙膝顫抖，臉色慘白。她抖著手，一把抓起那卷珍貴的手稿，瞥了一眼就確定上面有筆跡；這件驚人的事實，讓她以敬畏之心承認了亨利的預言，她立刻決定要在睡前把每一行字細細讀過。

蠟燭發出暗淡的光，令她擔心地轉頭去檢查；但是它沒有忽然熄滅的風險，還能再燃燒上幾個鐘頭；但是手稿的年份如此久遠，為了在辨認文字時不要有太多困難，她匆匆地去剪燭芯。唉！誰知她一剪，竟把蠟燭剪滅了[104]。一盞油燈熄滅時，也不會產生比現在更恐怖的效果[105]。凱瑟琳嚇得毛骨悚然，動都不敢動。蠟燭滅得徹底，燭芯連一點光亮也不剩，完全沒有再吹燃的希望。無法穿透、不可動搖的黑暗填滿了房間。一陣狂風瞬間吹起，在此刻增添了新的恐怖。凱瑟琳從頭到腳都在發抖。風停了之後，她受驚嚇的耳朵，彷彿聽見漸漸遠去的腳步聲和遠處的關門聲。人性再也支撐不住。她的額頭冒冷汗，手稿從她的手中散落，她摸索著走到床邊，急忙跳上床，鑽進被窩深處，尋求暫時的解脫。今晚要想閉上眼睛睡覺，一定是不可能的了。她的好奇心剛被挑起，整個人焦慮不安，怎麼可能睡。屋外的風暴又是那麼可怕！她從來不曾因為風而驚慌，但現在每一陣風似乎都隱藏著可怕的信息。手稿在如此奇異的情況下被發現，如此奇異地實現了白天的預言，要如何解釋？裡頭寫了什麼？會是與誰有關？它是怎麼被隱藏了這麼久？——最奇怪的，竟然注定由她來發現！在她能掌握其中的內容之前，她是不可能睡覺或寬心的；她決心藉第一絡陽光來細讀。但這中間還有漫長的好幾個鐘頭要過。她打了個冷顫，在床上翻來覆去，羨慕著每一個正在熟睡的人。暴風雨持續肆虐，種種比風聲更為可怕的聲音，不時傳入她受驚嚇的耳朵。這會兒她的床幔似乎在飄動，不一會兒又像有人在攪動她的門鎖，彷彿有人企圖闖進來。走廊上傳來回聲呢喃，不止一次，遠處的呻吟聲讓她全身的血液凍結。一個鐘頭又一個鐘頭過去了，身心疲憊的凱瑟琳聽見屋裡所有的鐘宣告三點鐘。之後不知是暴風雨停了，還是她不知不覺地睡熟了。

104 蠟燭燒了一段時間後，露出的燭芯會越來越長，影響燭光的亮度。凱瑟琳打算把過長的燭芯剪掉，卻因剪了太多而讓蠟燭熄滅。

105 油燈的亮度比燭光強得多，因此油燈熄滅的效果比蠟燭熄滅還嚇人。

22

隔天早上八點鐘，凱瑟琳被女僕收起百葉窗的聲音吵醒；她一邊納悶著自己怎麼會闔眼，一邊睜開眼睛，看見了快活的景物；爐火生上了，暴風雨已過，帶來一個明亮的早晨。她一清醒，立刻回想起那份手稿；女僕一走，她立刻跳下床，迫不及待地撿起紙捲墜地時散落的每一張紙，飛也似地奔回枕邊享受閱讀的樂趣。她現在清楚看到，這手稿不像她平時在書裡讀到的那種令她心驚膽顫的手稿那麼長，這個紙捲似乎只是由一些雜亂的紙張所組成，才薄薄一點，比她最初猜想的少很多。

她貪婪的眼睛迅速掃向一頁，被其中的內容嚇了一跳。這有可能嗎？是她的感官在欺騙她吧？在她眼前的，似乎只是一份用現代文字潦草寫成的衣物清單！如果眼見真能為憑，她手上拿著的是一份洗衣帳單。她又抓起一張來看，項目大同小異；第三張、第四張、第五張，沒有任何新發現。每一張都是襯衫、長筒襪、男用領巾、背心。另外兩張，出自同一個筆跡，記錄了同樣乏味的開銷：郵資、髮粉、鞋帶、馬褲皂[106]。捲在最外面的那張大紙，從潦草的第一行字來看：「給栗色母馬的敷藥」——似乎是一張獸醫的帳單！就是這樣的一堆紙（她現在可以猜到了，大概是被某個粗心的僕人給掉在她拿出來的地方），讓她滿懷期待和驚恐，剝奪了她大半夜的睡眠！她覺得羞到家了。箱子事件還無法讓她學聰明嗎？她躺在床上，箱子的一角映入她眼裡，彷彿也在譴責她。她近來的幻想之荒唐，現在再清楚也不過了。她竟以為多少個世代前的一份手稿，可以放在一個如此現代、如此適合居住的房間裡而從未被發現！她竟以為自己是第一個有能力打開櫃子鎖的人，但明明誰都能用那把鑰匙！

她怎麼能欺騙自己到這種程度？萬萬不能讓亨利．提爾尼知道她做的蠢事！有很大一部分要怪他才是，若非櫃子完全符合他給她描述的冒險經歷，她才不會對它產生一丁點的好奇心。這是她唯一能想到的安慰。可恨的紙張還散落在床上，她迫不及待把這些能證明她做了蠢事的證據清走，於是立刻起身，盡可能照著之前的樣子把那些紙捲好，放回櫃子裡原來的地方，衷心希望不會發生什麼倒楣事又讓它們出現，讓她自己都覺得可恥。

但是那兩把鎖之前怎麼會那麼難開，仍然是一件異乎尋常的事，因為她現在可以輕鬆地操作了。這其中一定還有什麼奧祕，她自作聰明地思索了半分鐘，直到她靈光乍現：那櫃門本來可能是沒鎖的，是她自己把它給鎖上，於是她又臉紅了一陣。

她想起自己在這房間裡的行為就覺得不舒服，盡可能地早點離開，以最快的速度前往早餐廳，昨晚提爾尼小姐已經為她指明了地點。廳裡只有亨利一個人；他一開口就說，希望她昨晚沒有被暴風雨吵到，還調皮地提到他們居住的這棟建築物的特色，讓她好不尷尬。她怎樣也不

106 馬褲皂（breeches-ball）是一種如粉筆質地的乾洗皂，可以在不用水的情況下清理褲子上的汙漬。

想自己的軟弱被人猜到，但又不會扯謊，只好勉為其難地承認，風聲的確讓她有一度睡不著覺。「不過，風雨過後的早晨天氣真好，」她補充說，試著避開這個話題。「暴風雨和失眠只要過去就沒什麼了。這風信子真美！我最近才懂得欣賞風信子。」

「那麼你是怎麼懂的？是偶然，還是被說服的？」

「你妹妹教我的，我也說不上來她是怎麼教的。從前艾倫夫人年年費盡心思讓我喜愛風信子；但我就是沒辦法，直到那天在米爾森街看到這些花；我天生就是對花不感興趣。」

「但是你現在喜歡風信子，那就更好了。你增加了一種新的樂趣，享樂的方式是越多越好。而且對女性來說，愛花是一件好事，才會讓你們走出戶外，更吸引你們經常活動。喜愛風信子或許屬於一種居家樂趣，但一旦培養出情趣，誰能說你接下來不會愛上玫瑰呢？」

「但是我不缺這種消遣來催自己出門。散散步，呼吸新鮮空氣，這樣的樂趣對我而言就夠了。天氣好的時候，我一半以上的時間都在戶外——媽媽說我老是不在家。」

「無論如何，我很高興你學會了欣賞風信子。能夠學習欣賞，是很可貴的；年輕小姐有著孺子可教的性格，就是天大的喜事——我妹妹的指導方式還令人愉快嗎？」

將軍在這時走進來，為凱瑟琳省去了試圖回答的尷尬，將軍微笑致意，顯示他的心情愉快，不過他委婉地暗示他認為早點起來會更好，並沒有讓凱瑟琳更加鎮定。

大家在餐桌前坐定時，凱瑟琳無法不注意到眼前精美的早餐餐具；幸運的是，這是將軍挑選的。凱瑟琳讚許他的品味，讓他喜滋滋的，承認這套餐具是素雅了點。他認為應該鼓勵國內的製造商；他自己是個味覺不敏銳的人，覺得用斯塔福德郡的瓷器泡出來的茶，喝起來跟德勒斯登或塞夫爾的瓷器泡的茶一樣美味[107]。不過這套餐具相當舊了，是兩年前買的。從那之後，那家製造商的功力又增進了許多；他上次進城看到了一些美麗的樣品，要不是他對這種東西一點虛榮心都沒有，說不定會動念訂一套新的了。不過呢，他相信過不了多久，便有機會選購一套新的——雖然不是為他自己。在場大概只有凱瑟琳一個人沒聽懂他的話。

早餐過後不久，亨利辭別眾人去了伍德斯頓，因職務需要，他會在那邊待兩、三天。大家送他到大廳，看著他上馬，凱瑟琳一回到早餐廳，立刻走到窗前，希望再看一眼他的身影。將軍對艾蓮諾說道：「這對你哥的毅力是一大考驗，伍德斯頓今天看起來會是陰沉的一天。」

「那個地方漂亮嗎？」

「你說呢，艾蓮諾？——說說你的意見好了，因為鑑賞地方就和鑑賞男人一樣，唯有女人才了解女人的品味。我認為，以最公正的眼光來看，也得承認那地方有許多優點。屋子本身坐落在優美的草坪上，面對東南方；有一塊上好的菜園，面對同一方位；大約十年前我為兒子打算，親手幫菜園築起圍牆、種下新芽。莫蘭小姐，這是一份家傳的牧師職；那一帶的土地大多是我本人的，你儘管相信，我花過心思，確保這不會是一份苦差事。就算亨利只能靠這牧師的

107 斯塔福德（Stafford）為英國瓷器的主要產地。德國德勒斯登（Dresden）及法國塞夫爾（Sèvres）則為當時歐洲的著名瓷都，相對於斯塔福德，兩地的產品較為名貴。

俸祿維生，還是綽綽有餘。或許別人看了會奇怪：我就只有兩個排行較小的孩子，還要亨利找一門職業；當然了，有時我們都希望他不要有任何事務纏身。雖然我可能改變不了兩位年輕小姐的見解，但我敢說，莫蘭小姐，你父親會同意我的看法，認為年輕人有點事做是大有裨益的。金錢不是重點，也不是目的，重點是有事做。就連我的長子菲德瑞克，他將來會繼承的地產也許不會比本郡任何一個平民還少[108]，但他也有自己的職業。」

最後這個論據的力道十足，跟他預望的一樣。莫蘭小姐的沉默，證明了此話無可爭辯。

前一晚提過要帶凱瑟琳參觀屋內，現在將軍自告奮勇，說要當她的嚮導；凱瑟琳本來希望只由女兒帶著她去探險，但這項提議實在太讓人開心了，無論在什麼條件下，她都會樂於接受；她來到諾桑格寺已經十八個小時，才看了幾間房而已。她剛剛才慢條斯理地把針線盒拉開，現在興高采烈地迅速闔上，馬上就準備好和將軍一道去。「屋裡都看完了之後，我希望還能陪你去灌木林和花園走走。」凱瑟琳行了一個屈膝禮表示同意。他心想：「不過，或許她樂意先去灌木林和花園。現在的天氣正適合，而每年的這時節，好天氣很難持續——她比較想先去哪裡呢？我悉聽尊便。女兒認為怎麼樣最符合漂亮朋友的心願？我覺得我看得出來——是的，我肯定在莫蘭小姐眼中看出了明智的願望：要好好利用眼前晴朗的天氣。她的判斷哪有錯誤的時候？修道院任何時候去都保險，不怕下雨——我完全認同，等我去拿帽子來，馬上就陪她們去。」將軍走了出去，凱瑟琳一臉失望和焦慮，說她不願將軍違背本意而帶她們外出，誤以為這樣會令她高興；然而，提爾尼小姐卻有點困窘地打斷她：「我相信趁著早上天氣好，出門是最明智的了；請不必為了我父親擔心，他每天總是在這個時間出門。」

凱瑟琳不太知道要做何解。提爾尼小姐為何要發窘呢？難道是將軍不願意帶她參觀修道院？那可是他提議的啊。而且他總是這麼早出門散步，很奇怪不是嗎？她的父親或艾倫先生從來不會這麼早出門。真是教人心煩。她迫不及待想看房子，對庭院一點好奇心都沒有。要是亨利也在，那該多好！——現在她就算看到如畫的風景，也認不出來了。以上是她的想法，但她沒說出口，隱忍著不滿，戴上她的帽子。

不過，當她第一次從草坪望向修道院，卻意外被它的壯觀給打動了。整棟樓圍著一個大四方院，四方院兩邊的樓房綴滿了令人讚歎的哥德式裝飾；樓房的其餘部分被古木和繁茂的林場遮蔽，房屋後方有陡峭而多樹的山丘為屏障，即使在樹葉落盡的三月天，還是非常美麗。凱瑟琳沒有見過這麼美的景色；她實在太喜不自勝了，等不及任何專家的指點，便大膽地表示讚歎。將軍聽得連聲贊同與感激，彷彿他自己對諾桑格寺的看法直到這一刻才定案。

接下來要欣賞的是菜園，將軍帶路，穿越庭院的一小部分前往。

這個菜園占地之大，讓凱瑟琳聽了不由得錯愕，因為艾倫先生和她父親的菜園合起來，再加上教堂墓地和果園，還沒有這裡的一半大。圍牆似乎多得數不清，長得沒有盡頭；其中的溫室多如一個村莊，彷彿整個教區的人都能進到裡面工作。將軍見她驚訝的神情，感到很得意，

108 平民指無官職身分的人，當時的政治或公共事務只有極為富裕或是貴族階級的人能參與。

他不但看得明白，還要逼著她說出來聽聽，說她從來沒見過可與這裡匹敵的菜園；接著他謙虛地承認：「我並沒有那種野心——也不曾特別在意——但是我的確相信，這個菜園在王國裡是無與倫比的。要說我有什麼嗜好的話，就是這個了。我喜愛果菜園。雖然對吃的通常不太講究，但熱愛上好的水果——就算我不愛，朋友和子女也愛。不過要照料像這樣的園子是很傷神的事。那些珍貴的水果再怎麼細心照料，也不一定能保證收成。鳳梨園去年才產出一百顆鳳梨。想必艾倫先生也跟我一樣，都感受到同樣的困擾吧。」

「不，一點都沒有。艾倫先生不關心果園，從來也不進去。」

將軍露出洋洋得意的勝利微笑，表示他但願自己也能做到這一點，因為他只要一進去，總要為了某個部分的計畫不如預期而煩心。

「艾倫先生的連續溫室[109]是怎麼運作的？」將軍走進自己的連作溫室時，一邊說明這裡的原理。

「艾倫先生只有一個小型溫室，冬天的時候給艾倫夫人照顧植物用，裡頭偶爾會生火。」

「他真是個幸福的人！」將軍說，帶著非常滿意與不屑的神情。

他帶著凱瑟琳走遍了每一個區域，行經每一道圍牆，直到凱瑟琳實在看膩了也讚歎到累了，他才容許兩個女孩抓住機會走一道通往外面的門，接著，他表示想去看看茶屋剛整修過後的效果如何，如果莫蘭小姐不累的話，他建議再散步一下，多走的這段路肯定不會讓人不快。

「但你是往哪兒走了，艾蓮諾？——為什麼要走那條又冷又濕的小路過去？莫蘭小姐的衣服會打濕的。我們最好的路線是穿越庭院過去。」

提爾尼小姐說：「我最喜歡這條小路了，我一直覺得最好走也最近。不過，潮濕或許是有一點。」

那是條穿過一片歐洲赤松密林的蜿蜒小徑；凱瑟琳被小徑幽暗的景象吸引住了，急著往裡頭走，即使將軍不贊成，也阻止不了她向前。他見她如此喜愛，連再次以健康為由來勸阻也沒用，礙於禮貌也就不再反對。不過他要告退，不陪她們走這一段：「那邊的光線對我來說不夠舒暢，我走另一條路跟你們會合。」他轉身走掉；凱瑟琳震驚地發現，將軍一走，竟讓她感到精神上如釋重負。還好震驚的感覺沒有超過鬆一口氣的程度，因此無損她放鬆；她開始欣然自在地說起這個樹林帶給人的美妙憂鬱感。

她的同伴嘆聲說：「我特別喜愛這邊，我母親生前最喜歡在這裡散步。」

凱瑟琳從未聽這家人提起過提爾尼夫人，這樣一則深情的回憶，激起了她的興趣，令她立刻現出異樣的表情；她沉默不語，留心聽更多內情。

艾蓮諾接著又說：「從前我很常和她來這裡散步啊！不過，當時我不像後來那麼喜歡這裡。那時候我的確為了她的選擇而納悶。但是對她的回憶，讓我現在喜歡這裡了。」

---

109 連續溫室（succession-houses）：指相鄰的多間溫室，每間控制在不同溫度，一些嬌貴的作物在種植過程中，依序從最高溫移到最低溫的溫室，最後移植到戶外時才能適應較低的溫度。

凱瑟琳仔細地想：「那麼，她的丈夫也應該喜歡這裡不是嗎？可是將軍卻不願意走進來。」提爾尼小姐仍然沉默，凱瑟琳便大著膽子說道：「她的死一定帶來巨大的創痛！」

另一位幽幽地回答：「而且是與日俱增的創痛。事情發生的時候我才十三歲；也許對於年幼的我來說，已經夠悲痛了，但我當時既不知道、也不可能知道那是多大的損失。」她停了一會兒，接著以很堅決的口氣補充說道：「你也知道，我沒有姊妹——雖然說亨利——雖然哥哥們都很疼愛我，亨利也經常回家，這點我由衷地感恩，但我還是無法不經常孤獨一人。」

「你一定很想念他。」

「母親就會經常在身邊，像一位忠實的朋友；母親的影響比任何人都大。」

「她是個迷人的女子嗎？一定很漂亮吧？修道院裡是否有她的畫像？她為什麼偏愛那片樹林？是心情沮喪的緣故嗎？」——凱瑟琳急切地問了一堆問題；前三個問題立刻得到肯定的答案，另外兩個被略過；無論得到答案與否，隨著每一次提問，她對過世的提爾尼夫人愈發感興趣。凱瑟琳相信她一定婚姻不幸。將軍一定是個冷酷無情的丈夫。他不喜歡她散步的地點——那麼他真的愛過她嗎？而且，將軍雖然十分英俊，但他臉上有種神情，透露出他沒有好好對待妻子。

「我猜，她的畫像，」凱瑟琳為自己提問之高明而漲紅了臉，「是掛在你父親房裡？」

「不是——原本要掛在客廳的；但我父親對畫像不滿意，有一段時間它沒地方掛。她過世之後，我把畫要過來，掛在我的臥房——我很樂意帶你去看看。畫得跟我母親很像。」又是一條證據。過世妻子的畫像——而且畫得很像——做丈夫的卻不珍惜！他對她一定殘酷至極！

儘管將軍對她殷勤備至，但她一直有種感覺，現在她不想再逃避它們了；原本的畏懼和反感，現在成了全然的厭惡。對，就是厭惡！他對這麼一位迷人女子的酷行，真是令人作嘔。她經常讀到這種角色；艾倫先生總是說這些角色誇大不實，現在證明了剛好相反。

她剛剛下了定論，小徑也走完了，兩人即刻來到將軍面前；她雖然義憤填膺，但不得不繼續跟他走在一起，聽他說話，甚至在他笑的時候跟著笑。由於她再也無法從周遭的事物得到樂趣，不久便走得無精打采；將軍看見了，關心起她的健康（這樣的關切，彷彿在譴責凱瑟琳竟對他有那種看法），邊急著要她和女兒趕快進屋。他會在一刻鐘之後跟著回去。雙方再次分開——但是半分鐘後，他把艾蓮諾叫回去，嚴格叮囑她不得在他回去之前帶朋友在修道院四處走動。這是他第二次急著拖延她最為期盼的事，令凱瑟琳覺得大有蹊蹺。

23

一個鐘頭過去了，將軍還沒有回來，這段期間，他的年輕客人對於他的性格多的是負面看法。「延遲了這麼久還不到，一個人在外頭徘徊，說明了他心神不寧，或是良心受到譴責。」——最後他終於出現了；無論他的思緒多麼陰鬱，他依然可以面帶笑容。提爾尼小姐多少知道朋友滿心好奇地想看看房子，很快就重提這件事；出乎凱瑟琳的預料，將軍竟找不到藉口再推託，只停下來五分鐘時間，定好他們回來時要用的茶點，終於準備陪她們逛逛。

於是他們出發；將軍氣度不凡，步伐威嚴，非常引人注目，但消除不了熟讀傳奇小說的凱瑟琳對他的懷疑，他帶路經過大廳，穿越普通客廳和一間沒有作用的前廳，來到一個空間很大、設備富麗堂皇的房間——這是真正的客廳，只用來接待貴客——這裡非常宏偉——非常華麗——非常之迷人！凱瑟琳只會這麼說，因為她不識分辨的眼睛，連緞子是什麼顏色都不會看；所有的細膩和別具意義的讚美都由將軍包辦，任何一個房間的布置是奢華，是雅緻，對她而言都不值一提；她在意的只有十五世紀之前的家具。將軍細細看了每一樣熟悉的裝飾品，自己的好奇心都滿足之後，眾人接著來到圖書室，這個房間同樣富麗堂皇，裡頭陳列的藏書，連謙虛的人看了也會自豪。凱瑟琳比剛才更真誠地聆聽、讚歎、驚奇——她瀏覽了半個書架的書目，盡可能從這個知識寶庫多吸收點，便準備再往下走。但是，她想看的套房並未如願出現——偌大的建築物她已經參觀了大半；當她被告知，她看過的六、七個房間再加上廚房，就圍繞著院子的三面，她幾乎無法相信，也無法不懷疑還有許多個祕密房間。不過，令她稍微寬心的是，他們要回到常用的幾間廳房的路上，經過了幾個不太重要、面對院子的房間，院子裡偶有幾條還算錯綜複雜的走廊，把幾側連結起來；途中她更欣慰地聽說，她正走在從前的修道院迴廊，並指示給她看僧侶小室的遺跡[110]，她還看到好幾扇門，既沒打開，也沒人向她說明；再來，她發現自己來到一間撞球室，接著是將軍的私人房間，她不明白這幾個房間是怎麼連接的，走的時候還轉錯邊；最後的慰藉，是途中經過的一個昏暗小間，看得出房間的主人是亨利，裡頭亂七八糟地堆放著他的書、獵槍和大衣。

餐廳已經看過了，而且每到五點鐘都要看一次，不過將軍為了讓莫蘭小姐有更精確的訊息，還是無法不興沖沖地用腳步測量長度，儘管她對此既不存疑，也不關心；接著他們走快速通道來到廚房——這是修道院的老廚房，多得是昔日的厚牆和熏煙，以及現代化的爐子和烘箱[111]。將軍的改造之手在這裡也沒有閒著：能夠讓廚師工作起來更便利的現代發明，裡頭一應

---

110 迴廊（cloister）指修道院裡圍繞著庭院的有頂棚走廊，類似騎樓。僧侶或修女住的小房間稱為僧侶小室（cell），通常位在迴廊上。

111 烘箱（hot closet），出菜前用於保溫食物的容器或櫥櫃。

俱全，這裡就是他們寬闊的舞台；別人的發想或有失敗之處，將軍的巧思往往能製造出想要的完美成果。光是他在廚房的投資，無論何時都能讓他排進本修道院前幾名的贊助者。

修道院的所有古蹟就到廚房的四壁為止；四方院的第四面樓房因為嚴重坍塌，早已被將軍的父親拆除，在原地蓋了新建物——一切古老而珍貴的東西到這裡就沒了。新建物不只是新，還擺明了如此；因為原本只打算作為工作房[112]，後面又被馬廄圍住，因此沒考慮過建築風格的統一。那個僅僅為了家務的目的，就拆除了此處最貴重古蹟的人，凱瑟琳很想對著他大罵一頓；如果將軍允許的話，她寧願不要經過這麼墮落的場景，省得她痛心；但若說他有虛榮心的話，就在於他對工作房的安排了；他深信以莫蘭小姐的心地，若是能看看一些減輕下人體力勞動的設施，一定會感到欣慰，因此他不必為了領著她繼續走而感到抱歉。他們把所有設備略微檢視了一遍；出乎凱瑟琳的預料，這些設備的多樣性和方便性給她留下深刻的印象。在富勒敦，同樣的事務只要幾個不成形的食品櫃和不太舒服的洗滌室，就已經很夠用了，在這裡卻是分區進行，空間寬敞又舒適。僕人接二連三出現，人數之眾，與工作房的數目之多，同樣令她印象深刻。無論他們走到哪兒，都有穿木拖鞋的女孩停下來行屈膝禮，穿便服的僕役偷偷退下。但這裡是修道院啊！——這裡的家務安排，跟她在書裡讀到的差異之大，簡直到了言語無法表達的程度——書裡的修道院和城堡肯定比諾桑格寺大得多，所有的髒活最多也就兩個女僕在做。她們怎麼做的完，總是讓艾倫夫人感到驚奇，凱瑟琳在這裡看到需要這麼多人之後，也開始覺得有同感了。

他們回到大廳，以便走上主階梯，才能為客人指出木料之精美、雕刻裝飾之華麗；到了頂層，他們沒往她房間所在的走廊走去，而是轉了相反方向，不久便走進另一條走廊，也在同一樓層，但是更長也更寬。她在這裡接連看了三間大臥房，各有各的更衣室，全都裝潢得美崙美奐；只要金錢和品味所及，能夠讓房間更舒適和雅緻的一切方式，都安排在裡頭了；由於都是近五年內才布置完成，一般人會喜歡的可說應有盡有，但凱瑟琳喜歡的卻一樣都沒有。參觀最後一個房間時，將軍先隨口提到幾位不時會來做客的名流，然後堆著笑臉轉向凱瑟琳，大著膽子希望，往後最快來這裡做客的人裡頭，能有「富勒敦的朋友」。凱瑟琳感受到這份意外的敬意，也深深感到遺憾，這個人對她如此親切，對她的家人禮數周全，可她卻無法對他有好的評價。

走廊的盡頭是一扇折門，提爾尼小姐上前把門打開，走了進去，裡頭又是一條長走廊，她似乎正要打開左邊第一道門，這時將軍走上前來，慌忙地叫住她，而且凱瑟琳覺得他有點憤怒；他質問她要去哪裡？——還有什麼好看的？——值得一看的地方，莫蘭小姐不是都看過了嗎？她就沒想過朋友走了這麼久，不會想來一些點心嗎？提爾尼小姐立刻退了回來，凱瑟琳尷尬至極；沉重的門在她面前關上，在那一瞬間，她瞄到門後是一條狹窄的通道，通道上有無數的門，疑似還有一個螺旋梯，她相信自己終於離值得一看的地方不遠了；她不情不願地沿著走

112 僕人的工作區域，煮飯、洗衣等家務勞動都在此進行。

廊往回走，內心覺得寧可去看看房子的那一邊，也不願看其他富麗堂皇的部分——將軍顯然是要阻止她去查看，讓她覺得更刺激了。一定是為了隱瞞什麼；她最近雖然想入非非了一、兩次，但這次不可能再被誤導；究竟隱瞞了什麼，在她們跟著將軍下樓、雙方有一段距離的時候，提爾尼小姐簡短的一句話似乎為她指明：「我本來要帶你去我母親的房間——也是她過世的房間——」她只說了這些；雖然不多，卻傳達了許多頁的訊息給凱瑟琳。也難怪將軍不敢看見那房間裡的東西；自從那可怕的事件讓他受苦的妻子解脫、讓他從此受到良心譴責，他很可能再也沒有踏進去過。

凱瑟琳趁著下一次和艾蓮諾獨處的機會，大著膽子表示，希望能允許她去看看那個房間，並參觀屋子那一端的其餘部分；艾蓮諾答應方便的時候就陪她去。凱瑟琳明白她的意思：必得等到將軍出門，才能進去那個房間。

「我猜，房間仍維持原樣吧？」凱瑟琳富有感情地說。

「是的，完全是原樣。」

「那你的母親過世多久了？」

「她過世九年了。」凱瑟琳知道，通常一個受折磨的妻子在過世許久之後，她的房間才會整理好，九年只是很短的時間。

「你到最後一刻都守在她身邊吧，我猜？」

提爾尼小姐嘆口氣說：「沒有，很不幸地，那時我不在家——她病得突然，走得很快；我還沒到家，一切就結束了。」

這句話自然而然地帶來可怕的聯想，讓凱瑟琳瞬間毛骨悚然。有可能嗎？難道亨利的父親——？然而已經有多少例子，可證明最令人髮指的懷疑也是合理的了！還有，晚上凱瑟琳和朋友一起做針線活的時候，她看著將軍在客廳裡一言不發，緩慢地來回走了一個鐘頭，目光朝下、皺著眉頭，她覺得自己不可能冤枉他。那就是蒙托尼[113]的姿態！當一個人尚未喪盡天良，懷著畏懼之心回想過去的罪惡場景，他那陰鬱的思緒，完全就是這樣的表現！一個悲慘的人！凱瑟琳焦慮得一再地把視線投向他的身影，引起了提爾尼小姐的注意。她小聲說：「我父親，經常在屋裡這樣子走動，沒什麼不尋常的。」

凱瑟琳心想：「那更糟糕了！」如此不合時宜的運動，與他那奇怪而不合時令的晨間散步一致，都是不祥之兆。

這個晚上過得枯燥，感覺很漫長，令她特別意識到亨利在這群人裡頭的重要性。可以回房時，她感到謝天謝地；不過，這還是將軍使了個沒打算讓她看到的眼色，才促使他女兒去拉鈴的。男管家原本要幫主人點上蠟燭，不想卻被制止。主人還沒要就寢。將軍對凱瑟琳說：「我得先看完許多小冊子[114]才有辦法闔眼；你睡著之後，我還得花上幾個鐘頭研究國家大事。我們

113 即《尤多爾弗之謎》裡的惡人。

114 裝幀比較簡單出版品，可為單張紙折疊而成，或包含多張紙，再以騎馬釘固定。

各盡分內之事，還有比這更恰當了嗎？我為了他人的利益，讓自己的眼睛累瞎，你為了之後的淘氣，好好休息你的眼睛。」

然而，無論是他聲稱的工作，或是那句了不起的恭維，都無法改變凱瑟琳的想法，將軍必須拖得那麼晚才歇息，一定有另一個大不相同的理由。整間屋子的人都睡了，他為了幾本無聊的小冊子熬夜幾個鐘頭，這不太可能。一定有更深層的原因：一件唯有全屋子的人都入睡了才能去做的事情；結論必然就是：提爾尼夫人可能還活著，不知為了什麼緣故被關了起來，每晚，她從那無情的丈夫手中接過一點粗食。這個想法雖然駭人聽聞，但至少比不公不義地早逝好一點，因為依照事情通常的發展，她肯定不久會被釋放。她突然地說病就病；當時女兒不在身邊，說不定另外兩個孩子也不在——以上種種，都支持了她被囚禁的假設——囚禁的起因——或許是吃醋，或是恣意施虐——還有待查明。

凱瑟琳一邊脫衣服一邊思索這些事，忽然想到，她有可能早上就經過了那位不幸女子遭囚禁的地點——說不定，就離她在裡頭受苦受難的囚室沒幾步路；那裡還保有修道院隔間的痕跡，諾桑格寺還有哪個部分會更適合關人的呢？那條用石頭鋪砌的拱頂走廊，她在走的時候已經感到一股奇異的畏懼，她也清楚記得走廊上許許多多的門，將軍都沒做說明。那些門哪裡不能通的呢？她又想到一點，能證明這個推測頗有道理：那條禁止進入的走廊，也就是不幸的提爾尼夫人房間所在地點，她憑記憶斷定，就在那排可疑小室的上方，而她一瞥所及的房間旁的那個樓梯，正以某種祕密的方式連通下面的小室，可能給她丈夫的殘暴行為提供了方便。提爾尼夫人或許是在不省人事的狀態下，從那個樓梯給抬下去的！

凱瑟琳有時被自己大膽的推測給嚇一跳，有時希望（或是害怕）自己想得太過火；然而這麼多表面跡象的證明，讓她無法打消她的推測。

她相信，她所推測的罪惡場景所在地的四方院那一邊，就在她這側的對面；她忽然想到，如果仔細觀察，將軍走去妻子監牢的時候，說不定他的燈光會從樓下的窗戶透出來。凱瑟琳在上床之前，曾兩次從房間溜出去，來到走廊上對應的窗前，看看有沒有燈光出現，但是外面一片漆黑，一定是還太早了。她猜想，在午夜之前應該是看不到什麼的；但是到了午夜，鐘敲了十二點之後，萬籟俱寂之時，如果她沒有被黑夜嚇壞的話，她要溜出去再看一次。鐘敲了十二點——凱瑟琳已經睡著半個小時了。

24

隔天，沒有機會照提議的去看看那些神祕房間。這天是星期天，早禱和晚禱之間的時間，不是被將軍叫去外面活動，就是被叫回家吃冷肉[115]；凱瑟琳的好奇心雖強，膽量倒沒有大到讓她敢在晚餐後，趁著六、七點之間漸暗下來的日光去探索；提著燈去雖然比較亮，但是照到的地方有限，也比較危險。因此，這天沒發生特別激發她想像的事，只有在教堂裡提爾尼家族坐席的前方，看到一塊非常雅緻的提爾尼夫人的紀念碑。她一眼就注意到，盯著看了許久；她細讀上頭牽強附會的文字，那位傷痛欲絕的丈夫把一切美德加諸在她身上，但他一定就是以某種方式毀了妻子的人；凱瑟琳讀得潸然淚下。

將軍立了這塊碑，還能夠面對它，或許不算太奇怪，但他竟能如此大膽鎮定地坐在它面前，維持一副高傲的神態、無所畏懼地四處張望；不對，他竟然還有辦法走進教堂，這就讓凱瑟琳覺得很驚人了。像他這樣犯了罪還麻木不仁的人不是沒有；她可以想到數十個無惡不作的傢伙，犯下的罪行一件又一件，看誰不順眼就謀殺誰，完全泯滅人性也不知悔過；直到在暴力中送命，或是皈依遁世，才結束了邪惡的一生。凱瑟琳對於提爾尼夫人已死的懷疑，並不會因為立了這塊紀念碑就有所動搖。就算她下去照說是提爾尼夫人遺骨安息地的家庭墓穴，就算她看到了說是封存遺骸的棺材——又算得了什麼？凱瑟琳看過的書太多了，她完全知道用上一個蠟像、辦一場假葬禮，是多麼輕而易舉的事。

後續的早上有了一點指望。將軍的晨間散步雖然從各方面看都不合時宜，此刻卻對她有利；凱瑟琳一知道將軍不在家，馬上找艾蓮諾實現她的諾言。艾蓮諾立刻答應她的請求；她們出發時，凱瑟琳提醒她還有另一項承諾，於是她們第一站先去了艾蓮諾的臥房看畫像。畫裡描繪了一位非常動人的女子，表情溫婉憂鬱，這些都符合這位新來看畫者的預期；但也不是各方面都符合，因為凱瑟琳預期見到這位女子的五官、神態、面色，若不與亨利酷似，也該與艾蓮諾極為相像——她經常想到的那幾幅畫像，總是看得出母親和子女的相似度。容貌會世世代代遺傳下去才對。可是現在，她不得不端詳、思考，努力找出一點相似之處。雖然有這個缺憾，她仍然深情地注視著畫像；若不是有一件更令她感興趣的事，或許她還不忍離開。

她們走進那條寬闊長廊時，凱瑟琳激動得說不出話了；她只能看著她的同伴。艾蓮諾的神情憂鬱，但仍鎮定。她的鎮定意味著，她已習慣了等會兒就要看到的那些陰森物品。她再次穿越了那扇折門，再次把手放在那個關鍵的門鎖，凱瑟琳幾乎喘不過氣來，戰戰兢兢地轉身要關上折門，不想走廊的盡頭竟出現一個身影——那令人畏懼的將軍本人，就站在她眼前！與此同

115 比較寬厚的雇主會讓傭人在星期天休息、上教堂；因此周日的正餐通常為冷肉，因為製作較為簡便，可以提前備妥。

時，一聲震耳欲聾的「艾蓮諾」響徹了整間屋子，他女兒這才知道他來了，凱瑟琳也嚇得魂不附體。她看見將軍，第一個直覺是躲起來，但也知道躲不過他的眼睛；她的朋友帶著歉然的神情，匆匆地從她身邊飛奔而過，和將軍一起消失了，凱瑟琳逃回自己的房間，把自己反鎖在裡頭，內心相信她再也沒有勇氣下樓。她在裡頭待了至少一個鐘頭，內心焦慮萬分，深深地同情她可憐朋友的處境，等著自己被憤怒的將軍傳喚到他房裡見他。然而，沒有人來叫她；到了最後，她看見一輛馬車駛到修道院前，才壯著膽子下樓，藉著客人的保護去見將軍。早餐廳裡多了客人，氣氛愉快；將軍以讚賞的口氣介紹她，說是他女兒的朋友，把他的不滿和怒火藏得很好，讓她相信自己目前還沒有生命威脅。艾蓮諾為了維護將軍的名譽，表情不露聲色，儘快找了個機會對她說：「我父親只是要我去回一封便條，」於是凱瑟琳開始抱著希望，將軍或許真沒看到她，或是出於什麼策略考量而允許她這麼想。有了這一層自信，客人離開之後，她才敢於繼續待在將軍面前，之後也沒別的事讓她又擔心起來。

回想起今早的波折，她最後決定，下次要獨自去試開那道禁門。從各方面來看，不要讓艾蓮諾知道是最好的。讓她身陷再次被發現的危險、誘使她走進一個令她悲痛欲絕的房間，肯定不是朋友的本分。將軍就算大發雷霆，對她畢竟不可能跟對自己女兒一樣；除此之外，她覺得不要有同伴，探索起來會更過癮。她是不可能向艾蓮諾解釋那些疑點的，對方到目前為止，極可能還是幸運地一無所悉；而且，她也不能當著艾蓮諾的面，去搜尋將軍酷行的證據。儘管到目前或許還沒人發現，但她有自信能夠在某處找出一本破破爛爛的日記，一直寫到嚥下最後一口氣的那刻。通往那個房間的路她現在已瞭若指掌；亨利預計明天回來，她想在他回來之前結束這件事，因此時間緊迫。天還亮著，她的勇氣仍然十足；四點鐘的時候，距太陽下山還有兩小時，她現在告辭的話，只不過比平時早半個鐘頭回房更衣。

成功了；鐘還沒敲完，凱瑟琳已經獨自一人來到走廊上。現在不是思考的時候；她快步前進，過折門時盡可能不發出聲響，顧不得停下腳步看看或喘口氣，直接衝向那道門。她伸手一轉門鎖就開了，幸運的是，沒有發出會驚動人的沉重聲音。她躡手躡腳走進去；房間在她的面前一覽無遺；然而，她有好幾分鐘的時間一步也跨不出去。她看著令她呆立在原地的景象，滿臉激動——她看到一個寬敞、比例適中的房間，華麗的床上鋪著麻紗棉布床單，由女傭細心整理成沒人用過的樣子；一個發亮的巴斯火爐，幾個桃花心木衣櫃，幾把漆得潔亮的椅子，溫暖的夕陽透過窗戶照在椅子上，還是兩扇垂直式推拉窗[116]！凱瑟琳早就預料這會是情緒激動的一刻，她的確很激動。首先她感到震驚與懷疑；接下來浮現的常識判斷，更增添了幾分難堪的羞恥。房間她是不可能走錯；但是其它的一切錯得多離譜！——她誤會了提爾尼小姐的意思，自己的估計也錯了！她把這個房間的建造年分想得那麼久遠、所處的位置那麼糟糕，事實證明，它位在將軍父親所建造的樓房的一端。房裡還有另外兩道門，八成是通往更衣室的，而她一個也不想去開。提爾尼夫人生前最後一次散步戴的面紗，或是最後閱讀的書本，還能透露出其餘

116 麻紗棉布床單、巴斯火爐、垂直推拉窗等在當時都是較新穎的設備。

一切都未能透露的嗎？不：無論將軍犯下何等罪行，他肯定精明到不會露出馬腳。凱瑟琳厭倦了再探索下去，只想安然地待在自己的房間，她做的蠢事自己知道就好；她正打算跟來時一樣輕手輕腳地出去，不知從哪兒傳來的腳步聲，讓她嚇得發抖而停下來。要是被發現她在這兒，就算是僕人看見的，也是不愉快的場面；但要是被將軍看到（他彷彿總是在最不需要他的時候出現），那就更糟糕了！——她再聽——腳步聲停止了；刻不容緩，她立刻走出去並關上門。此時此刻，樓下有一扇門被匆匆地打開；某人似乎正疾步上樓，而凱瑟琳得先經過這個樓梯口，才能到走廊那邊。她無力往前走。帶著一股難以言狀的恐懼，她盯著樓梯，不一會兒，亨利出現在她面前。「提爾尼先生！」她以異常震驚的口氣驚呼。他看起來也很驚訝。「老天！」她沒管對方向她打招呼，繼續說道，「你怎麼會來這裡？——你怎麼會從那道樓梯上來？」

他甚為詫異地回答：「我怎麼會從這道樓梯上來！因為這是從馬廄到我房間最近的路；我如何不從這邊上來呢？」

凱瑟琳鎮定下來，臉漲得通紅，再也說不出話。亨利看著她的臉，彷彿在尋找她並未開口提供的解釋。她往走廊的方向前進。「那麼，」他關上折門時說，「是否能輪到我問問，你怎麼會來這裡？——你從早餐廳走這條路回你房間，至少跟我從馬廄走那道樓梯回我房間一樣不尋常。」

凱瑟琳低著頭說：「我剛才，是去看你母親的房間。」

「我母親的房間！——裡面有什麼不尋常的東西可看嗎？」

「沒，完全沒有。我以為你明天才回來。」

「我走的時候，沒料到能提早回來。但是在三個鐘頭前，我很高興地發現已經沒事，不必再停留了——你臉色好蒼白。怕是我上樓的時候跑太快，讓你受驚了。也許你並不知道——你不曉得那道樓梯是從公用工作房通上來的吧？」

「唔，我不曉得——你騎來的一路上天氣都好吧。」

「都很好；艾蓮諾讓你一個人去看屋裡所有的房間嗎？」

「哦！不是的；星期六那天她帶我看過大部分了——我們正要到這邊的房間——只不過（壓低了聲音）——令尊跟我們一道。」

「因此妨礙了你；」亨利說，認真地望著她。「那條走廊上的房間你都看了嗎？」

「沒有，我只想看——時間不早了吧？我得去換衣服了。」

「才四點一刻（給她看他的錶），你現在也不在巴斯，不必為了上劇院或舞廳做準備。在諾桑格寺，半個鐘頭就綽綽有餘了。」

她無法反駁，只得任由他耽擱自己，這是兩人相識以來，她第一次想離開他身邊，就怕他再追問下去。他們沿著走廊慢慢前進。「我走了之後，你有收到巴斯寄來的信嗎？」

「沒有，我很意外。伊莎貝拉忠實地承諾過會馬上給我信的。」

「忠實地承諾過！——一個忠實的諾言！——這我就不懂了。我聽過忠實的演出。但忠實的諾言——承諾的忠貞度！這是一種不值得體驗的能力，因為它會欺騙你、令你痛苦。我母親的房間寬敞又舒適吧？又大，看了就舒服，更衣室的配置又好！我一直覺得是整棟樓最舒服的房間，不明白艾蓮諾為何不搬進去。我猜是她讓你來看的？」

「不是。」

「這完全是你自己的主意了？」——凱瑟琳沒說話——在這沉默的片刻，亨利仔細地觀察她，接著說道，「由於房間裡完全沒有能引發好奇的東西，你的所作所為，想必是出於對我母親品格的敬意，艾蓮諾因為懷念母親，而對你描述她的品格。我相信世上再沒有比她更賢淑的女性。然而美德很少能引起這種興趣。一個無名之人樸實的居家美德，很少會激發這麼熱烈的崇敬，讓你這樣子地來探查。我猜，艾蓮諾對你說了不少母親的事？」

「是的，非常多。也就是——不對，並不多，但是她說了一些耐人尋味的事。她走得如此突然（說得緩慢，遲疑了一會兒才開口），然後你們——你們一個都不在家——還有你的父親，我以為——或許他不是很喜歡她。」

「你從以上情況，」他答道（他敏銳的目光正對著她的眼睛，）「推論出可能發生了某種過失——某種（她不由自主地搖頭）——或者是——更不可饒恕的事。」她舉目望向他，眼睛還沒瞪得這麼大過。他接著說：「我母親的病，導致她過世的那次發作，是來得突然。但是膽熱
117 是她經常患的一種疾病，因此病因與她的體質有關。總之，到了第三天，把她勸服了之後，立刻請來醫生照料她。這是位德高望重的先生，母親向來非常信任他。依他的診斷，母親病況危急，第二天又多請了兩位醫生，幾乎二十四小時不間斷地照料她。她在第五天過世。在她發

病期間，我和菲德瑞克（我們都在家）再三地去看她；以我們親眼所見，可證明母親身邊關愛她的人對她的照料、她的身分地位能夠供給的照護，都已是極限了。可憐的艾蓮諾確實不在家，千里迢迢地回來，終究只見到躺在棺材裡的母親。」

凱瑟琳說：「可是你的父親，他為此而痛苦嗎？」

「他一度痛苦萬分。你以為他對她沒有感情，是你猜錯了。我深信他盡一切所能地愛著她——你知道，並非每個人的性格都溫柔體貼——我也不會佯稱母親在世的時候沒有經常受氣，他的脾氣或許傷害了她，但是他從未批評她。他真心誠意地珍視她；她的死對他而言就算不是永遠的痛，仍然深深影響了他。」

凱瑟琳說道：「我很高興聽你這麼說，否則就太可怕了！」

「如果我的理解無誤，你設想了一個十分可怖的臆測，我甚至無法用言語來——親愛的莫蘭小姐，請你想一想你的猜疑在本質上有多可怕。你究竟從何下這樣的判斷？別忘了我們身處的國家和年代。別忘了我們是英國人，是基督徒。請你思考一下你的理解，你意識到的可能性，你對周遭發生的事情的觀察——我們受的教育允許我們犯下這樣的酷行嗎？我們的法律會縱容如此的行為？在當今的國家裡，社會與文化交流的基礎如此穩健；人人的周圍都有自動自發的監視者，道路和報紙讓一切攤開在眾目睽睽下，有可能犯下這種酷行，而不為人知嗎？親

117 膽熱（billious fever）泛指症狀為高燒、嘔吐、下痢、急性死亡的各種疾病。

愛的莫蘭小姐，你到底想到哪裡去了？」

他們走到長廊的盡頭；凱瑟琳流下羞愧的眼淚，奔向自己的房間。

25

傳奇小說的幻想到此為止。凱瑟琳徹底清醒了。亨利的一席話雖短，卻比幾次挫折更讓她徹底看清自己這陣子的想像之放縱。她羞愧到無以復加，痛哭了一場。她不僅自己覺得丟臉——也失去亨利對她的尊重。她的愚蠢現在看起來幾乎像犯罪行為，全都曝光在他面前，他肯定再也看不起她。她膽敢對他父親的人格做出這麼失禮的想像，他會有原諒她的一天嗎？她荒唐的好奇心和恐懼，會有被遺忘的一天嗎？她說不出有多麼恨自己。他曾經——在這個無可挽回的早晨之前，她以為他曾經一、兩次對她流露了一點愛慕之情。但現在——總而言之，她讓自己悲慘不堪了大約半個鐘頭，在鐘敲五下的時候，帶著一顆破碎的心下樓。艾蓮諾問她好不好，她幾乎連話都說不清楚。她進來沒多久，令人害怕的亨利也到了，他待她與之前只有一點不同，就是比平時更關心她。現在是凱瑟琳最需要安慰的時候，亨利的樣子像是也意識到這一點。

夜晚的時間漸漸過去，他那令人寬心的體貼一分不少；凱瑟琳的情緒逐漸恢復了些許平靜。她學到的不是忘掉過去，也不是為過去辯護；她是希望這些事永遠不會傳出去，不要讓她完全失去亨利對她的尊重。她一心想的還是那些沒來由的恐懼給她的感覺，促使她做出來的事，很快地再清楚也不過了，這一切都是她自主創造出來的妄想，因為她決心讓自己驚慌，每一件微不足道的事都想得非常要緊；她在還沒進修道院之前，就已經迫不及待要嚇嚇自己，她的一切努力就往這個目標去。她想起在認識諾桑格寺之初，自己已經懷著什麼樣的心情。她看出來早在她離開巴斯之前，就已充滿痴迷，禍根早已種下，一切彷彿是受到了她在巴斯迷上的讀物的影響。

拉德克利夫夫人的所有著作都很迷人，甚至所有模仿者的作品也同樣有吸引力，但或許不該作為人性的典型，至少不是英格蘭中部各郡的人性。有關阿爾卑斯山或庇里牛斯山的松林和罪行，這些作品或許提供了忠實的描述；在義大利、瑞士和南法，也可能如書中呈現，多的是恐怖事件。凱瑟琳不敢懷疑本國之外的事情，但在本國之內，如果被逼問得緊了，她會承認北部和極西部也會有這種事。但是在英格蘭中部，這裡有國家的律法和時代的風俗，即便是一個不受寵愛的妻子，肯定還是有一些性命保障。謀殺是不可容忍的，僕人也不是奴隸，毒藥或安眠藥也不是大黃，隨便在藥房就買得到。在阿爾卑斯山和庇里牛斯山沒有綜合性格的人。那裡的人只要不是清白無瑕如天使，可能就有著魔鬼般的性情。但在英國不是這樣；她相信，英國人的心地和習性普遍混雜了善與惡，雖說比例並不均等。確信這點之後，往後就算發現亨利和艾蓮諾有些微小的缺點，她也不會意外；同樣地，她也無需害怕承認他們父親的性格上確實有一些瑕疵，之前她對他極為不公的懷疑雖然都澄清了，而且她終身想到這事都得臉紅，但是認真想過之後，她相信這個人不是個完全和藹可親的人。

凱瑟琳對於這幾點都拿定了主意，也決心未來要以最明智的方式來下判斷或行事，於是原諒自己，更開心地過日子；又過了一天，時間慈悲的手在不知不覺中給她非常大的慰藉。亨利的行為出奇地寬容與高尚，隻字不提發生的事，給凱瑟琳最大的幫助。她剛開始苦惱之時，怎麼也料想不到這麼快就能輕鬆愉快起來，而且還能跟從前一樣，只要聽到亨利說話，心情就越來越好。她相信的確有一些話題，只要一聽到就會讓她發抖——例如，提到箱子或櫃子——她也不喜歡看到任何形式的漆器：不過連她也承認，偶爾拿過去的蠢事來警惕自己，儘管痛苦，但或許不是沒有好處。

日常生活的焦慮，不久便取代了傳奇小說的恐懼。她一天比一天急著收到伊莎貝拉的來信，迫不及待想知道巴斯發生了什麼事、舞廳的出席狀況如何；尤其還急著想知道伊莎貝拉已經配到她要的細繡布了，她走的時候提過這件事；還有，她想確定她跟詹姆斯之間依然親密。她唯一的消息來源只能靠伊莎貝拉；詹姆斯聲明過，要等他回牛津才會給她寫信；她也無法指望艾倫夫人在回富勒敦之前就寫信來——但伊莎貝拉再三承諾過的；她只要承諾一件事，都會認真做到的啊！這真是太奇怪了！

連續九個早上，凱瑟琳再三地失望納悶，而且程度一天比一天嚴重：不過，她在第十天走進早餐廳，迎面看見的是亨利欣然遞過來的一封信。她熱誠地向他道謝，彷彿信是他親自寫的。「不過這是詹姆斯寄來的，」她看了看地址說。她拆開信；信是從牛津寄來的，主旨如下：

親愛的凱瑟琳，

上天知道我多麼不願寫信，但我覺得我有義務告訴你，索普小姐和我之間一切都結束了。我在昨天離開她，離開了巴斯，再也不想見到這個人和這個地方。我就不告訴你細節了，說了只會徒增你的痛苦。你很快會從另一方聽到足夠的訊息，知道責任在哪裡；我希望你會看見，你哥哥除了傻傻地輕信自己的感情得到回應，此外就沒有可指責之處。感謝上帝！我及時醒悟了！但這是多麼沉重的打擊！——父親已如此仁慈地應允——現在一切成空。她讓我痛苦一生一世！親愛的凱瑟琳，盡快寫信給我；你是我唯一的朋友；我指望著你的愛。我希望你在提爾尼上尉宣布訂婚之前，結束在諾桑格寺的探訪，否則你會處於一個非常不愉快的境地——可憐的索普就在城裡：我不敢見到他；他是個老實人，一定會很難過。我已經寫信給他，也寫給了父親。傷我最重的是她的口是心非；直到最後，我一找她理論，她還宣稱自己跟之前一樣愛我，嘲笑我的憂慮。一想到我忍氣吞聲了多久，就覺得羞恥；但如果誰有充分理由相信自己是被愛著的，那就是我。到現在我也不明白她打的什麼算盤；她要把提爾尼弄到手，並不需要把我也扯上。最後我們協議分手——但願我不曾認識她！最親愛的凱瑟琳，把心交出去的時候要當心。請相信我……

凱瑟琳讀不到三行就臉色大變，發出聲聲悲痛的驚嘆，表明了她收到不愉快的消息；亨利在她讀信的全程，認真地看著她，明顯看出信的結尾不比開頭好些。不過他並沒露出驚訝的樣子，因為他的父親在這時走了進來。大家立刻去用早餐；凱瑟琳什麼都吃不下。淚水湧入她的眼裡，甚至在她坐下的時候從她的臉頰滾落。信先是在她的手裡，然後在她的膝上，接著進了她的口袋；她看起來彷彿不知道自己在做什麼。幸而將軍一邊喝可可一邊看報，沒空去注意她。但是另外兩個人都看出她的悲痛。她一有勇氣離席，便趕緊回自己的房裡；但是女僕正在裡頭忙著打掃，她不得已只好下樓。她轉進客廳想一個人靜一靜，沒料到亨利和艾蓮諾也躲到這裡來，而且正認真在商量她的事。她道歉之後往外退，可他們不讓她走，把她重新請了進來；他們自己退了出去，走之前艾蓮諾親切地表示希望能幫上忙，或是安慰她。

凱瑟琳自由地放任自己悲傷和沉思，半個鐘頭之後，她覺得能夠面對朋友了；但該不該把自己的苦惱讓他們知道，還得再考慮一下。或許，要是特別被問起，她就大概提一下——隱隱約約的暗示就夠了——不能再多。揭發一個朋友，尤其像伊莎貝拉這樣的好朋友——而且這事跟他們的親哥哥有這麼密切的關聯！——她覺得應該什麼都別說才好。早餐廳裡只有亨利與艾蓮諾；她走進去時，兩人都關心地看著她。凱瑟琳在餐桌前自己的位子坐下，沉默了一會兒後，艾蓮諾說：「希望不是富勒敦那邊有什麼壞消息吧？莫蘭先生和莫蘭太太——你的兄弟姊妹們——但願不是有人生病了吧？」

「不是，謝謝你（邊說邊嘆氣），他們都很好。那封信是我哥哥從牛津寄來的。」

她說完這句話，沉默了幾分鐘；接著她含著眼淚又說：「我覺得我永遠不想再收到信了！」

「我很抱歉，」亨利說，把剛剛打開的書闔上，「要是我猜到信裡包含了不愉快的內容，就會以非常不同的心情把信交給你。」

「信裡的內容糟到無人能想像！——可憐的詹姆斯很不快樂！——你們不久就會知道是為什麼。」

亨利動情地說道：「他有個這麼善良、這麼愛他的妹妹，無論碰到什麼痛苦，一定能得到安慰。」

「我有一個請求，」過沒多久，凱瑟琳激動地說，「如果你們的哥哥要來這邊，請你們通知我一聲，以便我離開。」

「我們的哥哥！——菲德瑞克！」

「是的；如果這麼快就得離開你們，我一定很難過，但是發生了一件事，造成我很害怕和提爾尼上尉待在同一間屋子裡。」

艾蓮諾越來越驚訝地看著她，手上的針線活都放下了；但是亨利開始料到一點真相，說了幾句話，其中包含了索普小姐的名字。

凱瑟琳大喊：「你反應真快！真的被你猜到了！——但我們在巴斯講到這件事的時候，你並不認為會有這種結局。伊莎貝拉——難怪我一直沒收到她的信——伊莎貝拉拋棄了我哥，準備要嫁給你們的哥哥了！世界上竟有人這麼不忠、這麼善變，這樣壞透了的事情，你們能相信嗎？」

「關於我哥的部分，希望消息是誤報了。我希望他沒有在實質上造成莫蘭先生失戀。他不可能會娶索普小姐，我想你一定是弄錯了。我替莫蘭先生感到難過——為了你深愛的人遭遇不幸而感到難過；但這件事最教我驚訝的，是菲德瑞克要娶索普小姐。」

「但這事千真萬確；你自己看詹姆斯的信——等等，有一段話——」她想起最後一句，臉紅了起來。

「能麻煩你把關於我哥的那一段唸出來嗎？」

「不，你自己看吧，」凱瑟琳嚷道，她再想了想，這回清楚了點。「我不知道我剛才想到哪裡去了（為了剛才臉紅又臉紅了一陣），詹姆斯只是想給我一個忠告。」

他欣然接過信；仔細地從頭到尾讀過之後，把信交還給她，說道：「嗯，如果事該如此，我只能說非常遺憾。菲德瑞克不會是第一個不夠理智選擇妻子，讓家人大感意外的人。無論做為情人或兒子，他的處境都不令我羨慕。」

在凱瑟琳的請求下，提爾尼小姐也讀了信；她也表示擔憂與訝異，並問起索普小姐的親戚關係與財產。

「她的母親人很好，」這是凱瑟琳的回答。

「她的父親生前是做什麼的？」

「律師的樣子——他們住在帕特尼。」

「他們是富裕人家嗎？」

「不是，不算富裕。我相信伊莎貝拉一點財產也沒有：不過這對於你們家並不要緊。你們的父親為人多麼慷慨！他前幾天跟我說過，他重視錢，只是因為讓他可以增進子女的幸福。」兄妹倆彼此看了一眼。「但是，」艾蓮諾過了一會兒說，「如果允許菲德瑞克娶了這樣的女孩，會增進他的幸福嗎？——她一定是個沒道德的女孩，不然也不會這樣利用你哥哥——而且，菲德瑞克會如此痴迷也太奇怪了！眼睜睜看著這個女子為了另一個男人，就把原本與人定下的婚約給毀了！亨利，這不是很難以置信嗎？菲德瑞克向來那麼高傲，從來沒有一個女人能讓他看上眼！」

「眼前的情況極不樂觀，也是最不利於菲德瑞克的推測。想到他過去的種種聲明，我對他已經不抱期望。此外，我看重索普小姐謹慎行事的能力，肯定是一個男人已經到手了，才會跟另一個男人分開。菲德瑞克的確完蛋了！他沒救了——他的判斷力已不復存在。準備迎接你的嫂子吧，艾蓮諾，你一定會喜歡這樣一個嫂子的！坦率、直爽、天真、毫無算計，熱情而單純，不自負，不懂得作假。」

艾蓮諾笑吟吟地說：「亨利，這樣的嫂子我應該會喜歡。」

凱瑟琳說她的看法：「不過，她雖然對不起我們家，或許對你們會好一點。現在她得到了真正喜歡的男人，也許就會忠貞不渝了。」

亨利答說：「恐怕是的，恐怕她會非常忠貞不渝，除非她再碰上一個準男爵；這是菲德瑞克唯一的機會——我去找份巴斯的報紙來，看看最近有些什麼人抵達。」

「你覺得這一切都是野心使然？——說實話，有幾件事似乎很像。我忘不了當初她剛得知我父親會給他們多少財產的時候，她好像因為嫌不夠多而相當失望。我這輩子還沒有如此看錯一個人的人格。」

「你是指在你認識也研究過眾多各式各樣的人裡頭。」

「她讓我很失望，也失去很多；但是可憐的詹姆斯，我想他可能永遠都無法復原了。」

「你哥哥現在的確很值得同情；我們雖然關心他所受的折磨，卻也不能低估你的痛苦。我猜你覺得失去伊莎貝拉，就像失去了一半的自己：你感到內心有個空洞，沒有東西能填補。交際往來令你厭倦，你在巴斯習慣了與她共享的那些娛樂活動，少了她一起，都變得很討人厭。比如說，你現在說什麼也不願再參加舞會。你覺得連一個無所不談的朋友都沒有了；沒有人關心你，也沒有人在你碰到困難時給你意見。你有這些感覺嗎？」

凱瑟琳慎重地想了一會兒之後說：「沒有，我沒有這些感覺——我應該要有嗎？老實說，雖然我因為不能再愛她、再也不會有她的消息，或許再也見不到她而傷心難過，但我沒有想像中的那麼痛苦。」

「你感覺到的總是人性最可貴的部分——每個人都該深究這種感覺，才能好好了解自己。」

不知為何，這一席話讓凱瑟琳大大地放鬆心情，因此，雖然她不懂怎麼會不知不覺就把事情說了出去，但也就不後悔了。

26

自此之後，三個年輕人就經常討論這件事；凱瑟琳有點意外地發現，她這兩位年輕朋友一致認為，伊莎貝拉既沒地位也沒財產，要嫁給他們哥哥很難。他們深信光憑這點，就足以令將軍反對這門婚事，連她的人格都不必提，這也使得凱瑟琳為自己擔心起來。她跟伊莎貝拉一樣家世平凡，或許也一樣沒有財產；如果連提爾尼家族繼承人如此的身分及財富都嫌不足了，那麼嫁給他弟弟的條件要求將有多高啊？這個想法引發了很痛苦的思維，她只能仰賴將軍對她的偏愛來安慰自己，因為從他的言行中感覺到，自己有幸在一開始就博得他的喜愛；將軍對金錢慷慨無私心的看法也給她安慰——那些看法都是她聽他說過不下一次的，她不禁以為，是他的兒女誤會了他對這些事情的態度。

不過，他們都深信哥哥不敢親自來請求父親同意，因此再三向凱瑟琳保證，他在此時此刻不可能回到諾桑格寺，她才放下心，不去擔心自己可能忽然得離開。不過，之後提爾尼上尉來請求父親同意時，並不會把伊莎貝拉的行為照實地讓父親知道——凱瑟琳想到，最好是讓亨利先把整件事的實情告訴將軍，讓他從中得出一個冷靜公平的看法，要拒絕也是根據公正的立場，而非雙方地位的懸殊。她照以上的向亨利提議，他卻並未如她預期的欣然採納。他說：「不，我父親不需要別人的助力，菲德瑞克做的傻事也不必別人先替他招供。他必須自己去說。」

「但他只會說一半。」

「四分之一也夠了。」

一、兩天過去，還是沒有提爾尼上尉的消息。他的弟弟妹妹不知道要做何解讀。在他們看來，他的沉默有時意味著他可能已經訂婚，有時又覺得如果訂婚了，不可能還保持沉默。同時間，將軍雖然每天早上都為了菲德瑞克疏於來信而發怒，倒也沒有真的擔心他什麼；他眼前最掛念的，還是莫蘭小姐在諾桑格寺過得是否愉快。他經常就此表達他的不安，擔心她每天跟同樣的人來往、做同樣的事，會讓她對這個地方生厭，要是佛雷澤家的小姐們也在鄉下就好了，時不時說要找很多人來辦晚宴，有一、兩次甚至計算起附近有多少能跳舞的年輕人。可是現在是淡季，沒有野禽也沒有獵物，佛雷澤家的小姐都不在鄉下。最後，某天早上他告訴亨利，說他下次回伍德斯頓的時候，他們要找一天出其不意去拜訪他，去他那兒吃頓飯，才算結束了他的擔憂。亨利感到非常榮幸，非常開心，凱瑟琳也很喜歡這個計畫。「父親大人，依你看，我何時能期待各位光臨呢？──我星期一必須回伍德斯頓參加教區會議，大概得待兩、三天。」

「好的，好的，那我們就趁那幾天吧，時間先不必定下來。你也不必麻煩，家裡有什麼就吃什麼。我想我能代表兩位小姐說句話，她們會體諒一個單身漢的伙食。我看看；星期一你在忙，我們星期一不過去；星期二我沒空。我的土地測量員早上會從布洛克漢帶著報告來見我；之後，按照禮數，我不能不去俱樂部一趟。要是缺席了，還真不知道怎麼面對朋友；因為大家知道我在鄉下，不去的話別人會非常見怪；莫蘭小姐，我有個規矩，只要犧牲一點時間，花點心思就能避免的話，我絕對不得罪鄰居。他們都是一些名流，每年兩次從諾桑格寺分半隻鹿[118]；我有空就跟他們吃頓飯。所以星期二不可能。但我想，亨利，你可以期待我們星期三到；我們會早一點過去，才有時間到處看看。到伍德斯頓需要兩小時又三刻鐘；我們會在十點上馬車；所以，星期三那天，你在大約差一刻一點的時候等候我們即可。」

凱瑟琳非常想去伍德斯頓看看，覺得一場舞會也不及這趟小旅行令人開心；一個鐘頭之後，她的心仍在雀躍，這時亨利穿著長靴和大衣，走進她和艾蓮諾坐著的房裡，說道：「年輕小姐們，我是為說教而來的，我要說，在這世上要享受快樂，總得付出代價，我們付出代價時往往要吃大虧，把當下的幸福拿去換成一張未來幸福的支票，還不知道能否兌現。就看我吧，為了希望星期三能夠在伍德斯頓見到你們，所以必須現在就走，比原定時間提早兩天，然而到時天氣若是不好，或因為其他二十個理由，都可能讓你們沒出現。」

凱瑟琳哭喪著臉說：「你要走了！為什麼？」

「為什麼！——這還用問嗎？——因為要趕回去把我的老管家嚇得魂飛魄散啊——當然是因為我得去為你們準備晚餐。」

「哦！你不是認真的吧！」

「是啊，很不幸，我是認真的——因為我寧願留下來。」

「但是將軍那樣說了，你怎麼還有這個想法？他特地叫你不必麻煩，吃什麼都好。」

亨利只是笑笑。凱瑟琳繼續說：「你真的不必為你妹和我大費周章，將軍還特別強調你別特別準備什麼；而且，就算他沒說這麼直白，他在家裡的晚餐總是吃得很好，偶爾一天吃得普通點也不要緊。」

「但願我能像你這樣看事情，這對他或對我都有好處。再會。艾蓮諾，明天是星期天，我不會回來。」

他走了；無論何時，讓凱瑟琳懷疑自己的判斷，總比懷疑亨利的判斷容易得多，縱使她不願意他離開，她很快地就不得不承認，他這樣做是對的。不過，她一直想著將軍的行為如何令人費解。他對吃很挑剔這件事，她已經在無人指點下自己觀察到了；但是他怎麼會嘴上很肯定地說一件事，實際上卻是別的意思，這真是太莫名其妙了！照這樣下去，要怎麼了解別人呢？除了亨利，誰會明白他父親的意思？

不管怎樣，從星期六到星期三，亨利都不在她們身邊。凱瑟琳無論想什麼，最後總會想到這幾件傷心事：提爾尼上尉的信肯定會在亨利不在家時送到；她覺得星期三一定會下雨。過去、現在、未來都是一片黑暗。她的哥哥很不快樂，失去了伊莎貝拉這個朋友對她是莫大的損失；亨利不在，總是影響艾蓮諾的情緒！還有什麼能讓她感興趣或逗她開心的呢？她已經看膩

118 依照習俗，地主每年要分幾次農產品或獵物給附近的住戶。

了樹林和灌木叢——永遠那麼平整，那麼乾燥；現在修道院本身對她而言，只不過就是一棟房子。她一想到這個建築物，只難堪地想到它給她的蠢念頭、讓她做過的蠢事。她的想法變化也太大了！她曾經那麼渴望來到一間修道院！現在在她的想像裡，一間格局便利的牧師公館，那種樸實的舒適，才最吸引人，就像富勒敦那樣，但是更好：富勒敦還是有它的缺點，但伍德斯頓八成沒有——要是星期三到了就好了！

星期三到了，而且就在合理預期的時候來到。星期三到了——而且天氣晴朗——凱瑟琳彷彿在雲端漫步。十點鐘，四馬四輪馬車載著一行三人從修道院出發，一路順暢地走了將近二十英里之後，來到了伍德斯頓：這是環境宜人、人口眾多的大村莊。凱瑟琳不好意思說她覺得這裡很美，因為將軍似乎認為有必要為了這裡的地勢平坦和村莊大小而致歉；然而，凱瑟琳心裡想的是這裡比她去過的任何地方都好，滿心愛慕地看著每間比農舍還高級的整齊小屋，以及路過的每間小雜貨店。牧師公館位在村莊盡頭，與其他屋子有段距離，是一棟新造的石屋，有一條半圓形車道和綠色大門。馬車駛到門口，亨利帶著他獨居時的朋友，一隻大塊頭的紐芬蘭幼犬和兩、三隻㹴犬，準備迎接並好好招待他們。

凱瑟琳進屋後，心裡頭思緒萬千，使得她沒有多看或多說什麼；直到將軍問她對房子的看法，她還搞不清楚自己坐在哪個房間。她四處看了看之後，立刻認定這裡是全天下最舒服的房間；但她出於謹慎，沒把這話說出來，只冷冷淡淡地讚美一句，令將軍好生失望。

他說：「這稱不上是一棟好房子——我們不拿它來跟富勒敦或諾桑格寺做比較，只把它當作一間牧師公館來看待，我們承認它是小了點，受限了點，但或許算得上體面，可以住人；大致來看不比一般房子還差；換句話說，我相信英國的鄉村牧師公館有一大半都不及這裡好。不過，或許還是有該改進的地方。我絕對不會說它不需要改進，只要合理——或許加個凸窗——但我私下跟你說，我最受不了的就是補上去的凸窗。」

這段話凱瑟琳沒有聽得周全，所以既沒聽懂，也沒有為此傷腦筋；亨利故意提起別的話題，且繼續說了下去，這時他的僕人也送來滿滿一盤點心，將軍一下子又恢復得意的神情，凱瑟琳也回到平時輕鬆的心情。

他們所處的房間寬敞便利、比例適中，布置得很講究，作為餐廳使用；離開餐廳去遊覽庭園之前，凱瑟琳先被帶去參觀一間較小的套房，這是屋主自己的房間，今天收拾得特別整齊；接著走進去的是未來的客廳，雖然還沒有家具，但樣子已經讓凱瑟琳喜歡得能夠讓將軍滿意了。這是個形狀巧妙的空間，窗戶是落地窗，望出去雖然只是一片綠草地，但是景色優美；她當下就把自己的讚歎如實地說出來。「噢，提爾尼先生，你怎麼不把這個房間布置好呢？沒布置好多可惜啊！這是我見過最漂亮的房間——全世界最漂亮的一個！」

將軍滿意無比地笑著說：「我相信這裡很快就會布置好：它在等的就是淑女的品味！」

「唔，如果這是我的房子，我絕不會去坐在別的地方。哦！樹林裡的那間小農舍多麼可愛！還是蘋果樹！那間小農舍真是漂亮極了！」

「你喜歡——你認可這個景物——這就夠了。亨利，記得交代羅賓遜，農舍要留。」

將軍這番恭維讓凱瑟琳一下子覺醒過來，她馬上又默不作聲了；無論將軍再怎麼問她會選什麼顏色的壁紙和窗簾，對此她不再給出任何意見。不過，新的話題和新鮮空氣，大大地化解了令人尷尬的聯想；一行人來到屋外的庭園，也就是一條圍繞著綠地兩邊的步道，是大約半年前由亨利開始發揮巧思整理的，雖然沒有一株灌木生長得高過角落的綠椅凳，凱瑟琳的好心情已恢復了大半，又覺得這裡是她去過最漂亮的景觀區了。

接下來他們漫步到別的草地，逛了村莊的一部分，順道去馬廄看看最近的裝修，然後跟一窩剛會打滾的小狗開心地玩了一輪，就已經四點了，凱瑟琳還以為不到三點。他們四點鐘要吃飯，六點就得啟程返家。從來沒有一天像今天過得這麼快！

凱瑟琳無法不注意到，豐盛的一桌菜似乎一點也無法引起將軍的讚歎；不但如此，他還望向邊桌找冷肉，不過沒有準備。他的兒子女兒卻有不同的觀察。他們從沒看過他在自家以外的餐桌吃得如此盡興，也沒看過他對奶醬因加熱過頭而油水分離這麼不在意。

六點鐘，將軍喝完咖啡，馬車又來接他們；這趟做客，他全程的作風十分令人欣喜，凱瑟琳心中非常確定他的期望是什麼，如果她對他兒子的意願也這麼有把握的話，就不必在離開伍德斯頓時，還擔心著日後如何或是何時才能再拜訪了。

27

第二天早上，凱瑟琳很意外地收到伊莎貝拉的一封信：

巴斯，四月——

最親愛的凱瑟琳：

很高興收到你的兩封信，非常抱歉沒有及早回信。我真為自己的懶散感到難為情；但是在這個可怕的地方，想做什麼事都沒空。自從你離開巴斯，我幾乎天天提筆要寫信給你，但總是被一些無聊的瑣事給打斷。請你快點寫信給我，直接寄到我家裡。感謝老天！我們明天就離開這個討厭的地方。你走了之後，我在這裡沒有一點樂趣——塵土多到不行；喜歡的人都走光了。我相信要是能見到你，別的事我都不在乎，因為你對我而言如此寶貴，誰也無法想像。你親愛的哥哥讓我十分擔心，自從他去了牛津之後，一直沒有消息；我害怕是不是發生什麼誤會了。你一定能助我們盡釋前嫌——他是我唯一愛過、唯一愛得上的男人，我相信你可以讓他信服。春季的服裝款式已經部分到店了；那些帽子真是難看得嚇人。我希望你過得愉快，但恐怕你從來沒想到我。我不會多說和你在一起的那家人的不是，因為我不想要顯得自己度量狹小，或是讓你對你尊敬的人產生反感；但是，你很難知道該信任誰，而年輕男人的心思才兩天就變卦。我很高興地說，我最最痛恨的那個年輕男人已經離開巴斯。你聽我這樣形容，就知道我說的一定是提爾尼上尉，你可能還記得，在你走之前，他千方百計地跟著我、挑逗我。之後他更變本加厲，簡直對我糾纏不休。很多女孩子或許會上當，因為從來沒有人像他這麼會獻殷勤；但我太清楚男人的反覆無常。他在兩天前回部隊了，我相信他再也不會來煩我。他是我見過最要命的花花公子，討人厭到極點。最後兩天他一直黏在夏洛特．戴維斯旁邊：我很不屑他的品味，但才懶得理他。我們最後一次碰到面是在巴斯街——我立刻轉進一間商店，以免他跟我說話；我連看都不要看他。後來他走進大水泵房，而我說什麼也不可能跟著進去。他跟你哥有如天壤之別！——請來信給我他的消息——他讓我十分憂傷，他走的時候似乎很不舒服，可能是感冒之類的，影響了他的情緒。我本來要自己寫信給他，但不知道把他的地址放到哪裡去了；而且如同我前面提過的，我擔心他是曲解了我的行為。請把這一切說明給他聽，到他滿意為止；如果他還是懷疑，他可以親自寫封信給我，或是下次進城時到帕特尼來一趟，就能澄清一切了。我很久沒去舞廳，也沒去看戲，只在昨晚和霍吉斯一家人去看了一場鬧劇，在半票時段進場：是他們哄我去的；我也不想讓人家說我因為提爾尼走了，就把自己關在家裡。我們剛好坐在米契爾一家旁邊，他們看見我出門，裝出一副驚訝的樣子。我知道他們不懷好意：之前對我很不客氣，現在忽然親切起來；我可不是傻瓜，才不會被他們唬弄了。你也知道我是很有氣魄的。我上禮拜聽音樂會時纏了頭巾去，安．米契爾想要學我，但弄得一塌糊塗——我相信是因為頭巾適合我這張奇特的臉，至少提爾尼那時是這樣跟我說的，他還說所有人的目光都在我身上；但我最不相信的就是他說的話。我現在只穿紫色：我知道我穿紫色很難看，但是無所謂——這是你親愛的哥哥最喜歡的顏色。我最親愛、最心愛的凱瑟琳，請馬上寫信給他還有我，忠於你的……

如此拙劣的話術連凱瑟琳都騙不了。她從一開始就看出信中的矛盾、前後不一和謊言。她為伊莎貝拉感到羞恥，為自己曾經愛她而羞恥。她口口聲聲的愛戀令人噁心，她的託辭那樣空泛，要求那樣無恥。「幫她寫信給詹姆斯？——不，我再也不會在詹姆斯面前提到伊莎貝拉的名字。」

亨利一從伍德斯頓回來，她讓他和艾蓮諾知道了他們的哥哥平安無事，誠心誠意地向他們道賀，並十分憤慨地把信裡最關鍵的段落唸給他們聽。唸完之後，她嚷道：「我和伊莎貝拉的交情就到此為止！她一定以為我是個白痴，否則不會寫出這種信；不過這封信幫助我看清楚她的為人，並沒有讓她更了解我。我現在明白她的用意是什麼了。她就是個愛慕虛榮的輕佻女子，她的詭計沒有得逞。我不信她真的關心過詹姆斯或是我，但願我從來不認識她。」

亨利說：「你很快就會像不曾認識她似的。」

「只是有件事我不懂。我知道她打提爾尼上尉的主意沒有成功；但我不懂提爾尼上尉這段期間的用意何在。為什麼他要對她大獻殷勤，讓她和我哥鬧翻，然後自己卻抽身？」

「我也說不上菲德瑞克的動機何在，只能推測而已。他和索普小姐一樣有虛榮心，主要的差別在於，他的腦子比較清楚，才沒有因此受害。如果他的行為所導致的後果，讓你覺得他做得不對，那麼我們最好別再追究原因了。」

「所以你不認為他曾經在乎她？」

「我確信是如此。」

「他假裝在乎她只是為了挑撥離間？」

亨利點頭表示同意。

「那麼我得說，我一點也不喜歡這個人。雖然事情的結局對我們算理想，我還是一點也不喜歡他。事情發展至此並沒有太大的傷害，因為我想伊莎貝拉本來就無情無義。不過，萬一提爾尼上尉真的讓她深愛上他呢？」

「那我們首先得假設伊莎貝拉有情也有義——因而會是一個完全不同的人；這樣一來，她就會有完全不同的遭遇。」

「你站在你哥哥那邊是應該的。」

「如果你也站在你哥哥那邊，就不會為了索普小姐失戀而煩惱。但你正直的天性左右了你的思想，使你無法明白家人互相偏袒的冷酷道理，也無法有報復之心。」

凱瑟琳受了這番讚美，便不再怨恨下去。如果亨利這麼讓人喜歡，菲德瑞克應該不會犯下不可饒恕的過錯吧。她決定不回信給伊莎貝拉，並盡量不再去想這件事。

28

過後不久，將軍有事不得不去倫敦一個星期；他離開諾桑格寺時，誠摯地表達了必須與莫蘭小姐分開的遺憾，就算只有一個鐘頭也是損失。他並焦急地交代他的兒女，他不在家期間，他們的首要任務就是顧好莫蘭小姐的舒適和娛樂。他的離開，讓凱瑟琳第一次體驗到有失也有得。現在，他們的時間過得如此快樂，每一項活動都是自願自發的，想笑就盡情地笑，每一餐都吃得輕鬆愉快，想走去哪裡散步就去哪裡散步，什麼時候想走就走，時間、樂趣、疲倦都在自己的掌握，讓她徹底感到將軍在家時給人的束縛，更慶幸現在得到的解脫。這樣的輕鬆和歡喜，讓她一天比一天更喜歡這個地方和這裡的人；若不是擔心不久就得離開此地，或是擔心這裡的人不像她喜愛他們那樣喜愛自己，她無時無刻都會感到滿滿的幸福；但是她來做客已經第四週了；將軍回家之前，第四週就結束，再待下去就顯得打擾。她一想到這事，就覺得痛苦；為了快點放下心中的重擔，她很快決定要立刻跟艾蓮諾談這件事，她先提要走，然後再依照對方的反應來行事。

她知道這麼不愉快的話題再拖下去只會更難開口，便把握第一次偶然和艾蓮諾獨處的機會，在對方講別的事正講到一半的時候，提起她很快就得離開了。艾蓮諾的樣子和口氣都顯得很擔心。她本來「以為凱瑟琳會跟她作伴更長一段時間——她誤以為（也許是出於心裡的願望）原本說好的做客時間，比這還久得多——而且她忍不住覺得，要是莫蘭夫婦知道凱瑟琳在這裡讓她多麼開心，或許會慷慨一點，不會催女兒回家。」——凱瑟琳解釋道：「噢！那個啊，爸爸媽媽一點也不急，只要女兒快樂，他們怎麼樣都好。」

「那麼，我能否問問，你為什麼急著離開我們呢？」

「哦！因為我待得太久了。」

「好吧，既然你用了這樣的字眼，那我不好再強求。如果你覺得太久了——」

「噢！不，我真的不覺得久。我自己樂得跟你們再住四個星期。」——於是兩人當下就說定，在凱瑟琳再住滿四個星期前，離開的事連想都不必想。這個不安的因素很愉快地移除了之後，另一件事也就不那麼令她擔憂了。艾蓮諾挽留她時，態度那樣友好而誠懇，亨利聽到她確定會住下去，表情那麼滿足，這些甜蜜的證據，證明了她對他們的重要性，現在她的心中只剩下一絲掛念，人的心裡若缺了這一絲掛念，還無法覺得舒坦呢。她的確——也幾乎總是——相信亨利是愛她的，也總是相信他的父親和妹妹也愛她，甚至希望她成為他們家的人；她都這麼相信了，懷疑和憂慮也只是強說愁而已。

亨利無法遵從父親的命令，在他去倫敦期間，全程留在諾桑格寺照顧兩位小姐；他的助理牧師有事在身，使得他不得不在週六離開，回伍德斯頓待一、兩個晚上。現在家裡沒有他，跟將軍在家時沒有他的感覺不太一樣；兩位小姐少了一點歡樂，但依然覺得舒適；她們有共同的消遣，越來越親密，覺得暫時只有她們兩個人也挺好。亨利走的那天，她們離開晚餐廳[119]的時候已經十一點，在諾桑格寺算相當晚了。她們剛走到樓梯最上層，彷彿能隔著厚厚的牆聽見馬車駛到門口，下一刻便傳來響亮的門鈴聲，證實她們的想法沒錯。艾蓮諾倉惶地喊了一聲「天啊！會是什麼事？」之後，很快地認定是她的大哥，他到家的時間雖然很少這麼晚，但往往這麼突然，於是她匆匆下樓去迎接。

凱瑟琳繼續走回房，她盡了最大努力下定決心，要進一步認識提爾尼上尉。他的行為雖然給她留下不好的印象，像他這種貴公子肯定也對她沒有好感，但是，至少他們不會在一種非常痛苦的情況下見面。她相信他絕不會提起索普小姐；沒錯，因為他到這時應當會為自己曾扮演的角色感到羞愧，所以不會有這風險；只要大家絕口不提巴斯的事，她就能以禮相待。想著想著，時間過去了，艾蓮諾見到他如此歡喜，有好多話要跟他說，這對他的確是好事。因為他回到家已經過了快半個鐘頭，艾蓮諾一直沒上樓。

這時，凱瑟琳彷彿聽見走廊上傳來艾蓮諾的腳步聲，她留神聽下去，又靜悄悄的。她才剛斷定是自己的錯覺，卻聽見有什麼東西向她的門口接近，把她嚇一跳；似乎有人站在她的門口——下一刻，她的門鎖微微動了一下，證明有人正試著開門。一想到有人竟如此小心翼翼地

119 晚餐廳（supper-room）只用來吃輕便晚餐（supper），跟平時吃晚餐的餐廳不同。由此可知，諾桑格寺至少有三間餐廳。

接近，她有點發抖；但她決心不再被微不足道的跡象嚇倒，或是被胡思亂想給誤導，她悄悄走向前，一下子把門打開。站在門口的就只有艾蓮諾，別無他人。凱瑟琳的情緒只平靜了一下下，因為艾蓮諾臉色發白，神情極為不安，她顯然是要進來的，但彷彿費好大的勁才進得來，進門之後，說話似乎更費勁。凱瑟琳猜她是為了提爾尼上尉而不安，只能默默地表達關心；要她快點坐下，拿薰衣草水幫她揉太陽穴，溫柔而關切地俯身看著她。「親愛的凱瑟琳，你不必——你真的不必——」艾蓮諾一開口先說了這幾個字。「我很好，你這麼體貼，讓我心煩意亂——我無法承受——我來找你是為了辦件差事！」

「差事！——找我？」

「我該怎麼告訴你！——噢！我該怎麼告訴你啊！」

凱瑟琳心中冒出一個新的念頭，臉色變得跟朋友一樣慘白，她驚叫：「那是伍德斯頓來的信差嗎！」

「這你倒誤會了，」艾蓮諾回答，非常同情地看著她。「人不是從伍德斯頓來的。是我父親。」她提到父親的時候，聲音開始顫抖，眼睛望著地面。他突然回家，已經足以讓凱瑟琳心一沉，一時之間，她幾乎以為不會有比這更糟糕的消息。她沒說話；艾蓮諾努力定了定神，好讓自己說話堅定點，目光仍然朝下，不久便接著說下去。「我知道你太善良，不會因為我接下來不得不扮演的角色，而把我想得很不堪。我真的是一個最不情願的信差。我們最近才討論過，才定下來的——讓我多麼地歡喜，多麼感恩！——你會如我所願地繼續住上很多很多個星期，但我該怎麼告訴你，你的好意沒有被接受——你的陪伴帶給我們那麼多快樂，得到的回報卻是——我不知道該怎麼說出口。親愛的凱瑟琳，我們要分開了。我父親想起先前另有一個約定，星期一我們全家人都得離開。我們要去赫爾福德附近隆頓大人的家住兩個星期。解釋和道歉都不合情理。我兩樣都做不到。」

「親愛的艾蓮諾，」凱瑟琳嚷道，盡力壓抑自己的情緒，「請別這麼苦惱。之後才約定的事，絕對沒有之前約好的來得重要。我很難過我們就要分開——這麼快，又這麼突然；但我不會生氣，真的沒有。你知道我做客的時間隨時能結束的；或是，希望你能來找我。你從這位大人那邊回來之後，可以來富勒敦嗎？」

「這由不得我，凱瑟琳。」

「那麼，你能來的時候就來吧。」

艾蓮諾沒有回答；凱瑟琳想起一件更重要的事，她自言自語地說著：「星期一——這麼快；你們所有人都要走。唔，我相信——我應該有機會告別。我可以等到你們快出發前再離開。別難過，艾蓮諾，我星期一走沒問題。我的父母親沒收到通知並不要緊。我敢說將軍一定會派人送我到半路——再來，我很快就到索爾茲伯里，然後只剩九英里就到我家了。」

「啊，凱瑟琳！如果這樣安排，還不至於叫人那麼難受，但還是遠不及對你該有的一般禮貌——我該怎麼告訴你？——你離開我們的時間就定在明天早上，連幾點都不讓你選；馬車已經訂好了，七點鐘到這裡，也不派僕人陪你。」

凱瑟琳坐了下來，透不過氣，說不出話。「當我聽到這個決定，幾乎不敢相信我的耳朵——此刻你理當感到非常不滿、非常氣憤，但再強烈也不會比我——我不該談論自己的感覺。哦！但願我能試著辯解！天哪！你的父母親會怎麼想！是我們把你從真正的友人保護之下帶開，讓你落入這種境地——離家幾乎比原來遠了一倍，該有的禮貌都不顧，就把你趕出門！最最親愛的凱瑟琳，傳來這個訊息的是我，彷彿如此侮辱你的人也是我；但是你不會定我的罪的，因為你在這間屋子住的時間夠長了，看得出來我只是名義上的女主人，我沒有實權。」

凱瑟琳支支吾吾地問說：「是我冒犯了將軍嗎？」

「唉！我做為女兒，就我所知、所能保證的，是他沒有正當理由能對你發怒。他的確極度心煩意亂，我很少看到他比現在更煩躁的。他的脾氣不好，現在又出了一件事，把他激怒到不尋常的程度；他有點失望，有點懊惱，在這一刻彷彿是天大的事件；但我怎麼也不認為這事會跟你有關，因為怎麼可能呢！」

凱瑟琳痛苦地開口；她是為了艾蓮諾才勉強說句話。她說：「是的，假如我冒犯了他，我感到十分抱歉。我再怎樣也不可能刻意這麼做。但你別難過，艾蓮諾。約定好的事就得做到，我只覺得遺憾沒早點想起來，否則我可以寫封信回家，不過這沒什麼要緊的。」

「我希望，我真心誠意地希望你的安全不會受影響；但是其他方面，你的舒適、面子、禮數，對你的家人和世人，都至關緊要。要是你的友人艾倫夫婦還在巴斯，你去找他們會比較容易；幾個鐘頭的車程就到了；然而要你一個人搭郵車走七十英里，你的年紀還小，又無人陪伴！」

「哦，這點路程沒什麼，你別費神了。而且如果我們要分開，早幾個鐘頭或晚幾個鐘頭也沒差，你知道的。我可以在七點前準備好。請按時叫我吧。」艾蓮諾看出她希望一個人靜一靜；她相信兩人還是別再說下去的好，說了句「那就早上見」，便出去了。

凱瑟琳激動的心需要發洩。在艾蓮諾面前，友情和自尊讓她抑制了眼淚，但她一走，凱瑟琳的眼淚立刻如泉水迸發。被人趕了出來，還是這種方式！這樣突然、粗暴，甚至蠻橫，沒有任何正當理由，也完全不表示歉意。亨利遠在他方——她甚至無法與他告別。對他的一切希望和期待，都只能暫時放下，誰知道這一放下會是多久？——誰知道他們什麼時候才能再見面？——這一切都是提爾尼將軍的作為，一個彬彬有禮、舉止高貴、在此之前特別喜愛她的人！真是讓人無法理解，又覺得痛心受辱。事情究竟從何而起，到哪裡才會結束，同樣令人費解而驚慌。這件事做得太無禮；不考慮她的方便就急著把她攆走，甚至不做做樣子，讓她選擇出發的時間和方法；剩下兩天，定了第一天要她走，走的時間還定在一大清早，彷彿將軍決心要她在自己起床之前離開，以免再跟她見面。除了刻意侮辱她，還能有什麼解釋？她一定是不知怎的不幸冒犯到他。艾蓮諾不願她產生如此痛苦的想法，但是凱瑟琳認為，任何傷害、任何不幸所引發的這種敵意，不可能會拿來針對一個無關或可能無關的人。

這一夜過得辛苦。睡眠，或稱得上睡眠的歇息，都沒有可能。在這個房間裡，她初來乍到時的胡思亂想曾經折磨她，現在，這裡又是心煩意亂和輾轉難眠的場景。然而這次不安的源頭與上次真是天差地遠！——無論在現實上或實質上，都令人悲痛多了！她的不安有事實根據，她的恐懼也建立在可能的基礎；她滿腦子想著實際而自然的災禍，以至於對自己孤獨的處境、對漆黑的房間、古老的建築，已變得麻木不仁。雖然風很大，吹得滿屋子一直發出奇怪而突然的聲響，她清醒地躺在床上，一個鐘頭接著一個鐘頭地聽著，一點也不好奇或是害怕。

六點多鐘，艾蓮諾進到她房裡，渴望表示關心，或是看看哪裡需要幫忙；不過要做的事情已經不多。凱瑟琳沒有閒著；她幾乎已經著裝完畢，東西也快打包完了。艾蓮諾出現時，她想到會不會是將軍派女兒捎來和解的消息。一陣怒氣過後後悔了，不是很自然的事嗎？她只想知道，發生了這些事之後，她要如何接受道歉才算體面。然而就算她有這種知識，在這裡也沒有用；無論寬宏大量，或是維持自尊，都沒機會派上用場——艾蓮諾不是來帶話的。見面之後，兩人沒說什麼；雙方都覺得沉默最保險，還在樓上的時候，兩人只說了幾句無關緊要的話。凱瑟琳忙著穿好衣服，艾蓮諾則是好意多於經驗，專心把衣箱裝滿。一切都完畢之後，她們走出房間，凱瑟琳走在朋友身後，只多花了半分鐘，把每一樣熟悉而珍惜的物品看了最後一眼，便下樓到已準備好早飯的早餐廳。凱瑟琳勉強吃了一點，一方面是不想聽到別人勸她吃，一方面也是為了安慰一下朋友；可是她沒有食慾，只能吞個幾口。想起上一次在這裡吃早餐的情形，兩相對照給她帶來新的痛苦，讓她更加厭惡眼前的一切。離上次大家在這裡用餐還不到二十四小時，情況竟如此不同！當時的她多麼輕鬆愉快，多麼幸福安心，誰知卻是虛假的安心，當時她看著四周，享受著當下的一切，除了亨利將會在伍德斯頓待一天，她對未來無憂無慮！多麼幸福的一頓早餐！那時亨利就坐在她的身邊幫她添菜。她久久地沉浸在這些回憶裡，沒有被同伴打擾，因為艾蓮諾也默默坐著沉思；馬車來到，才把她們驚醒，將她們喚回現實之中。凱瑟琳看見馬車，臉色漲得通紅；她所受到的無禮待遇，在這一刻給她的心頭重重一擊，令她在頃刻間只感到忿怒。艾蓮諾現在似乎不得不下決心說句話。

她喊道：「凱瑟琳，你一定要寫信給我，一定要盡快給我你的消息。在我知道你平安到家之前，我沒有一時一刻能安心。無論冒多大風險，我都要請求你給我寫一封信。讓我知道你平安回到富勒敦，見到家人都安好；我本當要求和你通信的，在我能做這個要求之前，我只期望一封信就好。請把信寄到隆頓大人的家，務必將收信人寫為愛麗絲。」

「不，艾蓮諾，如果不准你收我的信，我想我還是別寫的好。我一定會平安到家的。」

艾蓮諾只答道：「我可以體會你的心情。我不便再強求。當我們相隔千里，就依你的善心來決定吧。」沒想到這句話以及說話者悲傷的神情，隨即融化了凱瑟琳的自尊。她立刻說：「哦，艾蓮諾，我一定會寫信給你的。」

提爾尼小姐還有一件事急著解決，只是有一點不好意思開口。她想到凱瑟琳離家已經這麼久了，身上的錢可能不夠支付旅費；她向凱瑟琳提起這件事，並且極為親切地要借錢給她。還真是如此：凱瑟琳一直沒想到這件事，經她一提，檢查了一下自己的錢包，讓她深信，要不是朋友的好意，她很可能被趕出去之後還沒錢回家；兩人都想著沒錢在路上肯定會碰到的危難，因此在剩下的相處時間裡，幾乎沒有再說話。然而，剩下的時間並不長。僕人很快就來通報馬車已備好。凱瑟琳立刻起身，兩個人用深情而長久的擁抱代替了語言，作為道別；她們走進大廳，目前為止她們還沒提過某個人的名字，凱瑟琳不可能不提到他就離開。她停下腳步，哆嗦著雙唇，說了一句讓人勉強聽得懂的「請代她問候那位不在家的朋友。」──還沒說出他的名字，她再也壓抑不住自己的情感；她用手帕盡可能遮著臉，飛奔過大廳，跳上馬車，頃刻間就被送出了大門。

29

凱瑟琳悲痛到顧不得害怕。旅程本身對她而言沒什麼好怕的；她上路時並不擔心路途漫長，也不感到孤獨。她靠在馬車的一角，淚如泉湧，出了諾桑格寺好幾英里之後，才抬起頭來；一直到庭院的最高點差不多被遮住了，她才有辦法回頭看。不幸的是，她現在行經的這條路，就是十天前才快樂地往返伍德斯頓的同一條路；這十四英里的路上，當初她以多麼不同的心情看過的沿途景物，現在得再看一遍，讓她內心的痛苦更加難熬。每更接近伍德斯頓一英里路，就讓她的痛苦增加一分，當她經過離伍德斯頓只有五英里的那個轉彎處，她的心裡念著亨利，離他這麼近，他卻完全不知情，她內心悲傷激動到了極點。

在伍德斯頓度過的那天，是她這輩子最快樂的一天。就在那裡，就在那天，將軍提到亨利和她時的措辭，他說的話和看起來的模樣，讓她完全確信，將軍實際上是希望兩人成婚的。對，才十天前，他意有所指的考量令她欣喜——他那耐人尋味的說法一度還讓她嚇糊塗了！而現在——她到底做了什麼，或是少做了什麼，才落得如此不同的待遇？

對於將軍的冒犯，她該自責的就只有一件事，但這事不太可能被他知道。她胡亂想的那些駭人聽聞的猜疑，只有亨利和她自己曉得；她相信亨利也跟自己一樣，絕不會講出去。至少亨利不可能故意出賣她。當然了，萬一出了什麼奇怪的倒楣狀況，被他父親知道了她的異想天開和搜索，知道了她那些毫無根據的幻想和誣衊性的調查，他再怎麼憤慨，凱瑟琳就一點也不覺奇怪了。要是將軍曉得她曾經把他看作殺人兇手，他不把她逐出自己家門才奇怪。但是，能夠讓他如此折磨她的正當理由，她相信將軍是不會知道的。

她焦慮地對這一點做了各種猜測，但是讓她想得最多的不是這件事。她有個更私心的念頭，一個更具壓倒性、更急切的掛念。明天亨利回到諾桑格寺、發現她走了，他會怎麼想，有什麼感受，看起來什麼模樣，這個問題的強度和令她關心的程度超越了其他問題，她想個不停，時而惱怒，時而寬心；有時她害怕他會平靜地默許，有時又甜滋滋地認為他定會感到悲痛和憤怒。當然了，他一定不敢對將軍說什麼；但是對艾蓮諾——他對凱瑟琳的感覺，哪有什麼不好對艾蓮諾說的呢？

在這樣懷疑和問題不斷循環、每件事只帶來片刻寄託之下，時間慢慢過去了，旅程進行得比她預期的還快很多。出了伍德斯頓周邊以後，這麼多令人焦慮不安的想法，使她沒去注意眼前的景物，也因而讓她省得去注意旅途的進程；雖然沿路無一處景物能引起她片刻的關注，但她也不覺得旅途沉悶。之所以如此還有另一個原因，就是她並不急於抵達終點；她離家已經十一個星期之久了，以這種方式回到富勒敦，幾乎毀了與她最親愛的人見面的喜悅。她要說什麼才能不讓自己蒙羞、不讓家人痛苦呢？只要一說實話，便會徒增自己的悲傷，擴大了無謂的憤怒，讓不分青紅皂白的敵意，把無辜的人和有罪的人混為一談！亨利與艾蓮諾的好，她永遠也說不盡；她的感受之深，言語也無法形容；如果有人因為他們的父親而不喜歡他們、對他們失去好感，她會心如刀割的。

由於心懷這些感覺，她並不期盼看見那個告知她離家不到二十英里的著名尖塔[120]，相反地，她害怕見到它。她知道出了諾桑格寺之後，下一個目標是索爾茲伯里；不過第一段旅程走完後，她對路線一無所知，多虧沿途的驛站長都會報出地名，讓她知道車子到了哪裡。她一路上並沒有碰上麻煩或嚇人的事。她年紀輕輕，又有禮貌，加上付錢大方，讓自己得到了一個旅人該享有的種種關照；除了等待換馬之外，她沒有停下來，連續行進了大約十一個小時，沒有碰上任何事故或驚險，在傍晚六、七點之間，她發現自己已進入富勒敦。

一位女主角在結束一段歷程後，成功地挽回了名譽，帶著一身伯爵夫人的貴氣凱旋返鄉，她的眾多皇親國戚，分別乘坐雙馬四輪馬車跟在後面，還有一輛四馬四輪旅行馬車載著她的三個女僕，這是寫書人最樂意書寫的事件：故事結束得光彩，作者從自己慷慨授予的情境裡分享一點榮耀——但我的故事卻迥然不同；我讓我的女主角孤伶伶地、顏面盡失地回到家鄉。我實在沒有欣喜的心情來細細描述。搭出租郵車的女主角實在太敗壞興致，無論是以壯麗的筆法來寫，或以感傷的筆法來寫，都不太對勁。因此，車夫得在星期天的眾目睽睽下，飛快地將馬車駛過村莊，女主角也得迅速地跳下車。

120 指索爾茲伯里大教堂（Salisbury Cathedral）的尖塔。

無論凱瑟琳在前往牧師公館的途中懷著多麼焦慮的心情，無論她的傳記作家在描寫時覺得多沒面子，她即將帶給家人的，卻是非比尋常的喜悅；首先，出現了她的馬車——接著，她本人現身。由於旅行馬車在富勒敦是很少見的，一家人立刻跑到窗前看著；馬車停在大門前，已經讓所有人樂得眼睛一亮，各自幻想了起來——沒人料到會有這等樂事——除了最小的兩個孩子之外，一個六歲男孩，一個四歲女孩，他們認為每輛馬車都會下來一個哥哥或姐姐。先認出凱瑟琳的那個是多麼開心呀！——報告這個發現的語氣多麼快樂呀！——不過那開心的聲音到底是喬治還是哈莉葉的，就不得而知了。

凱瑟琳的父親、母親、莎拉、喬治和哈莉葉，全都聚在門口親切熱情地歡迎她，這一幕喚醒了凱瑟琳心中最溫厚的情感；她下了馬車，擁抱了每一個人，發現自己得到意想不到的撫慰。大家圍著她、擁抱她，她甚至快樂起來了！親情帶來了喜悅，一切暫時壓抑住了，大家見到是她如此歡喜，還無暇平靜下來向她打聽什麼，莫蘭夫人很快就注意到凱瑟琳蒼白著臉，筋疲力竭，趕緊為可憐的旅人備茶慰勞，大家圍著餐桌坐下之後，才直截了當地問起一些需要明確答案的問題。

在無可奈何、萬般猶豫下，她開始盡可能禮貌地對聽眾說出一套解釋；不過半個鐘頭後，他們仍無法理解究竟什麼是導致她忽然回家。這家人絕非易怒的性格；他們不會一下子就覺得被侮辱，也不會因此而忿恨難消——然而在一切都說開之後，大伙認為這是不容忽視的侮辱，尤其在前半個鐘頭裡，更讓人覺得無法輕易原諒。莫蘭夫婦想到了女兒漫長而孤單的旅程，雖然想的不是小說裡的險境，但不由得認為，這大有可能給女兒帶來諸多不快；他們自己絕不會主動去找這種罪受；因此，提爾尼將軍逼女兒以這種方式返家，無論作為紳士或作為父母，他的行為都既不光彩，也沒有同理心。他為什麼這麼做、究竟受了什麼刺激而如此對待客人，原本那麼寵愛他們的女兒，為什麼忽然間對她厭惡起來，這事他們跟女兒一樣摸不透；但是他們沒有為此煩惱多久；免不了的胡亂猜測一陣之後，「這真是一件怪事，他一定是個很奇怪的人，」差不多就涵蓋了他們所有的憤慨和詫異；不過，莎拉還沉浸在百思不解的樂趣裡，以年輕人的熱情，仍然在大嚷大叫地猜測。她的母親最後說：「親愛的，你這是給自己無謂的煩惱，放心吧，這件事根本不值得追究。」

莎拉說：「他想起了約定後希望凱瑟琳離開，這點我可以諒解，但為什麼不做得客氣一點呢？」

莫蘭夫人答道：「我為那兩個年輕人感到難過，他們一定很傷心。至於別的，現在都不要緊了；凱瑟琳平安到家，我們的舒適又不必靠提爾尼將軍。」凱瑟琳嘆了口氣。她那位達觀的母親接著說：「唔，幸好我當時不知道你在路上；現在一切都過去了，也許並沒有太大的傷害。年輕人逼一下自己是好事；親愛的凱瑟琳，你一直是個漫不經心的孩子，這回換了這麼多趟車，現在一定學會保持警覺了吧！希望你轉車時沒有掉東西在車上的置物袋裡。」

凱瑟琳也希望如此，想對自己的進步提起一點興趣，但她實在是筋疲力竭了；不多久，她只想一個人靜一靜，母親勸她早點上床休息，她立刻同意。她的父母把她憔悴的模樣和不安的心情，只當作是受了屈辱、又剛結束異常辛苦而疲憊的旅程的自然結果，離開她的時候，深信她只要睡一覺就好了；雖然第二天早上見面時，看她恢復的狀況沒有預期中的好，也絲毫沒有擔心會有更嚴重的麻煩。十七歲的少女頭一次出遠門回來，爸媽竟然一次也沒想過她的心事，這真是夠奇怪的了！

早餐一結束，凱瑟琳坐下來，準備實現對提爾尼小姐的承諾。提爾尼小姐相信時間和距離能左右朋友的心情，現在已經得到驗證了，因為，凱瑟琳開始怪起自己與艾蓮諾分開時太冷漠；她從來就沒有好好地重視她的優點和善意；對於她昨天得一個人承受的局面，也沒有表現出足夠的同情。這些情感都很強烈，卻一點也無法幫助她下筆；她從來沒寫過一封信像寫給艾蓮諾．提爾尼的這麼困難。這封信既得公平地描述她的感覺和處境，還要表達謝意但不帶卑屈懊悔，要謹慎但不冷漠、誠實而不怨恨——這封信要讓艾蓮諾讀了不會痛苦——更重要的是，如果亨利碰巧看到了，這封信不能讓自己臉紅。這樣的任務，嚇得她失去了動筆的能力；她想了很久、糾結了很久，為了保險起見，決定信要寫得非常簡短。於是，艾蓮諾借給她的錢隨信附上，信裡只表示了萬分感謝，並獻上衷心的祝福。

信寫完後，莫蘭夫人說：「這段交情還真奇怪，來得快去得也快——我很遺憾發生這種事，因為艾倫夫人認為他們是很優秀的年輕人；你跟你的伊莎貝拉也是運氣不佳。哎！可憐的詹姆斯！算啦，不經一事，不長一智；下回你交新朋友，希望是值得留住的。」

凱瑟琳紅著臉，激動地回答：「沒有一個朋友比艾蓮諾更值得留住。」

「如果是這樣，親愛的，我相信你們遲早會再見面；你放心，十之八九你們過幾年會再相遇，到時候重逢就開心了！」

莫蘭夫人的安慰無效。她希望她們過幾年再相遇，只讓凱瑟琳想到幾年間可能發生的事，讓她害怕再見到他們。她是不可能忘記亨利．提爾尼的，也會一如現在深情地想念他；但是他可能會忘了她；在這種情況下相見！——她想像兩人如此重新認識，眼眶裡盈滿了淚水；她的母親看見自己的勸慰沒得到好的效果，想了另一個讓她心情變好的權宜之計，提議去拜訪艾倫夫人。

兩家相距不過四分之一英里；她們一邊走，莫蘭夫人一邊很快地說出她對詹姆斯失戀的看法。她說：「我們很替他難過，但除此之外，婚事告吹也沒什麼損害；他去跟一個我們完全不認識的女孩子訂婚，對方還一點財產都沒有，實在不是一件理想的事。現在又出了這種行為，我們完全看不起她了。只不過，詹姆斯現在是難過了一點；但這只是一時的。我敢說，他第一次就傻傻地選錯人之後，這輩子都會更加謹慎了。」

凱瑟琳只聽得進去母親對這件事的扼要看法；再多聽一句，她可能就不再隨和，做出不理智的回答；因為她立刻陷入回憶裡，想著自從上次走在這條熟悉的道路以來，自己在感覺上和心情上的變化。不到三個月前，她滿心歡樂的期待，在這條路一天來來回回地跑個十幾趟，心中輕鬆愉快，無所牽掛，期待著未曾體驗過的純粹快樂，完全不擔心禍害，也不知何為禍害。這是三個月前的她。而今，她像是變了一個人回到這裡！

艾倫夫婦一向疼愛她，見她意外出現，依然親切地招呼她；聽說了她的遭遇後驚訝極了，也非常憤憤不平——即使莫蘭太太的描述並沒有加油添醋，也沒有刻意要引起他們憤怒。她說：「凱瑟琳昨晚把我們嚇了一跳，一個人大老遠搭驛馬車回來，而且是到星期六晚上才知道自己要走；因為提爾尼將軍不知起了什麼怪念頭，忽然間厭煩了她在那兒，幾乎是把她攆出去。真是不夠友善；他一定是個很奇怪的人；不過，我們真高興她回到家人身邊！看到她能自立自強，不再是個不會照顧自己的小可憐，我們都很欣慰。」

這時，艾倫先生作為一個明智的友人，對此表達了合情合理的憤怒；艾倫夫人認為他的說法相當好，立刻照著再說一次。他的驚奇、猜測和解釋，她全部挪為己用，只有在偶然出現的空檔裡，多加了一句評論——「我真是受不了這位將軍。」艾倫先生走出去之後，「我真是受不了這位將軍」又被說了兩次，怒氣絲毫不減，想法也沒太離題。重複第三次的時候，話題就扯得比較遠了；到了第四次，她馬上接了一句：「只是啊，親愛的，你知道我要離開巴斯前，才找人把我一塊最漂亮的梅赫倫蕾絲[121]的一個大裂縫給補好，補得真是好，簡直看不出哪邊是補的。改天我一定拿給你看看。凱瑟琳，巴斯畢竟是個好地方吧。我向你保證，我真不想離開呢。索普夫人在那邊給了我們好大的安慰，不是嗎？你知道的，我們倆一開始真是無依無靠。」

凱瑟琳說：「是啊，但並沒有持續多久，」想起當初是什麼讓她的巴斯生活多了光彩，她的眼睛亮了起來。

「沒錯，我們不久就遇見索普夫人，之後便什麼也不缺了。親愛的，你看我這副真絲手套是不是很耐戴？你知道嗎，第一次戴是我們去下社交廳那天，之後又戴了好幾次。你還記得那天晚上嗎？」

「我記得嗎！噢！記得一清二楚。」

「那天晚上真是愉快，可不是嗎？提爾尼先生和我們一起喝茶，我一直認為有他加入真好，他實在很討人喜歡。我記得你跟他跳舞了，又不太肯定。我記得穿了我最愛的禮服。」

凱瑟琳無法回答；艾倫夫人略試了幾個話題，最後又回到「——我真是受不了這位將軍！樣子那麼和善又高尚的人！莫蘭夫人，我想你一定沒見過比他更有教養的人。凱瑟琳，他們一走，住宿的地方就被訂走了。這也不奇怪；畢竟是米爾森街……」

回家的路上，莫蘭夫人盡力想讓女兒明白，擁有像艾倫夫婦這樣可靠又好心的朋友是多麼幸福，只要老朋友對她一樣器重和喜愛，像提爾尼家那種不熟的人對她的怠慢無禮，就不必再多想了。這些話說得很有道理；然而在某些情況下，再好的道理，對人心還是起不了作用；凱瑟琳的感覺幾乎與母親提出的每一個主張相抵觸；她當前全部的幸福，就取決於這些不熟的人的行為；正當莫蘭夫人把話說得公正合理、成功地印證自己的看法，凱瑟琳正默默想著：亨利現在一定回到諾桑格寺了；他現在一定聽說她走了；現在，或許他們正動身要前往赫爾福德了。

---

121 法蘭德斯地區（今比利時）梅赫倫（Mechlin）生產的高級蕾絲。

30

凱瑟琳天生就坐不住，性格也算不上勤奮；之前的她或許就有這種缺點，但她的母親無法不注意到，這些缺點變得更嚴重了。無論靜靜坐著也好，做事也好，她連十分鐘都撐不下去，老是在花園和果園裡走來走去，彷彿除了走動之外，別的都不想做。看來她甚至寧可在屋裡遊蕩，也無法在客廳安安靜靜地坐一會兒。變化更大的是她的無精打采。她的漫步和懶散可能比過去誇張了點；然而當她沉默悲傷時，她變成一個和過去完全相反的人。

頭兩天莫蘭夫人冷眼旁觀，一個字都不說；但是經過第三天晚上的休息，凱瑟琳還是沒有快活起來，該做的事沒好好做，對針線活也沒興致，她忍不住溫柔地責備了一句：「親愛的凱瑟琳，恐怕你是變成千金小姐了。如果可憐的理查就只有你一個朋友，我真不知道他的圍巾什麼時候才會織好。你滿腦子想著巴斯；但凡事皆有定期——有去舞會和劇院的時候，也有工作的時候。你已經玩了很長一段時間，現在要好好做事了。」

凱瑟琳立刻拿起針線，悶悶不樂地說她「沒有滿腦子想著巴斯——只有一點點。」

「那麼你還在為提爾尼將軍煩惱，真是太傻了；因為十之八九你不會再見到他。你不該為了這等小事而煩惱。」停頓了一會兒之後——「凱瑟琳，我希望你不是因為家裡沒有諾桑格寺那麼華麗，就開始不喜歡家裡。這就讓你去做客變成一件壞事了。無論身在何處，人總要知足，特別是在家裡，因為你必定在家裡度過大部分的時間。吃早餐的時候，我就不太喜歡你大講特講諾桑格寺的法國麵包。」

「我真的不在乎什麼麵包。吃什麼對我來說都一樣。」

「樓上有本書，裡頭有一篇精彩的文章寫的就是這個主題，說少女因為交了上流朋友而嫌棄自己的家——我記得是在《明鏡》[122]裡，改天我找出來，相信對你一定有好處。」

凱瑟琳不再說話，她想要好好表現，便專心工作了起來；然而才過幾分鐘，不知不覺地又變得懶洋洋、無精打采的，疲倦煩躁地在椅子上不停扭動，動得比她手上的針還勤快。莫蘭夫人看著她故態復萌，把女兒心不在焉又不滿的模樣，視為她在發牢騷的證明，也開始認定這就是她快活不起來的原因，於是趕緊走出房門去拿那本書，迫不及待地要對付這個可怕的疾病。她費了一點時間才找到她要的書；後來又被其他家務事耽擱了一會兒，等到她拿著那本被寄予厚望的冊子下樓，已經過了一刻鐘。她在樓上忙的時候弄出了一些聲響，使得她沒聽到別的動靜，因此也不曉得最後幾分鐘裡來了一位訪客，她一走進客廳，迎面就看見一個從沒見過的年輕人。他畢恭畢敬地立刻站起來，女兒靦腆地介紹他是「亨利．提爾尼先生」，他帶著非常敏感而窘迫的神態，開口為自己的出現致歉。他承認，在發生了那樣的事情之後，他無權期待富

122《明鏡》（*The Mirror*）為蘇格蘭作家亨利．麥肯錫（Henry Mackenzie）主編的周刊。

勒敦會歡迎他，而他之所以冒昧來打擾，是因為他急著確定莫蘭小姐已平安到家。他並非對著一個帶偏見或怨念的人說話。莫蘭夫人完全沒有把他和他妹妹與他們父親的惡行一視同仁，對兄妹倆一直懷著好感，看到他來很高興，馬上歡迎他，還說了好些仁慈的真心話，感謝他對女兒如此關心，要他放心，只要是她孩子的朋友，隨時歡迎到家裡，過去的事請他一個字都不必再提。

亨利無需勉強自己遵命，因為，莫蘭夫人意外的和善雖然讓他放下心，但是對於過去的事，他一時還真不知道該怎麼說。他默默地坐回位子上，接下來幾分鐘裡，客氣地回答莫蘭夫人關於天氣和路況的尋常話題。一旁的凱瑟琳——那個焦躁、激動、快樂、興奮的凱瑟琳——一個字也沒說；但看她容光煥發、亮著眼睛的模樣，讓做母親的相信，這次善意的拜訪至少能讓她暫時放鬆心情，便欣然把那本《明鏡》第一卷先放一邊，等未來有需要再說。

莫蘭夫人看到客人為了父親的行為還在難堪，真心地同情他。她渴望莫蘭先生的協助，一方面給客人鼓勵，一方面找點話說，因此很早就派其中一個孩子去叫爸爸來；但是莫蘭先生不在家——沒人支援的狀況下，過了一刻鐘她就沒話說了。沉默持續了一、兩分鐘之後，亨利轉向凱瑟琳，這是從凱瑟琳的母親進來之後，他頭一次面對她，他忽然興沖沖地問起艾倫夫婦現在可是在富勒敦？他從她令人費解的好幾句話之中，推敲出只要簡單一個字就能說明的答案，立刻表示他想去拜訪，他漲紅了臉問凱瑟琳，能否好心幫他帶路。「先生，你從這個窗口就能看見他們的房子了，」對於莎拉的指點，這位先生只欠欠身表示明白，莫蘭夫人則點點頭，要她住口；因為她認為，客人想去拜訪他們的好鄰居，可能只是個次要的考量，主要大概是想為父親的行為做個解釋，這只有單獨跟凱瑟琳說，才會讓他感到自在點，因此，她再怎麼樣也不會阻止凱瑟琳陪他去。兩個人出發了，莫蘭夫人並沒有完全誤會亨利的意圖。他是得為父親的行為做個解釋；但他的第一個目的是表明心跡：還沒走到艾倫夫婦家的庭院，他已經做得盡善盡美，讓凱瑟琳覺得不管聽幾次都不嫌多。他向她證實自己對她的愛慕；也盼望她能以心相許，不過，兩人可能都知道她的心早已完全屬於他；因為，雖然亨利現在真心愛慕她，雖然他感受到也喜愛她性格上所有的優點，也真心喜歡與她相伴，但是我必須坦白一件事：他的愛慕只是出於感激，或者換句話說，他會認真考慮凱瑟琳只有一個理由，就是他確知對方喜歡自己。我承認，這種情況在傳奇小說裡前所未有，也非常有損女主角的尊嚴；但是，這種情形如果在日常生活也沒出現過的話，我至少能以我荒唐的想像力而居功了。

他們造訪艾倫夫人的時間很短，亨利說起話來不著邊際也沒有連貫性，凱瑟琳滿腦子想著自己不可名狀的幸福，幾乎沒有開口，離開之後，兩人又沉醉在親密的交談；談話還沒結束，凱瑟琳便聽出了亨利前來求婚是得到家長什麼樣的支持。兩天前，他從伍德斯頓回去，快到修道院的路上就遇見他那急躁的父親，氣呼呼地迅速告訴他莫蘭小姐走了，並且命令他不准再去想她。

這就是他得到的求婚許可。凱瑟琳心驚膽戰地聽他敘述，雖然嚇壞了，但不由得感到歡喜，因為亨利用心良苦，先取得她的信任，才提起這些事，她就不必出於良心而不得不拒絕他；亨利接著告訴她詳情，解釋了他父親的行為動機，她的感覺在當下變得更堅定，甚至有種勝利的喜悅。將軍根本沒什麼好指責她的，也沒什麼能將她定罪的，她只是不由自主、不知不覺地成為一個騙局的目標，他的自尊心使得他無法饒恕她，假使他的自尊心再高尚一點，或許會羞於承認自己被誆騙。她唯一的過錯，就是沒有將軍想像中的富有。他誤信她有大筆財產，在巴斯的時候殷勤與她往來、請她到諾桑格寺做客，還策劃讓她當自己的兒媳婦。他發現自己弄錯了之後，覺得最恰當的就是把她趕出去，雖然他還是認為這不足以發洩對她本人的憎恨，以及對她家人的鄙視。

最先誤導他的是約翰．索普。一天晚上，將軍在劇院看見兒子對莫蘭小姐關照有加，偶然問了索普除了知道她的姓名之外，是否也略知她的背景。索普最樂於和提爾尼將軍這種身分地位的人攀談，便喜滋滋、得意洋洋地說了很多；那時，他不僅每天等著詹姆斯和伊莎貝拉訂婚，自己也打定主意要娶凱瑟琳。他原本就因為虛榮和貪婪作祟，把莫蘭家想得很有錢，現在虛榮心誘使他把他們形容得更富有了。無論他跟誰來往，或是可能跟誰有關係，他因為妄自尊大，這些人也不能是等閒之輩；隨著交往越深入，對方的財富也隨著增加。因此，他對於詹姆斯能繼承的財產一開始就高估了，自從把他介紹給伊莎貝拉之後，他的財產還逐步增加；索普僅僅把這家人現有的財產加了兩倍，把他以為的莫蘭先生的牧師職收入多加一倍、私人財產增加兩倍，還賦予了一個有錢的伯母、把孩子的數目刪掉一半，就得以在將軍面前將這個家庭說得十分體面了。而凱瑟琳既是將軍好奇的特定目標，又是自己考慮的對象，他還多預留了一些給她：除了艾倫夫婦的資產，她父親還會給她一萬至一萬五千鎊，也是一筆可觀的額外收入。凱瑟琳和艾倫夫婦的關係親密，讓索普認定她之後會從他們那裡繼承大筆遺產；接下來，當然就說她未來篤定是富勒敦的女繼承人。根據這些消息，將軍便開始行動；他從沒想過懷疑消息的可信度。索普對這家人展現的興趣，一是他的妹妹即將與其中一名成員訂婚，二是他對另一名成員的指望（他幾乎同樣坦白地吹噓這件事），似乎就充分證明了其所言不假；再加上艾倫夫婦有錢而沒有小孩、莫蘭小姐確實由他們照顧，並且——將軍一認識他們就看出——他們待她如父母般慈祥，這些都是千真萬確的事實。於是他很快下定決心。他早已從兒子的表情看出他喜歡莫蘭小姐；多虧索普先生的通風報信，他幾乎立刻決定，要盡全力去打擊他誇口說出來的打算、毀掉他最寶貴的希望。當時，凱瑟琳對這一切一無所知，他的子女也全無概念。亨利和艾蓮諾看不出凱瑟琳的處境有哪裡值得父親特別注意的，他對她這麼突如其來、持續且無微不至的關注，令他們看傻了眼；後來，將軍對兒子暗示和近乎明確的指示，要他盡力追求凱瑟琳，令亨利因而相信，他父親認為這會是一門有利可圖的婚事，卻一直到最近在諾桑格寺把事情說開了，他們才知道父親這麼急於成事，是出於錯誤的盤算。而他之所以會發現有誤，竟又是從當初向他通風報信的索普那裡聽來的。將軍這次進城，恰巧又碰到索普，這回索普的感受跟上次完全相反：凱瑟琳的拒絕激怒了他，更惱人的是最近力圖讓詹姆斯與伊莎貝拉和好也不成，他相信兩人是不會在一起了，便摒棄了這段已無利用價值的友情，趕忙把他之前說的莫蘭家的優勢一股腦推翻；他承認自己完全誤判了他們的家境和人品，他誤信朋友的自吹自擂，以為他父親是個有錢又有地位的人；但近兩、三個星期的來往，證明他根本兩者皆非；他主動積極地希望兩家結親，還給出了最慷慨大方的提議，然而在這位敘述者機靈地向他問到要點時，他不得不承認，他甚至無法給兩個年輕人像樣的生活費。他們事實上是一戶窮人家；人口眾多，幾乎史無前例；最近他還透過某個特殊機會發現，這家人在當地根本不受敬重；意圖擺闊，但根本沒有財力；想藉著高攀有錢人家來改善自己的境況；就是跋扈、說大話、算計的一家人。

將軍驚恐不已，懷疑地提起艾倫的名字；索普發現自己在這件事情上也弄錯了。他相信，這對艾倫夫婦跟莫蘭家已經當了多年的鄰居，他也認識未來將接收富勒敦地產的那名年輕人。將軍聽夠了。除了自己，他幾乎對全世界的人發怒，第二天就出發回諾桑格寺，而他在那裡的行動，各位已經見識到了。

以上，有多少是亨利在當下告訴凱瑟琳、有多少是他從父親那裡得知，哪些部分是他的推測、哪個部分還待日後詹姆斯來信才知分曉，就留給睿智的讀者自行定奪。我為了讀者方便，已經將事件統整起來，請讀者也給我個方便，自行將事件拆解、想像。無論如何，凱瑟琳聽到的夠多了，足以讓她覺得她之前懷疑他謀害或是囚禁他的妻子，並沒有錯怪他的人格，也沒有誇大他的殘酷。

亨利現在描述關於父親的事，幾乎就像當初他第一次聽到時一樣令人憐憫。他羞紅了臉，因為不得不揭穿這些唯利是圖的算計。他跟父親在諾桑格寺的對話充滿了敵意。當他聽見凱瑟琳受到的待遇，明白了父親的觀點，還被逼著服從，他斗膽地公開說出自己的憤慨。將軍習慣了平時家裡呼風喚雨，知道亨利內心可能抗拒，倒沒料到他膽敢把反抗的意願說出口。他無法容忍兒子反抗，但亨利在理性撐腰和良心驅使之下，他的反抗如此堅定。在這個情形下，將軍的憤怒一定驚人，卻沒有嚇倒亨利；他的決心堅不可摧，因為他相信其中的公義。他覺得自己在道義上和感情上都對莫蘭小姐有義務，他相信，父親命令他去追求的那顆心早已是他的，就算以卑劣的手段要他收回默許過的事，或是用無理的憤怒來撤銷命令，都動搖不了他對凱瑟琳的忠誠，也影響不了他基於忠誠而立下的決心。

他堅持不肯陪父親去赫爾福德——這個幾乎是為了趕走凱瑟琳才臨時定下的約定；他還堅決表示，他要向凱瑟琳求婚。將軍勃然大怒，他們在嚴重的爭執下分開。亨利內心激動萬分，需要一個人靜幾個鐘頭才能鎮定下來，但他卻幾乎立刻返回伍德斯頓；隔天下午，他便啟程前往富勒敦。

31

提爾尼先生請求莫蘭夫婦同意把女兒嫁給他時，莫蘭夫婦一度非常訝異；因為他們從來沒想過這兩個人相愛；但是，有人愛上凱瑟琳是再自然也不過的事，他們很快便改以自豪視之，感到既快樂又激動，就他們自己而言，找不出一個該反對的理由。亨利的舉止討人喜歡，又有見識，這些都是不言自明的優點；他們既然從沒聽說過他的壞話，依他們的性格，就不會去假設他會做出壞事；雖然沒有和亨利相處過，但憑著善意便相信他的人格，不需要其他證明。

「凱瑟琳一定是個粗心的主婦啊，」莫蘭夫人預先警告說；但又趕緊安慰道，熟能生巧。

總而言之，只有一個障礙要提出來；這個障礙不移除，莫蘭夫婦決不可能准許訂婚。他們脾氣溫和，原則卻很堅定：如果亨利的父親明言反對這門婚事，他們就沒辦法支持。他們沒那麼高雅，會想到要對將軍提出一些炫耀式的規定，例如要他親自來提親，或要他打心眼裡表示贊成；但他一定要給個表面上像樣的同意，有了這個之後——他們真心相信不必等很久——他們會立刻答應兩人成婚。他們只要求將軍的同意。他們並不希求、也沒有權利要他的錢。根據婚姻授產協議[123]，他的兒子終究會拿到一筆非常可觀的財產；亨利目前也已經有一份獨立收入，而且能過得相當舒適，從任何一個金錢層面來看，這都是他們女兒高攀的一門婚事。

兩個年輕人對這樣的決定無法感到驚訝。他們傷心、哀嘆——卻無法怨恨；於是兩人分開了，各自都認為將軍幾乎不可能改變心意，又依然期盼這件事趕快發生，好讓他們早日團聚。亨利回到他此刻唯一的家，守著新生的灌木叢，為了凱瑟琳繼續修繕房屋，急待她早日來同享；凱瑟琳留在富勒敦哭泣。分離的煎熬，是否因為祕密通信而稍稍得到緩解，我們不必多問。莫蘭夫婦就從來不問——他們太體貼了，不會逼女兒做任何承諾；每當凱瑟琳收到信，在那時，這可是三天兩頭的事，他們總會裝作沒看見[124]。

以亨利和凱瑟琳目前相愛的程度，對於最終結果感到焦慮也是必然，凡是喜愛他們的人，一定也非常著急，但這份焦慮恐怕不會擴及到讀者的心裡，各位從故事壓縮到剩下這幾頁，就知道大家正一齊加速邁向幸福美滿的結局。唯一的疑問便是，他們透過什麼方法才早日成婚；什麼樣的情況，才可能讓將軍這種脾氣的人改變心意？這個大有助益的情況，原來是他的女兒嫁給了一個財富與地位兼具的男人，這是夏天的事——將軍的地位提升，一時心情大好，艾蓮諾趁他還沒恢復冷靜，趕緊求他原諒亨利，並允許他「愛做傻子就去做吧！」

亨利被驅逐後的諾桑格寺，成了一個諸多不幸的地方，艾蓮諾出嫁，離開這樣的家，搬去

123 婚姻授產協議（marriage settlements）通常為雙方家長在結婚時簽署，確保財產的分配能如實繼承給指定的對象。

124 未婚男女通信是不合禮數的。

自己選擇的家，和自己選擇的男人在一起，這事我想所有認識她的人都會很滿意。我自己就感到由衷的喜悅。她有著謙遜的美德，又經年累月地受苦，在我認識的人裡頭，沒有人比她更有資格、更能夠享受幸福。她對這位男士鍾情不是最近才開始的；他只是因為地位較為卑下，才一直沒有能力向她求婚。但他意外繼承了爵位和財產，所有絆腳石都不見了；艾蓮諾長年陪伴、協助、耐心地忍受父親，但將軍最寵愛女兒的一刻，卻是第一次尊稱她「子爵夫人」的時候！她的丈夫也確實配得上她；先不說他的爵位、財富和一片深情，他本人還完完全全是全天下最迷人的年輕人。他的優點一定不必再多加明說了；一說他是全天下最迷人的年輕人，大家立刻能想像他是什麼模樣。因此，關於這位先生，我只有一點補充——（我知道寫作規則禁止我帶入一個與故事無關的角色）——這位先生曾經在諾桑格寺做客很久，就是他一個粗心大意的僕人，遺落了那份洗衣清單，才害得我們的女主角捲入一場最為驚恐的探險行動。

將軍對莫蘭先生家境的正確了解，對於子爵和子爵夫人為兄長所做的努力是一大助力。一等到將軍聽得進話時，他們立刻把情況告訴他，將軍這才知道他前後兩次都為索普所騙：索普先是誇大莫蘭家的財產，之後再惡意地全盤推翻；莫蘭家根本就既不貧困也不窮酸，凱瑟琳還能拿到三千鎊的嫁妝。這在實質上大幅修正了他之前的估計，讓他的自尊心有很好的台階可下；另外，他煞費苦心打探到的消息對他也有影響：他發現富勒敦的地產，可由目前的地主自由處置，因此任何一個心存覬覦的人都有機會出手。

基於以上，艾蓮諾結婚不久之後，將軍便允許兒子回到諾桑格寺，寫了一封措辭非常客氣、但內容空洞的同意信，讓兒子帶去給莫蘭先生。信中批准的那件事很快就進行了：亨利與凱瑟琳成了婚，教堂鐘響，所有人笑顏逐開。由於這件喜事發生的時間點，在兩人初識到現在的一年之內，看來，將軍的殘酷行為所引起的可怕拖延，並沒有真的造成什麼損害。他們各自在二十六歲和十八歲就展開幸福的人生，是相當圓滿的；因此，我還相信，將軍不仁不義的介入，非但沒有破壞他們的幸福，反而增進兩人的相互了解、堅定對彼此的感情；至於這部作品大致來說是贊成父母專制，或是鼓勵子女忤逆，我就讓關心這件事的人自己決定吧。

經典文學 47

雅藏珍・奧斯汀：逝世兩百周年紀念版

諾桑格寺

Northanger Abbey

作者	珍・奧斯汀（Jane Austen）
譯者	李佳純
社長	陳蕙慧
副社長	陳瀅如
總編輯	戴偉傑
責任編輯	張立雯、黃少璋
行銷企劃	廖祿存
排版	極翔企業有限公司

出版	木馬文化事業股份有限公司
發行	遠足文化事業股份有限公司（讀書共和國出版集團）
	地址　231新北市新店區民權路108之4號8樓
	電話　02-2218-1417　傳真　02-8667-1891
	email: service@bookrep.com.tw
	郵撥帳號　19588272　木馬文化事業股份有限公司
	客服專線　0800221029
法律顧問	華洋法律事務所　蘇文生 律師
印刷	成陽印刷股份有限公司
二版	2018年12月
二版3刷	2023年11月
定價	新台幣330元

ISBN 978-986-359-617-2

國家圖書館出版品預行編目(CIP)資料

諾桑格寺 / 珍・奧斯汀（Jane Austen）著；李佳純譯. -- 二版. -- 新北市：木馬文化出版：遠足文化發行, 2018.12
面；　公分. --（經典文學；47）
譯自：Northanger abbey
ISBN 978-986-359-617-2（平裝）

873.57　　107019586